루나 에어라인

루나 에어라인

추억의 맛과 함께 비행합니다

진노랑 지음

바른북스

독자분들 삶 중간중간 내쉬는 큰 숨에 어린 고민이
포근한 추억의 맛으로 사그라들 수 있는 만큼의
무게이기를 바랍니다.

목차

프롤로그 ... *9*

루나 에어라인 ... *13*

리마인드 기내식 ... *45*

얼큰화끈 김치찌개 ... *69*

매콤달콤 밀떡볶이 ... *105*

동글부들 소갈비찜 ... *151*

달콤쌉쌀 생초콜릿 ... *215*

달빛의 조각들 ... *255*

숨겨둔 이야기 ... *305*

프롤로그

인천발 워싱턴행 비행기 안.

늦은 밤이라 교대를 마친 승무원들을 제외하고 거의 모든 승객분들이 잠에 빠져들어 적막감만이 맴도는 고요한 기내였다. 점점 더 짙어져 가는 어둠 속에서 커튼 너머의 갤리만이 유일하게 환한 빛을 내뿜고 있었다.

방금 기내 순찰을 돌고 들어온 신입 막내가 조심스레 갤리로 들어서자, 기다렸다는 듯 미리 내려놓은 커피를 건네며 말했다.

"수고 많았어요, 워싱턴 비행은 오늘이 처음이라고 했었죠?"

"네, 미국 노선은 이번이 첫 비행이어서 설레기도 하지만 그만큼 많이 긴장돼요. 10시간이 넘는 장거리 비행은 오늘이 처음이라 부족한 점이 많겠지만, 잘 부탁드립니다. 선배님."

신입 막내가 떨리는 손으로 종이컵에 담긴 핸드드립 커피를 받아 들고 인사를 하며 대답했다. 아직 인턴 기간 중이라 그런지 한껏 경직되어 힘이 바짝 들어간 모습을 보고 선배 승무원들이 미소 지었다.

잠시 조용히 커피를 넘기는 소리만 들려오던 그때, 나직하지만 다소 장난기 섞인 목소리가 들려왔다.
"미국 비행이 처음이면… 그 이야기도 아직 못 들어봤겠네요? 선배님들을 통해서만 전해 내려오지만, 아는 사람들은 다 안다는 우리 항공사 뉴욕 비행 괴담."
"네? 뉴욕 비행… 괴담이요…?"

그렇지 않아도 긴장하고 있던 인턴 승무원 얼굴의 눈이 더 커지더니, 이내 두려움과 궁금함으로 물든 목소리로 대답하며 되물었다. 그러자 맞은편의 목소리가 조금 더 낮아지더니 조곤조곤 이야기를 꺼내놓기 시작했다.
"10시간 이상의 비행은 처음이라고 하니, 아직 승무원들 벙커는 못 들어가 봤죠? 그 왜, 장거리 노선에서 팀별로 번갈아 가면서 몇 시간 쉬다 오는 공간 말이에요."
인턴 승무원이 호기심 가득한 눈빛으로 겨우 대답하자, 건너편의 목소리가 싱긋 웃으며 퍽 조용한 목소리로 대단한 비밀이라도 이야기하려는 듯 속삭였다.
"우리 항공사 인천, 뉴욕 간 비행 스케줄 중 특정 항공편의 벙커에 관한 이야기인데… 밤 비행 교대팀들이 벙커 침대에서 잠이 들…"

막내 승무원이 마른침을 꿀꺽 삼키며 이야기에 빠져들던 중, 등 뒤에서 갑작스레 커튼이 휙 젖히더니 누군가 모습을 드러냈다.

"36D 열 손님께서 콜 버튼 누르셨는데 아직 아무도 안 가봤나요? 설마 또 막내한테 그 이야기 하느라 정신없었던 건 아니겠죠? 손님들 대부분이 주무시기는 해도 우리는 지금 일하는 중입니다. 긴장 늦추지 말고 집중하세요."

사무장의 등장에 놀란 승무원들이 각자 자기 할 일을 찾아 바쁘게 움직이느라 하던 이야기가 자연스럽게 중단되었다. 막내 승무원도 서둘러 36D 열 손님께로 향하였지만, 움직이는 발걸음과 다르게 신경은 여전히 온통 그 이야기에 머물러 있었다.

루나
에어라인

인천발 뉴욕행 비행.

'손님 여러분, 우리 비행기는 존 에프 케네디 국제공항에 도착했습니다. 지금 이곳은 7월 27일 오후 8시 16분이며, 기온은 섭씨 28도입니다. 이번 비행도 갤럭시 얼라이언스 회원사인 저희 루나 에어라인과 함께해 주셔서 대단히 감사합니다. 저희 캐빈크루들을 비롯한 모든 직원들은 앞으로도 손님 여러분께서 언제나 편안하고 안전하게 여행하실 수 있도록 최선을 다하겠습니다. 감사합니다. 안녕히 가십시오.'

숙련된 기장의 솜씨 덕분에 비행기가 부드럽게 지면에 닿더니, 곧이어 착륙 안내방송이 나오며 비행기가 느린 속도로 게이트 앞에 멈춰 섰다. 14시간이 넘는 장거리 비행이 막을 내리고 승무원들이 함께 비행한 손님들께 웃으며 인사를 건넸다. 한동안 같은 공간을 공유했던 모든 손님들이 기내를 떠나고, 남은 승무원들은 손님들이 머물다 간 좌석과 화장실, 그리고 기내 선반들을 하나하나 점검하며 혹시 모를 분실물이 있는지 마지막까지 확인했다. 최종 점검이 모두 끝나자, 승무원들은 기장들과 모여 수고했다는 인사를 나누며 기내를 벗어났다.

입국과 관련된 절차를 마친 뒤 기장을 선두로 부기장, 팀장 직급순으로 뒤따르며 공항 앞에서 호텔 픽업 차량을 기다렸다. 장시간 비행에 다들 지친 터라 생기를 잃은 얼굴에 더해 목소리마저 시들거리는 모습이었다. 미니버스에 올라탄 후, 조용한 차 안에서 나지막한 목소리가 들려왔다.

"나린 씨, 오늘 미주 비행은 처음이었다고 들었는데 어땠어요?"

"아, 처음이라 많이 긴장했는데 선배님들이랑 사무장님들께서 부족한 부분도 많이 도와주시고 다들 너무 잘 챙겨주신 덕분에 무사히 비행을 마칠 수 있었던 것 같습니다. 그리고 시차 때문인지 분명 하루의 절반 이상을 비행하며 보냈는데도 여전히 같은 요일이어서 하루가 참 길게 느껴집니다. 그래서 왠지 하루를 더 알차게 보내는 것만 같아 좀 신기해요."

인턴 승무원 나린의 말에 선배 승무원들이 모두 입꼬리를 올리며 미소 지었다. 고단함보다 설렘이 묻어나는 나린의 대답에 팀장이 지친 얼굴로 웃으며 말했다.

"장거리 비행이라 많이 긴장해서 피곤할 법도 한데 좋은 기억으로 남은 것 같아 다행이네요. 그래도 호텔 도착하면 되도록 일찍 마무리하고 오늘은 푹 자요. 그래야 내일 활동하는 데 지장이 덜할 거예요."

팀장의 목소리에 나린이 고개를 끄덕이면서도 살짝 아쉬움이 남는 표정을 짓자, 이를 눈치챈 다른 목소리가 나린의 뒤에서 들려왔다.

"팀장님께서도 오랜만에 뉴욕 비행이시죠? 괜찮으시다면 시간도 그렇게 많이 늦지 않았는데 가볍게 랜딩 비어 한잔 어떠세요? 나린 씨도 그렇고 다들 간만에 뉴욕의 야경을 눈에 담고 싶어 하는 것 같던데요."

부사무장의 목소리에 팀장이 조금 고민하더니 대답했다.

"팀장 없이 오붓하게 모인 자리가 더 편안할 것 같지만, 기꺼이 저도 끼워준다면 동참할게요. 기분 탓인지 몰라도 비행 다음 날 마시는 맥주는 어쩐지 랜딩 비어의 그 개운하고 후련한 맛이 안 나더라고요. 아, 기장님들께서도 괜찮으시면 같이 자리하시겠습니까?"

팀장의 제안에 기장들의 의견들이 여기저기서 날아들었다. 곧이어 미니버스가 목적지에 도착하고, 모두 질서정연하게 자기 몫의 짐들을 챙겨 차 안을 벗어났다. 참석 여부는 강요가 아니니 랜딩 비어 생각이 있는 사람들만 30분 뒤 로비에서 모이기로 하고 각자 배정받은 객실로 흩어졌다.

얼마 뒤, 다소 편안한 차림새로 호텔 로비에 모인 사람들이 삼삼오오 짝을 지어 가까운 펍으로 이동했다. 팀장을 비롯하여 같이 비행했던 승무원들 대부분이 랜딩 비어의 시원짜릿한 유혹에 이끌려 더운 바람이 불어오는 뉴욕의 밤거리를 걸었다. 선배들의 뒤를 따라 걷던 나린도 신기한 눈빛으로 거리의 곳곳을 급하게 눈에 담으며 바쁘게 발걸음을 옮겼다. 호텔에서 그리 멀지 않은 곳에 자리한 펍으로 향한 승무원들이 안쪽에 자리를 잡고 간단하게 주문했다. 내일은 비행이 없는 오프였지만, 리듬이 깨진 채로 호텔에 갇혀 있고 싶지 않아 가볍게 한잔하고 돌아가자는 분위기였다.

곧이어 주문했던 맥주가 나초와 나란히 테이블 위에 놓였다. 쫀득고소한 치즈와 아삭한 파프리카가 나초에 어우러져 달콤짭조롬한 조합으로 장거리 비행의 긴장과 피로를 녹여주었다. 거기에 차가운 맥주잔에 담겨 나온 시원한 생맥주의 부드러운 거품 위로 탄산이 톡톡 튀어 오르며 경쾌하게 승무원들의 뉴욕 방문을 환영하는 듯 보였다.

"짠~ 오늘 비행도 수고 많으셨습니다~."

즐거움이 묻어나는 목소리와 동시에 여러 개의 맥주잔이 허공에서 서로 부딪치고 멀어져 갔다. 맥주가 몸 안으로 퍼져 가는 소리가 나는 듯싶더니 이내 시원함과 개운함을 내뱉는 감탄사가 곳곳에서 연이어 터져 나왔다. 마지막까지 남아 있던 스트레스를 모두 씻어내자, 한결 편안해진 표정으로 입꼬리를 올리며 자연스럽게 이야기가 흘러갔다.

"이번 비행에서는 유난히 기내식 선택이 한쪽으로만 몰려서 엄청 긴장했어요. 남아 있는 재고가 눈에 띄게 줄어들고 있는데 아직 손님들은 한참 남으셔서 정말 등에서 식은땀이…"

"맞아요, 비빔밥 찾으시는 손님들이 대부분이시지 않으셨어요? 혹시 다른 클래스에서도 그러셨나요? 기분 탓인지는 몰라도 어쩐지 이번에 기내식 업체가 변경된 이후로 몇 개 특정 메뉴가 전보다 유달리 인기가 더 많아진 것 같아요. 그렇지 않으세요?"

지은의 말에 다들 기억을 되짚어보는 듯 잠시 생각에 잠기더니, 곧 동의하는 목소리들이 쏟아졌다.

"그러고 보니 비즈니스랑 퍼스트에서도 비빔밥 메뉴가 중점적으로 나갔던 것 같네요. 원래도 인기가 있었던 메뉴인 데다가 부쩍 더워진 날씨 때문에 입맛을 돋우는 산뜻한 메뉴가 끌리시는 줄로만 알았는데…"

"아, 지난번에 우리 기내식 관련 포스팅을 몇 개 본 적이 있었던 것 같아요. 인플루언서 중에 누가 우리 항공사를 비빔밥 맛집이라고 했다던데 그 영향도 좀 있으려나요?"

"정말요? 아… 어쩐지 그래서 비슷한 조합으로 주문하신 게 많았나 봐요. 저는 사람들 입맛이나 생각이 대부분 닮았다고만 생각했거든요. 그러고 보면 SNS나 다른 영상 플랫폼들의 영향력이 정말 크긴 크네요."

"사전 기내식 신청으로 맛볼 수 있는 메뉴들도 누군가 소개해 주셨는지 전보다 주문이 늘었어요. 덩달아 한식 메뉴를 업데이트해 달라는 요청이 많아진 데다 기내식 메뉴 추천은 어디로 하면 되는지 물어보시는 손님도 종종 계시더라고요."

예전보다 유행이 더 빠르고 민감하게 변하는 만큼 소통하는 매체도 시시각각 달라지고, 또 그에 대한 영향력과 파급력을 일상에서 실시간으로 체감할 수 있는 것에 새삼 놀라워 관련된 이야기를 이어갔다.

긴장이 느슨해진 틈으로 흐르는 음악에 펍을 채우고 있는 사람들의 목소리가 스며들어 자리는 점점 더 무르익어 갔다. 잠시 가까이 앉아 있는 사람들끼리 대화가 이어지던 중, 호기심 가득한 목소리가 던진 질문 하나에 모든 승무원의 이목이 팀장에게로 집중되었다.

"근데요… 그 소문 진짜예요? 우리 항공사 괴담이요."

갑작스러운 질문에 당황한 팀장이 삐걱거리듯 어색하게 질문을 되돌려 보냈다.

"응, 뭐라고요? 아… 우리 항공사에 어떤 소문이 있던가요? 무슨 이야기인지…"

"팀장님께서도 알고 계시지 않으세요? 전부터 선배님들한테 계속 전해져 내려오는 뉴욕 비행 괴담이요. 사실 그 이야기 때문에 이번 비행 전부터 완전 겁났었거든요. 선배님들도 다들 아시죠?"

"우리 항공사 뉴욕 비행 노선에 나타난다는 귀신 얘기죠? 저도 들었어요, 구석진 곳에서 분명 커다란 검은 형체가 움직이는 걸 보고 다가갔는데 가까워지니 사라졌다고요."

"맞아요. 게다가 누군가 말을 걸어와서 대답했는데 정작 커튼 너머에는 아무도 없었대요."

"보름달이 뜨는 날, 뉴욕 밤 비행에서는 같이 일하고 있는 크루들의 수를 세면 안 된다는 말도 있던데요."

팀장의 불편한 마음과 다르게 이야기가 계속되자, 결국 팀장은 하는 수 없이 상황을 정리하기 위해 나섰다.

"아, 그 이야기라면 단지 확인되지 않은 무성한 소문들 중 하나일 뿐이니까 특별히 신경 쓰지 않아도 될 것 같아요. 그리고 소문이라는 게 늘 그렇듯 말이 건너서 전해지다 보면 자꾸만 이야기에 살이 더해져서 점차 사실과 달라지는 것 같더라고요. 게다가 괜히 이야기 전해 듣고 비행 내내 신경을 쓰는 사람들도 있는 것 같던데, 그저 흘러 다니는 이야기일 뿐이니까 너무 마음에 두지 말아요."

"저기… 그러니까 팀장님께서 도리어 확실하게 말씀해 주시면 안 될까요? 여기 나린 씨도 언젠가는 전해 들을 이야기이기도 하니까요. 네? 팀장님~ 말씀해 주세요~."

마음의 여유가 생긴 편한 자리여서 그런지 한층 더 친밀해진 목소리와 궁금증 가득한 눈망울들을 외면할 수 없게 된 팀장이 팀원들의 성화에 흔들리고 있었다. 아니라며 신경 쓰지 말라고 했지만, 팀장 자신도 새내기 시절 선배들로부터 전설처럼 전해 내려오는 이야기를 듣고 사실을 확인해 보고 싶던 적이 있었기에 딱 잘라 거절하기 어려운 듯 보였다.

책임자와 선배 역할 사이에서 갈등하던 팀장이 시원하게 잔을 비우더니 고민 끝에 들썩이는 판도라의 상자를 조심스럽게 열었다.

"그럼, 대신 겁나서 비행 못 하겠다고 하는 사람 없어야 해요. 그리고 우리끼리 한 이야기는 이번 비행에서 모두 마무리하는 거예요, 다들 약속할 수 있어요?"

팀장의 밀당에 조바심이 난 크루들이 한목소리로 약속을 외치자, 슬며시 비밀스러운 이야기가 새어 나왔다.

"언제부터였는지 몰라도 우리 항공사 노선 중에 인천 – 뉴욕 비행에서 낯선 누군가의 인기척을 느꼈다는 이야기가 들려왔어요. 그것도 야간 비행의 어두운 벙커에서."

"네? 벙커는 장거리 노선에서 캐빈승무원들만 교대로 출입할 수 있는 곳 아닌가요? 우리 항공사 기장님들이랑 사무장님들은 비즈니스 클래스에서 쉬시는 걸로 알고 있는데요…"

다소 소란스러운 펍의 소음을 뚫고 단단하면서도 조심스러운 목소리가 이야기를 이어갔다.

"맞아요, 그래서 처음에는 교대하던 중에 잘못 봤나보다 했대요. 벙커는 출입구에서 비밀번호도 입력해야 하니까 손님들께서 들어오시기는 어려운 구조잖아요. 게다가 들려왔던 이야기들 대부분이 스르륵 잠들었는데 누군가 담요를 덮어 주고 갔다든지, 실수로 혼나서 몰래 울고 있는데 어깨를 토닥여 주는 듯한 느낌이 들었다든지 하는 것들뿐이라 그저 같은 조 크루들이 챙겨준 건가 보다 하고 다들 대수롭지 않아 했다고 해요. 그런데…"

갑자기 말끝을 흐리는 팀장의 목소리에 애가 탄 크루들이

합창하듯 되물었다.

"그런데…?"

"같은 조 누구도 그 시간에 깨어 있던 사람이 없었던 데다 교대 조에서 먼저 들어온 사람도 없었다는 거예요. 그리고… 정체를 알 수 없는 낯선 인기척이 느껴질 때마다 어쩐지 갑자기 서늘한 기운이 감도는 것 같았대요. 원래 벙커라는 공간 자체가 춥고 건조한 곳이긴 하지만… 그 순간만큼은 얼어붙을 것만 같은 싸한 느낌이 온몸을 감싸는 것 같은데 이상하게 마음은 오히려 점점 편안해지는 기분이 들었다고 하더라고요. 그러니까… 내가 지금껏 들었던 여러 이야기들을 조합해 보면, 서늘함을 몰고 다니는 그 누군가는 크루들의 이야기를 듣는 걸 좋아하고 조용히 챙겨주는 걸 좋아하는 것 같은 이미지였어요."

괴담이라는 이름에 걸맞게 오싹한 이야기를 기대했던 것과 달리, 다소 엉뚱한 느낌으로 결론이 지어진 것에 허무해진 분위기를 크루들은 웃음으로 채우며 대화를 이어갔다.

"이야기를 들어주고, 몰래 챙겨주고… 그럼 유령이 아니라 어쩌면 수호신인 거 아니에요?"

"네? 수호신이면 도깨비 뭐, 그런 거요? 아, 도깨비가 너무 한국적인 느낌이라면… 램프의 요정 지니 같은 느낌인 건가요?"

"우리 항공사 이름이 루나 에어니까 그리스 로마신화에서 찾아본다면… 아르테미스인가요?"

"근데 수호신이든 뭐든 일단 사람이 아닌 무언가와 같이 있다고 생각하면 무섭지 않아요?"

"도움이 되었으면 되었지, 해를 끼치는 건 아닌 것 같아서 전 오히려 궁금해요."

누군가의 천진난만한 질문을 기점으로 새로운 관점의 이야기들이 꼬리에 꼬리를 물고 길어져 가던 중, 날아든 질문 하나가 그 행렬을 멈춰 세웠다.

"잠깐, 그럼 돌아가는 비행편에서도 어쩌면 만날 수 있는 거 아니에요? 아, 혹시 이번 편에서 수호신 벌써 만나본 크루분 계실까요?"

그동안 모두가 쉬쉬했던 무서운 괴담의 주인공은 어느새 항공기 내의 수호신으로 이미지가 탈바꿈되어 재조명받고 있었다. 잔뜩 들뜬 분위기가 단조로운 팀장의 목소리에 진정되어갔다.

"안타깝게도 앞으로의 비행에서는 마주하기 어려울 거예요. 내가 알기로 원래 그 괴담의 근원지는 특정 노선이 아니라, 특정 항공기였거든요. 근데 그 무수한 소문들의 주인공으로 추정되는 항공기는 이미 연합 항공사로 이전되어 이제 우리 항공사 노선에서는 더 이상 비행할 수 없게 된 것 같던데요."

팀장의 발언으로 숱한 소문들이 한순간에 종식되자, 순식간에 김이 새어버린 크루들의 조그만 탄식이 곳곳에서 들려왔다.

"근데 그 해당 항공기는 왜 갑자기 이전된 거예요? 소문이 켜켜이 쌓일 정도면 오랜 시간 함께한 기종인 것 같은데요. 괴담이라고 생각했을 때는 행여라도 마주칠까 사실 걱정이 었는데, 설화라고 생각하니까 오히려 궁금해져서인지 이제는 왠지 서운하기까지 해서요."

소문 속 주인공이 어두운 벙커 속에서 등장하는 낯선 누군가라는 사실은 여전히 변하지 않았다. 하지만 그 대상을 귀신으로 받아들이는지 아니면 귀인으로 인식하는지에 따라 상황을 대하는 태도나 관점이 완전히 달라질 수 있음을 굳이 말하지 않아도 모두가 느낄 수 있었다.

드문드문 고개를 끄덕이며 공감하는 크루들의 모습을 보던 팀장이 담담하게 궁금증을 풀어주었다.

"원래 그 기종은 지금 운항하고 있는 기종보다 큰 기체로, 더 많은 손님들을 모실 수 있는 모델이에요. 처음 이 노선에 투입되었을 때는 운항 스케줄이 비정기적이기도 했고, 지금처럼 이렇게 매일 비행편이 있지 않았거든요. 근데 노선 증편으로 여러 시간대까지 확보되면서 그보다 작은 기체로 운항하는 스케줄이 늘어나게 되다 보니 그렇게 된 것 같아요. 물론 계약 시기도 영향이 있었겠지만요."

그동안 그토록 알고 싶었던 소문에 대한 호기심은 해소되었지만, 시원하다기보다는 아쉬운 기운만이 남은 채로 랜딩 비어 자리가 마무리되었다.

호텔로 향하는 길. 둘, 셋으로 짝을 이룬 크루들끼리 다음 날 일정이나 다른 주제들로 이야기가 한창이었다. 묵묵히 선배들의 뒤를 따르던 나린이 어떤 결심이라도 한 듯 열심히 눈으로 팀장을 쫓았다. 그리고 슬며시 팀장 곁으로 다가서더니 주저하다 고민 끝에 입을 열었다.

"저, 팀장님. 혹시 실례가 안 된다면… 그 수호신 이야기 좀 더 여쭤봐도 될까요?"

"아, 나린 씨. 앞으로 밤에 벙커 들어가기 무서울 것 같아서 그런 거라면 괜찮아요. 뭐, 그래도 일단 내가 아는 건 얘기해 줄 테니 편하게 물어봐요."

"팀장님께서도 그 수호신을 만나본 적이 있으신지 궁금해서요."

뜻밖의 질문에 팀장이 잠시 고민하더니 어딘가 그리운 눈빛으로 천천히 이야기했다.

"음… 우선 내가 마주한 게 여러분들이 이야기하는 수호신인지 잘은 모르겠지만, 어두운 벙커 안에서 누군가 전해준 서늘한 온기를 느낀 적은 있었어요. 아마 그때 내가 지금 나린 씨처럼 인턴 승무원일 때였던 것 같은데… 밀 서비스를 하던 도중 컴플레인을 받은 적이 있었거든요. 원하시는 식사를 제공받지 못했던 손님께서 임의대로 받은 기내식이 맛이 없다고 화를 내시는데, 당황한 나머지 차분하게 응대해 드리지 못했던 일을 걱정하느라 벙커에 들어와서도 좀처럼 잠이 들지 못했거든요."

뉴욕에서 재충전을 도와줄 승무원들의 숙소가 멀리서 빛을 반짝이는 모습이 보이자, 발걸음을 살짝 늦춘 팀장이 마저 목소리를 이어갔다.

"한참을 조용히 뒤척이고 있는데 이층 침대에 쳐놓았던 커튼 너머에서 목소리가 들려왔어요. 괜찮다고, 작은 실수 하나씩은 하면서 배우고 더 성장하는 거니까 마음에 담아두지 말고 그 순간을 머리에 새기라고… 이제는 너무 오래전 일이 되어버려서 정확하게는 기억나지 않는데, 그런 말이었던 것 같아요."

온전히 이해되지 않는 듯한 표정을 짓고 있는 나린을 보고 팀장이 덧붙였다.

"마음에 담아두지 말고, 머리에 새기라는 말의 의미가 무엇일까 꽤 오랫동안 고민하기도 했었는데, 비행한 기록들이 쌓이고 시간을 나눈 손님들이 많아지면서 어느 순간 알게 됐어요. 같은 상황도 마음에서 꺼내보면 감성적이고 보이지 않았던 부분이 머리에서 불러오면 이성적으로 더 넓게 보일 때가 많아서, 되도록 감정들은 일찍 흘려보내고 대신 오래도록 기억하라는 말씀이셨구나 싶더라고요."

한껏 느려진 걸음에도 목적지에 도착한 두 사람이 이내 다른 크루들과 합류했다. 간략하게 공지 사항을 일러준 팀장의 목소리를 끝으로 각자 배정받은 방으로 흩어지며 다음을 기약했다.
"오늘 모두들 고생 많았어요. 이번 우리 팀은 비행 전까지 모닝콜 없는 걸로 하고, 푹 잘 쉬어요. 멀리 외출할 일정 있으면 알려주시고, 자유롭지만 안전하게 그리고 다음 비행에 지장 없도록 스케줄 관리하세요. 참, 우리 막내는 뉴욕 처음이니까 많이들 챙겨주세요."

＊ ＊ ＊

시차 적응과 여행지를 다니다 보니 순식간에 뉴욕 스테이 일정이 끝나고 어느덧 다시 비행하는 날이었다. 호텔 로비에 모인 캐빈크루들이 기장들과 함께 준비된 셔틀버스를 타고 공항으로 향했다. 긴장이 풀렸던 이틀 전 밤과 다르게 흐트러짐 없이 세팅된 머리부터 주름 하나 없이 말끔하게 다린 유니폼과 스카프까지, 완벽하게 준비를 마친 승무원들이 브리핑 전 숙지해야 할 사항들을 다시 한번 꼼꼼히 살피며 비행을 준비했다.

존 에프 케네디 국제공항 도착.
무슨 일인지 오늘 비행을 담당한 항공기가 아직 도착하지 않아, 비교적 여유 있는 공항 게이트 앞에서 캐빈크루들 먼저 브리핑을 시작했다. 직급별로 구분해서 배정받은 각자의 포지션과 구역을 확인하고, 비행기의 편명과 비행시간, 특별 기내식을 비롯한 입국신고서 등을 체크할 무렵이었다.

저 멀리서 기장들이 다급한 걸음으로 다가오며 긴박한 소식을 전달했다.

"뉴욕발 인천행 노선을 운항할 항공기가 비행 도중 기체 결함이 발생하여 현재 회항하는 중으로 제시간에 우리 공항에 도착하지 못할 것 같습니다."

"지금 운항 가능한 대체기를 확보하여 인천에서 출발할 경우, 대기 중인 다음 비행 스케줄에 모두 영향이 있을 것으로 보입니다. 손님들께서도 자정 넘어서까지 공항에서 대기하시기에는 어려움이 많을 것 같은데 최대한 시간을 맞출 수 있는 다른 방법은 없겠습니까?"

"그럼 일단 급한 대로 연합 항공사에 대체기를 지원해 줄 수 있는지 알아보겠습니다."

기장들과 팀장의 빠른 대처로 갤럭시 얼라이언스 소속 연합 항공사에서 항공기를 지원받을 수 있었다. 대체기로 오는 항공기의 정보를 받은 승무원들이 일사불란하게 변동 사항을 체크하며 브리핑을 재개했다. 조급한 마음을 애써 감추며 브리핑을 이어가던 순간, 팀장이 비행기 정보를 재확인하더니 당황한 눈빛으로 말했다.

"대체기로 온 항공기의 좌석이 기존 기체보다 많아서 캐빈 승무원이 더 필요할 것 같아요. 공항 내에 스탠바이 중인 승무원이 있는지 알아봐야 할 것 같은데… 추가 인원 섭외하는 동안 우선 부사무장님부터 여기 나린 씨까지 A조는 먼저 기내에 탑승해서, 변경된 비상탈출구의 위치 확인과 기내식 카트를 비롯한 주요 서비스 물품들이 제대로 실렸는지 점검 좀 부탁할게요."

팀장의 지시에 A조에 배정받은 승무원들이 일제히 대답하며 항공기로 이동했고, 남은 B조는 변경된 항공기의 정보를 손님들께 안내할 준비와 추가로 비행을 같이 할 스탠바이 승무원을 확인했다.

짤막한 긴급회의를 마치고, 팀장이 태블릿 PC의 정보를 업데이트하기 위해 새로 고침 버튼을 눌러 다시 정확한 인원을 체크했다. 그리고 다시 한번 시간을 가늠하며 고민하더니 이내 결심을 굳힌 듯 결연한 표정으로 말했다.

"퍼스트와 비즈니스 클래스 서비스 제공 이후에 여유가 생기면 담당 클래스를 막론하고 이코노미 클래스 서비스를 지원하는 걸로 하겠습니다. 갑자기 항공기가 교체된 만큼, 비상탈출구와 소화기 위치, 응급 키트들 모두 확인해 주시고 안전에 각별히 더 유의해 주세요."

팀장의 말을 끝으로 남아 있던 B조도 대기 중인 대체기로 향했고, 각자 포지션에 따라 기내 점검에 들어갔다.

여름의 더위를 머금은 햇빛이 점점 더 열기를 내뿜기 시작한 듯, 게이트에 연결된 항공기 위로 쏟아져 내리는 햇살이 눈부시게 다가왔다.

모두가 최선을 다해 각자 맡은 임무를 소화해 낸 덕분에 기적처럼 정시에 운항할 수 있었다. 출발을 겨우 몇 시간 앞두고 항공기가 변경된 데다 심지어 같은 기종이 아니었던 터라 크루들 모두 걱정이 많았지만, 목표를 위해 한마음으로 움직였기에 이뤄낼 수 있는 결과였다.

대다수 손님들은 기존에 예약했던 항공기의 기종이 변경된 것에는 크게 관심을 두지 않았고, 예정되었던 스케줄에 변동이 없다는 것을 다행이라고 여기는 분위기였다. 하지만 특정 모델의 기체에 탑승을 계획하고 기대했던 몇몇 손님들은 작게나마 불편한 감정을 토로하기도 했다. 나린은 아직 많은 기종의 항공기들에 탑승해 보지 못했고, 입사 전에는 기체의 모델에 대해 별다른 관심이 없었기에 손님들을 통해 새로이 인지하게 된 점이 신기하게 다가왔다. 오늘따라 창문 너머로 보이는 비행기 날개 위에 새겨진 비행기 등록번호가 더 특별하게 느껴졌다.

'HL7890. 비행기 등록번호는 사람으로 치면 주민등록번호와 같은 고유 번호라더데, 이 항공기는 번호가 단조로워서 외우기 쉽겠네.'

몽글거리는 새하얀 구름 떼 사이로 자유롭게 비행하고 있는 윙렛을 연신 프레임에 담고 있는 손님들을 바라보며 잠시 생각에 잠겼던 나린이 콜 버튼 소리에 걸음을 움직였다.

비행기가 안전 고도에 진입하고 1시간쯤 지났을 무렵, 첫 번째 기내식 서비스가 준비되었다. 메뉴로 스테이크와 와인을 고른 손님이 본격적인 식사가 시작되기도 전에 두 번째 잔을 연거푸 들이켜더니 얼마 지나지 않아 또다시 술을 주문했다. 나린은 와인이 담긴 잔을 건네며 머뭇거리듯 말했다.

"손님, 괜찮으십니까? 비행기에서는 기압이 낮아져 지상보다 취기를 빨리 느끼실 수 있습니다. 필요하시면 시원한 물도 한 잔 가져다드릴까요?"

"왜요, 고작 이거 몇 잔에 내가 벌써 취해 보여요? 아니면 술 몇 잔 주는 게 그렇게 아까워요? 성수기랍시고 항공권에 낸 돈이 얼만데. 병째 가져다주는 것도 아니면서 별걸 다 가지고 생색이야. 됐고, 그럼 물 대신 맥주나 한 캔 더 가져와요."

브리핑 시간에 강조했던 기내 매뉴얼을 떠올린 나린이 떨리는 목소리를 감추며 답했다.

"죄송합니다만, 취기가 조금 올라오신 것 같으니 이번 기내식에서는 이 잔을 마지막으로 서비스하겠습니다. 잠시 휴식을 취하신 후, 다음 기내식 드실 때 이어서 주류 서비스 제공해 드리겠습니다."

"저기요, 그걸 왜 네 맘대로 정하세요? 손님이 달라면 그냥 줄 것이지, 짜증 나게 웬 잔소리가 이렇게 많아! 다른 항공사들은 별말 없이 말하는 대로 가져다주던데. 술 안 가져올 거면, 너랑 할 얘기 없으니까 여기 책임자 불러. 지금 당장!"

술렁이는 소리를 따라간 정훈은 격앙된 소리로 쏘아붙이는 손님과 그 곁에서 어쩔 줄 몰라 하는 나린을 발견하고 중재에 나섰다. 이미 갤리에서 손님의 이야기를 보고 받았기에 어떤 상황인지 파악하기 어렵지 않았다. 정훈이 담담한 표정으로 손목시계의 시간을 확인하고는 침착하게 응대를 이어갔다.

"손님, 이번 비행 중에 약간의 난기류가 있을 것으로 예상되는 구간을 지나게 되어 부득이하게 주류 서비스를 종료하게 되었습니다. 터뷸런스로 인해 기체가 심하게 흔들릴 경우, 멀미로 이어져 두통과 구토를 유발할 수 있으므로 양해 부탁드립니다."

정훈의 말이 끝나기가 무섭게 비행기가 조금씩 흔들리는가 싶더니, 안전벨트 사인이 켜지며 기장의 안내방송이 흘러나왔다. 분이 풀리지 않은 손님은 잔에 담긴 와인을 단숨에 비워낸 뒤, 나린에게 빈 잔을 건네며 매서운 눈빛으로 말했다.

"처음부터 그렇게 말을 할 것이지. 사람 기분 나쁘게 술 못 마셔서 안달 난 진상 취객 취급하고 난리야. 너, 내가 이름 기억했으니까 이거 그냥 안 넘어갈 줄 알아."

"불편하셨다면… 죄송합니다."

원망 섞인 마지막 말에 두려움을 느낀 나린은 한껏 주눅 든 목소리로 인사를 건넨 후, 자신에게로 집중된 시선들을 피해 자리를 떠났다.

* * *

처음 겪는 상황과 그에 맞춰 줄줄이 딸려 온 여러 걱정 속에서 간식 서비스까지 마무리되고 다시 어두워진 기내. 기내 순찰을 마치고 조용히 갤리로 들어서는 나린을 향해 나긋나긋한 팀장의 목소리가 흩어졌다.
"수고했어요, 나린 씨도 얼른 벙커 가서 좀 쉬어요. A팀들 일부는 먼저 가고 나린 씨만 남았어요. 이따가 교대할 시간 되면 알려줄게요."
"네, 감사합니다. 팀장님께서도 고생 많으셨습니다."
조금은 잠긴 목소리로 인사를 건네고 돌아서는 나린을 팀장이 급히 붙잡았다.
"목이 좀 건조해 보이는데 간이 가습기 좀 만들어서 가져가요. 벙커는 더 건조해서 아마 그대로 자고 일어나면 목이 많이 아플 거예요."
팀장은 능숙한 솜씨로 종이컵에 냅킨을 깔고 따뜻한 물을 부어 미니 가습기를 만들었고, 이를 건네받은 나린은 조심스레 벙커로 향했다.

벙커 입구에서 비밀번호를 입력한 후, 이층 침대 아래로 비치된 희미한 간접 조명을 따라 컴컴한 벙커 안을 살금살금 걸어갔다. 생각했던 것보다 더 어둡고 서늘함이 감도는 벙커 내부의 기운에 왠지 모르게 압도당한 나린은 숨을 죽인 채 두리번거리며 빈자리를 찾았다.
커튼이 쳐져 있는 침대와 바닥에 놓인 신발을 확인하고 비어 있는 침대의 이층 자리로 향했다. 기내화로 신고 있던 드라이빙 슈즈를 살며시 벗어두고 침대 위로 올라가 누우며 머리 옆에 수제 가습기를 놓았다. 나린도 선배들을 따라 침대에 딸린 커튼을 친 후, 휴대폰 불빛으로 내부 조명의 스위치를 찾았다. 짤막하게나마 비행 일지를 기록해 두고 싶은 마음에 조명 스위치를 눌렀지만, 어쩐 일인지 작은 침실을 밝혀주지 않았다.

'뭐야, 고장 났나? 조명 안 켜고 휴대폰으로 메모하면 눈 아픈데…'

건조한 공기와 쌓인 피로로 인해 뻑뻑해진 눈을 감았다 뜨며 고민하던 나린은 결국 그냥 잠을 청하기로 마음먹고 눈을 감았다. 운항 중인 비행기 소음을 제외하고는 고요한 적막만이 감도는 벙커 안에서 모두가 스르륵 각자의 시간에 빠져들어 갔다.

얼마쯤 지났을까, 온갖 근심 더미에 휩싸여 전전긍긍하다 겨우 잠든 나린의 침대 커튼 귀퉁이가 슬그머니 열리고 있었다. 조금씩 흔들리는 기체에 뒤척이던 나린의 얼굴 주변으로 서늘한 무언가가 느껴졌다. 선잠에 취해 비몽사몽한 상태로 눈을 뜨자, 침대 옆에 선 누군가의 실루엣이 움직이며 나린을 향해 손을 뻗어왔다. 벙커 안이 어두운 탓에 얼굴이 자세히 보이지 않는 데다 펍에서 들었던 이야기가 떠올라 겁이 난 나린이 반사적으로 소리를 질렀다.

"아, 깜짝이야! 누, 누구… 누구세요?"

나린의 비명 소리에 놀란 크루들이 잠에서 깨어났고, 다급한 목소리에 벙커 침대의 커튼을 걷고 침대 밖을 내다보며 물었다.

"괜찮아요? 무슨 일 있어요?"

나린은 어둠 속에서 들려오는 선배들의 목소리만으로도 조금은 안심이 되어 침착하게 곁에 서 있는 그림자를 찬찬히 눈에 담았다.

침대 밑에서 은은하게 뿜어져 나오는 간접 조명의 여린 빛과 선배들이 급하게 비춰준 휴대폰 화면의 불빛에 의지해 상대방을 확인했다. 불빛들이 아래쪽을 비추고 있는 탓에 얼굴은 정확히 보이지 않았지만, 입고 있는 유니폼과 긴 머리카락 사이로 보이는 명찰에서 빛나는 반달 모양의 야광 달빛을 발견하고 마음을 놓을 수 있었다.

"어… 미안해요. 나 때문에 많이 놀란 것 같은데 괜찮아요? 가습기가 굴러떨어진 것 같아서 조용히 올려놓으려고 했는데 이렇게 되어버렸네요."

뜻밖의 소란을 일으켜버린 상황에 상대방은 어색한 미소를 지으며 미안함을 전해왔다. 민망함을 가득 담은 목소리로 나린에게 종이컵을 건네자, 그제야 진정을 되찾은 나린이 대답했다.

"아, 가습기… 진짜 죄송해요. 제가 갑자기 소리 질러서 더 놀라셨죠? 죄송합니다… 전에 들었던 얘기 때문에 순간적으로 겁이 나서요. 다른 선배님들도 죄송해요, 편히 쉬고 계셨을 텐데 괜히 저 때문에…"
밀려오는 부끄러움과 죄송스러움에 고개를 숙이며 사과를 전했다. 침대 커튼 너머로 종이컵을 주고받는 모습에 어떤 상황인지 파악한 윤서가 나른한 목소리로 말했다.
"나린 씨였구나. 그 가습기는 단단히 고정 안 해두면 잘 떨어져요. 간편하긴 한데 번거롭기도 하고 자면서도 은근히 신경 쓰여서 나는 요즘 가습 마스크로 자주 쓰거든요. 미리 하나 챙겨줄 걸 그랬네요."

'꼬르륵-'
선배의 말에 고개를 끄덕이며 다음 할 말을 고르는 나린을 뒤로하고 눈치 없이 뱃속에서 먼저 아우성을 치기 시작했다. 당황한 나머지 배를 감쌌지만, 한번 출발해 버린 공복 열차는 수없이 기적을 울려대며 폭주하는 바람에 당사자를 곤란하게 만들었다.
"나린 씨, 혹시 배고파요? 그러고 보니 아까 그 일 때문에 속이 불편한지 크루밀 먹는 둥 마는 둥 했었죠? 설마 지금까지 아무것도 안 먹었어요?"
"네? 아… 괜, 괜찮습니다. 아까 일할 때는 긴장해서 그런지 배가 별로 안 고팠는데 이러네요. 그리고 중간중간에 과자 조금씩 챙겨 먹어서 괜찮습니다."
"과자 조금 먹고 일을 어떻게 해요. 간식이라도 먹지… 이따가 교대하러 내려가면 갤리 가서 뭐라도 먹어요. 마음이 복잡할수록 배를 든든하게 채워 넣어놔야 느리게라도 풀려요. 그리고 인턴 때부터 건강 안 챙기면 나중에 몇 배로 되돌아와서 일 오래 하기 힘들어질 거예요."

조금은 야단스러운 걱정을 건네는 윤서의 말에 격하게 동의라도 하는 듯, 나린의 뱃속에서는 계속해서 배고픔을 외쳐댔다. 자꾸만 작은 소동이 이어지는 것만 같아 난처해질 무렵, 반대편 1층 침대의 커튼이 다시 열리더니 나린을 향해 무언가 건네졌다.

"괜찮으면 이거라도 일단 하나 먹어요. 크기는 작아도 먹고 나면 은근히 든든해요."

부사무장인 정훈이 작은 초코바 하나를 나눠주자, 나린의 침대 중 1층에서 쉬고 있던 지은이 불쑥 커튼을 젖히고 대화에 동참했다.

"부사무장님, 초코가 들어간 과자 남은 거 하나 더 있으시면 저 좀 빌려주시면 안 돼요? 추가 탑승 인원 반영이 안 됐는지 크루밀이 부족해서 저는 못 먹었거든요. 아니, 크루밀이 부족하면 어떻게 일을 하라는 거죠? 저는 사실 비행하는 이유 중에 크루밀도 있거든요. 뭐니 뭐니 해도 중, 장거리 비행의 꽃은 기내식인데… 너무 배고파서 누구 하나 물 것 같아요."

"그래도 크루밀이 덜 실려서 다행이지, 손님들 기내식이나 스페셜 밀 중에 누락된 부분이 있었으면 진짜 큰일 날 뻔했어요. 장거리 비행인 데다 탑승 전에 갑자기 항공기까지 교체되어서 불편해하시는 분들이 계셨거든요."

나린의 배꼽시계로 벙커 안에서 쉬고 있던 4명의 크루들이 모두 일어나 기내식 이야기를 시작으로 묵었던 호텔의 조식, 여행지의 맛집 등 갖가지 음식 이야기를 나누며 허기를 달랬다. 나린의 수제 가습기를 주워주었던 크루도 양쪽 이층 침대를 사이에 두고 서서 중간중간 조용히 목소리를 내었다.

"요즘 굿즈뿐만 아니라 기내식도 콜라보로 진행하는 타 항공사들이 많더라고요. 우리 항공사도 참여해서 기내식 메뉴의 선택이 넓어지면 좋을 것 같아요."

"맞아요, 맛의 호불호를 최대한 줄이려다 보니 대부분 정형화된 메뉴가 많아서 조금이라도 변주를 주면 더 신선해질 텐데 말이에요. 혹시 이번 비행 끝나면 뭐 드실 거예요? 저는 장거리 노선만 다녀오면 그렇게 매콤한 음식이 먹고 싶어요. 근데 매운맛으로 비행의 피로와 스트레스를 푸는 게 습관으로 굳어지니까 고치기가 너무 어려운 거 있죠. 다른 분들은 어떤 음식으로 충전하세요? 아, 그러지 말고 나린 씨부터 돌아가면서 지금 먹고 싶은 음식 이야기해 보는 거 어때요?"

지은이 넌신 가벼운 질문에 나린이 진지하게 고민하더니 천천히 입을 뗴었다.

"음… 저는 떡볶이요. 근데 요즘 나오는 로제나 크림, 치즈 떡볶이 말고 동네 분식집에서 파는 매콤한 옛날 떡볶이가 먹고 싶어요. 프랜차이즈 떡볶이도 너무 맛있지만, 중·고등학생 때 친구랑 먹던 그 떡볶이 맛을 다시 한번 느껴보고 싶어요."

"추억의 맛이나 나만의 힐링푸드, 뭐 이런 건가요? 그렇다면… 저는 얼큰한 김치찌개가 먹고 싶어요. 청양고추랑 참치 듬뿍 들어간 엄마표 김치찌개요."

"어? 저는 조금 전까지 마라탕 먹고 싶어서 집에 가자마자 배달 주문하려고 했었는데, 힐링푸드랑 한식 이야기가 나오니까 갑자기 갈비찜 먹고 싶어요. 그중에서도 저희 외할머니가 해주시던 달큰하고 부드러운 소갈비찜이요. 근데 지방에 계셔서 갈비찜은커녕 외할머니 얼굴 한번 뵙기도 쉽지 않네요."

정해진 비행 스케줄에 따라 일정을 소화하느라 경조사 참석이 어려운 것은 물론이고, 명절과 각종 연휴에는 오히려 더 정신없이 분주했다. 사정이 이렇다 보니 주변 사람들과 나누는 일상이 줄어들면서 자연스레 홀로 자신만의 시간을 보내는 데 익숙해져 갔다.

나린부터 윤서, 지은을 차례대로 거친 질문은 정훈에게로 돌아왔고, 어쩐지 기대하는 여러 쌍의 눈빛을 한 몸에 받은 정훈이 주저하며 말했다.

"어… 저는 생초콜릿이요. 유난히 지치던 날 위로와 힘이 되어주던 진하게 달콤한 생초콜릿이 갑자기 떠오르네요."

"부사무장님, 예전부터 초콜릿 좋아하셨나 봐요? 과자는 잘 안 드시길래 단 것 싫어하시는 줄 알았는데 초콜릿은 예외이신가 봐요."

무심코 던진 지은의 질문에 난데없이 허를 찔린 정훈이 잠시 고민하다 말을 이어갔다.

"원래 단 거 안 좋아하는 편인데, 피곤하거나 집중하고 싶을 때마다 하나씩 먹다 보니 초콜릿류는 자주 찾게 되는 것 같아요."

조용히 네 사람의 대화를 듣고 있던 크루가 넌지시 대화의 흐름을 바꾸었다.

"네 분 모두 함께했던 누군가나 인상 깊었던 기억이 담긴 맛을 떠올리시네요? 그럼, 여기 응모해 보시는 건 어떠세요?"

크루가 휴대폰 화면 위에 저장된 이미지를 띄우더니 네 사람을 향해 내용을 보여주었다.

'여러분은 어떤 기억을 기내식으로 추천하고 싶으신가요?'
'커스텀 리마인드 기내식 밀키트! 여러분의 소중한 기억 속 맛을 공유해 주세요!'

높이가 낮은 침대에 반쯤 누워서 대화를 이어가던 네 사람이 침대 밖으로 몸을 반쯤 빼고 밝은 불빛이 뿜어져 나오는 휴대폰 화면에 가까이 다가갔다. 침대 아래에서 새어 나오는 간접 조명의 희미한 불빛에 적응해 있던 터라 화면에서 쏟아지는 환한 빛에 눈이 부셨다. 휴대폰을 손에 쥔 크루가 스크롤을 서서히 내리면서 말했다.

"최근 변경된 기내식 업체에서 기내식에 새로운 메뉴를 도입할 예정인가 봐요. 신메뉴 개발을 위해 요즘 유행하는 독특

한 구성이나 누구나 좋아할 법한 친숙한 맛 등 여러 아이디어를 공모 중이래요. 원래 이런 이벤트는 홍보 차원에서 손님들을 위주로 시행하는데 이번엔 특이하게 운항승무원이랑 캐빈 승무원만 대상으로 진행한대요."

눈부심으로 작은 글씨들은 대충 흘려보내고 커다란 이미지 사진을 중점으로 눈에 담고 있던 네 사람이 무언가를 발견하고 서로를 마주 보았다.

손님께 제공되는 모습으로 쟁반 위에 세팅되어 있던 음식들이 종이상자에 담겨 전자레인지로 데워먹는 레토르트 기내식으로 변하더니, 마지막에는 재료별로 개별 포장되어 조금 더 단단한 종이상자에 차곡차곡 자리하며 익숙한 모습의 밀키트로 완성되었다.

의아한 표정들을 읽은 크루가 먼저 궁금증을 풀어주었다.

"이벤트에 응모한 아이디어 중 선발된 메뉴는 기내식으로 도입하기 전에 먼저 밀키트로 만들어져 아이디어 제공자에게 배송된대요. 최대한 똑같은 맛을 구현해 낼 수 있도록 알고 있는 레시피나 응모한 메뉴의 특별한 점, 그리고 그 메뉴에 얽힌 이야기를 자유롭게 기재해 달라고 쓰여 있던데요? 전반적인 것들을 조합해 보면 완전히 톡톡 튀는 새로운 메뉴를 개발한다기보다는 아는 맛에서 차별점을 내세워 스토리텔링을 하려는 전략인가 봐요."

조용히 집중해서 크루의 이야기를 듣던 네 사람이 설명이 끝난 뒤에도 아무런 말 없이 각자 생각에 잠겼다. 그리고 이내 지은이 고민스러운 목소리로 입을 열었다.

"하긴, 너무 색다른 신메뉴를 내놓아도 고르시는 손님들 입장에서는 선뜻 손이 안 가실 수 있을 것 같아요. 비행기 기내식이라고 하면 특별하게 생각하시는 분들도 계시지만 그래도 여행 전부터 너무 모험적인 건 선택하지 않으실 것 같거든요."

"아는 맛이 무섭다는 말처럼 친숙한데 어딘가 신선한 느낌의 메뉴, 괜찮을 것 같아요."

이어지는 윤서의 말에 나린이 의견을 보탰다.

"저는 제안한 아이디어가 신메뉴로 만들어진다는 것도 기쁠 것 같지만, 그것보다 똑같은 맛을 낸 메뉴를 밀키트로 받아볼 수 있다는 게 지금은 더 설레요. 완전히 똑같지는 않겠지만, 그래도 그 맛을 다시 한번 느껴볼 수 있다고 생각하니까 벌써 기대돼요."

나린의 말에 모두들 공감한다는 듯 고개를 끄덕였고, 그 모습을 지켜보던 크루는 만족스럽다는 듯 어딘가 의미심장한 미소를 지으며 밀렸디.

"그럼 제가 이 이벤트에 참여하실 수 있는 링크를 사내 다이렉트 메시지로 여기 계신 네 분께 보내드릴게요. 홍보가 덜 되었는지 생각보다 찾기 어려운 곳에 게시되어 있어서요."

크루가 네 사람의 명찰에 새겨진 이름과 직급을 나타내는 야광 심볼을 눈에 담으며 재차 확인하더니 입꼬리를 당겨 올리며 당부했다.

"이벤트 참여 마감 기한이 거의 임박한 것 같던데 응모하실 분들은 조금 서두르셔야 할 거예요. 좋은 결과 있으시길 바랄게요."

크루의 말이 끝나자 기다렸다는 듯 나린의 스마트 워치가 손목 위에서 떨리며 교대 시간을 알렸다. 맞춰놓은 알람이 울리는 것을 보던 네 사람이 각자의 휴대폰으로 시간을 다시 확인하더니 가져온 소지품을 챙겨 서둘러 벙커를 벗어났다.

"먼저 가보겠습니다, 편하게 재충전하고 오세요."

가벼운 목례로 인사를 건넨 4인방이 크루에게서 점점 멀어져 갈 때쯤, 등 뒤로 나지막한 목소리가 들려왔다. 행렬의 가장 마지막에 서 있던 나린이 계단을 내려가다 멈춰서서 뒤를 돌아보았지만, 어슴푸레한 간접 조명의 불빛 한 조각과 차가운 기운 한 자락만이 남겨져 있을 뿐이었다.

'소중한 비행, 맛있는 비행 되세요.'

벙커에서 갤리로 돌아온 네 사람이 다른 팀과 교대를 마치고 진행 중이던 업무를 이어갔다. 연달아 울리는 콜 버튼에 바쁘게 움직이느라 벙커에서 나눴던 대화들은 어느새 아득해졌다.

인천국제공항 제2터미널 도착.

저녁에서 밤이 되어갈 무렵 도착한 뉴욕발 인천행 비행기는 장시간 비행에 지친 손님들을 빠짐없이 모두 배웅하고 나서야 잠시 휴식에 들어갔다. 함께했던 승무원들도 조금은 긴장을 늦추고 가벼운 걸음으로 비행기를 나섰다. 기장들을 필두로 팀장부터 직급별로 팀원들이 뒤따르며 걷다 갈림길에서 서로서로 인사를 나누며 각자의 길로 흩어졌다.

막내인 나린은 마지막까지 남아 선배들께 고생하셨다는 인사를 연신 건네면서도 눈으로는 누군가를 찾는 듯 바쁘게 움직였다.

"고생 많으셨습니다, 다음 비행 때 뵙겠습니다. 조심히 들어가십시오~."

"나린 씨도 고생 많았어요. 공항버스 타고 갈 거죠? 같은 방향이라고 했던 걸로 기억하는데, 같이 갈래요? 근데 아까부터 누구 찾는 사람 있어요?"

인사를 나누면서도 평소와 달리 눈을 맞추지 않는 모습에 궁금해진 지은이 물었다.

"네? 아… 특별히 찾는 사람은 아닌데요, 아까 벙커에서 뵈었던 선배님이 안 보이시는 것 같아서요."

"벙커? 아, 나린 씨 가습기 주워주셨던 분. 그러고 보니 그때 이후로 못 뵌 것 같네… 업무 때문에 계속 움직이고 담당 구역이 달라서 마주치지 않는가 보다 생각했는데 먼저 가셨나?"

"벙커에서는 너무 어두웠던 탓에 제대로 인사를 못 드린 것 같아서요. 또 제가 한발 늦었나 봐요."

"앞으로 또 같은 팀으로 비행할 날이 있겠죠. 우리도 얼른 가요, 긴장이 풀리니까 갑자기 잠이 쏟아져서 집까지 졸면서 좀 가야겠어요."

아쉬운 마음을 뒤로한 채 다음을 기약한 나린이 지은과 나란히 공항버스 정류장으로 향했다.

첫 장거리 비행을 마쳤다는 사실에 긴장이 느슨해진 나린은 집에 도착하자마자 풀썩 주저앉았다. 온몸에 힘이 빠진 데다 배도 고팠지만, 그보다 얼른 침대에 편하게 눕고만 싶어져 지친 몸을 이끌고 샤워를 시작했다. 집에서 느껴지는 익숙한 포근함에 안정을 되찾아 가면서도 마음 한구석은 여전히 무거웠던 탓에 가라앉은 기분을 좀처럼 털어내기 어려웠다.

노곤해진 몸으로 침대에 누운 뒤, 몽롱한 정신에 배달 음식을 고르던 손가락이 휴대폰 화면 위에서 점차 느려지더니 이윽고 움직임을 멈추었다. 머리카락도 미처 말리지 못한 채 스르륵 잠에 빠져든 탓에 따로 가습기를 마련하지 않았어도 목이 건조하지 않았다.

얼마나 잠들었던 것일까, 배고픔에 잠에서 깬 나린이 휴대폰 화면을 두드려 시간을 확인했다. AM 3:48.

"아… 배고파…"

자다 일어나서인지 한껏 잠긴 목소리로 멍하니 내뱉은 혼잣말이 끝나기가 무섭게 또다시 뱃속에서 아우성치는 소리가 들려왔다. 습관처럼 배달 앱을 켜던 손이 현재 시각을 기억해 내고는 허공에서 멈추었다. 야식을 먹기에는 조금 늦은 감이 있었고, 그렇다고 아침으로 먹기에도 너무 이른 시간이라 애매한 시간대에 잠에서 깬 것이 아쉬울 뿐이었다. 필사적으로 졸음을 쫓아내던 몇 시간 전과 달리 허기로 잠이 달아나 버린 상황에 나린은 다음 행동을 결정해야 했다.

다시 잠을 청할까 고민하던 것도 잠시, 비어 있는 속이 배고픔을 호소하다 못해 점점 쓰려오자 이를 달래기 위해 일단 침대에서 일어나 몸을 움직였다. 물 한 잔을 마시며 떡볶이집 오픈 시간을 확인하려던 나린의 눈에 가득 쌓여 있는 알림들이 들어왔다. 스팸 문자부터 광고 카톡 등 밀린 알림들을 정리하다 누군가의 이름을 발견하고 손가락이 느려졌다.

'나린아, 요새도 그렇게 맨날 바빠? 너 입사하고 나서 한 번을 제대로 못 본 것 같아.'

'너네 항공사에 승무원이 너 하나인 것도 아닌데 뭘 그렇게 매번 너만 바빠?'

'그러지 말고 조만간 시간 좀 내줘. 그리고 내가 지난번에 말했던 거 선배들한테 물어봤어? 항공권 싸게 사는 방법 직원들은 알 거 아니야. 친구 좋다는 게 뭐야, 꼭 물어보고 알려줘!'

자정이 넘은 시간에 일방적으로 날아든 카톡들을 보고 복잡한 마음이 든 나린이 발신자의 이름 위에서 한참을 머뭇거리다 결국 답을 주지 못하고 시간을 미루었다. 왠지 모르게 착잡해진 기분에 입맛이 모두 달아나 버려 그저 우두커니 앉아 있기만 했다. 이유를 정확히 알 수 없는 답답함에 연거푸 내쉬던 한숨 뒤로 새로운 알림이 울렸다.

'띠링-'

메시지나 카톡 알림과는 다른 소리에 궁금해진 나린이 다시 휴대폰 화면을 밝혔다. 캐빈승무원들끼리 스케줄을 교환하는 '스왑'과 사내 공지 사항을 확인할 수 있는 회사 앱에 다이렉트 메시지가 와 있었다. 특별히 스케줄 교환을 신청해 놓은 기억이 없었기에 무슨 내용인지 가늠이 되지 않아 급히 메시지를 눌러 열어보았다.

'리마인드 기내식 밀키트. 익숙함에 잊고 지냈던 마음을 다시 한번 느껴보세요! 소중했던 그때 그 순간으로 여러분을 초대합니다. 지금 이곳에서 맛으로 떠나는 비행의 주인공이 되어보세요!'

"이 시간에 누구지? 보낸 사람 아이디가… diana12? 아, 병커에서의 그 선배님이신가 보네. 잊지 않고 이렇게 링크까지 보내주시고… 많이 피곤하실 텐데 다음에 비행하면서 뵙게 되면 꼭 감사 인사드려야겠다."

　손가락으로 자판을 두드려 감사 인사가 담긴 메시지를 전달하면서 아쉬운 마음에 혼잣말을 중얼거렸다.

　어느 순간 배고픔도, 답답한 느낌도 모두 잊은 채 홀린 듯 링크를 눌러 화면을 채웠다. 벙커에서 선배가 보여주었던 익숙한 이미지들이 차례대로 나열되어 이벤트를 홍보했고, 마지막쯤에는 기내식이 밀키트로 바뀌어 포장되는 짤막한 영상도 게시되어 이해를 도왔다.

　　커스텀 리마인드 기내식 밀키트! 여러분의 소중한 기억 속 맛을 공유해 주세요!
　손님들의 입맛을 사로잡을 수 있는 기내식의 신메뉴 아이디어를 응모해 주세요. 보통 식사와 퓨전 음식, 이색적인 디저트 모두 환영합니다. 추천하는 메뉴의 특장점과 알고 있는 레시피가 있다면 맛의 완벽한 재현을 위해 최대한 상세하게 기재해 주시기 바랍니다. 또한 해당 메뉴에 담긴 재밌는 에피소드나 특별한 기억이 있는 경우, 함께 작성해 주시면 섬세한 맛을 구현해 내는 데 많은 도움이 되므로 적극적인 공유 부탁드립니다.
　해당 이벤트는 비공개로 진행되며 선발되신 분께는

등록된 번호로 개별 연락을 드릴 예정입니다. 기내식의 신메뉴로 선정된 메뉴는 손님들께 제공되기 전, 마지막 피드백을 위해 아이디어 제공자에게 밀키트 형식으로 미리 배달됩니다. 밀키트에는 신선한 재료들이 별도로 포장되어 있고, 특제 소스나 양념도 동봉되어 있으므로 냉장 보관과 빠른 조리를 권장합니다.

밀키트를 받으신 분들은 기억 속 맛의 완성도를 별점 또는 한 줄 평으로 평가해 주시면 감사하겠습니다.

루나 에어라인의 운항승무원과 캐빈승무원 여러분들의 많은 참여와 성원 바랍니다.

나린이 휴대폰의 스크롤을 느리게 내리며 공지된 이벤트의 상세 내용을 하나도 빠짐없이 머릿속에 담으려는 듯 정독했다. 끼니를 글자로 대신하려는지 몇 번을 다시 읽어 내려가며 눈에 꼭꼭 되새기더니 정작 '신청하기' 버튼 위에서 고민에 빠져들었다. 화면 위를 뱅글뱅글 맴돌던 손가락이 마음을 정했는지 어느 순간 버튼으로 직진했다. 새로이 열린 창을 물끄러미 바라보던 것도 잠시, 확신에 찬 눈빛으로 거침없이 화면을 두드렸다. 나린의 시선을 따라 엄지손가락이 춤을 추듯 쉴 새 없이 바쁘게 움직였다.

추천 메뉴와 그에 얽힌 이야기를 쓰다 보면 말하고 싶지 않은 부분까지 모두 흘러나올 것만 같아 고민했지만, 익명성에 기대어 마음을 굳혔다. 응모한다고 해도 나린의 메뉴가 뽑힌다는 보장이 없는 데다, 만에 하나 선정된다고 해도 비공개로 진행된다고 하니 이 공간에서만큼은 솔직해도 괜찮을 것 같았다. 그리고 무엇보다도 추억 속에서만 맛볼 수 있었던 그 맛을 비슷하게나마 다시 한번 느낄 수 있다는 기대감이 나린의 선택에 결정적인 역할을 하였다.

  추천 메뉴 : 옛날 분식집 떡볶이.
  메뉴에 관한 이야기 : 중학생 때부터 고등학교 졸업할 때까지 친한 친구와 자주 먹었던 분식집의 옛날 떡볶이를 기내식의 신메뉴로 추천하고 싶습니다. 그 당시 저는 조용하고 소심한 성격이었던 탓에 하고 싶은 말이 있어도 꺼내놓지 못하고 마음속에 꽁꽁 담아두기 일쑤였습니다. 그때마다 친구는 자기가 찾아낸 맛있는 조합으로 새로운 메뉴를 만들어 제게 건네주었고, 함께 느꼈던 맛과 공유했던 시간 속에서 자기 마음을 전하는 다양한 표현법을 배울 수 있었습니다. 좋아하는 음식이 제게 위로와 응원으로 느껴졌던 것처럼 손님들의 여정에도 맛으로 즐거움과 따뜻함을 선물해 드리고 싶어 응모하게 되었습니다.
  수많은 메뉴 중 저의 1순위 힐링 푸드였던 그 떡볶이는 쫄깃쫄깃한 식감이 일품이었습니다. 떡볶이를 한입 베어 물 때마다 스며들어 있던 매콤한 양념이 입안 가득 퍼지는 느낌이었던 것으로 기억되는 걸 보면 아마 쌀떡

보다는 밀떡을 사용했던 것 같습니다.

그리고 같이 곁들여 먹을 수 있었던 삶은 달걀이 이색적이었습니다. 옛날 떡볶이는 떡과 어묵, 그리고 삶은 달걀을 모두 넣고 조리하는 일반적인 방법과 달리, 삶은 달걀을 별도로 넣어 먹는 방식이었습니다. 이는 껍질을 깐 삶은 달걀을 각자의 기호에 맞게 즐길 수 있도록 하기 위함이었는데, 준비된 달걀이 완숙이 아닌 반숙란이었기 때문입니다.

종이컵에 반숙란을 담아 포크로 반을 나누면 살짝 설익은 노른자를 더 촉촉하고 쫀득하게 즐길 수 있었습니다. 거기에 떡볶이와 양념을 넣으면 매콤한 맛을 더 부드럽게 먹을 수 있었고, 떡볶이 양념 대신 어묵 국물을 넣으면 더 고소한 어묵탕을 맛볼 수 있었습니다.

매콤 쫄깃한 떡볶이에 부드러운 반숙란, 그리고 시원한 어묵 국물을 구성으로 한 기내식을 제공한다면 매운 음식을 좋아하시는 분부터 매콤한 맛을 잘 드시지 못하는 분들까지 모두 즐길 수 있는 메뉴가 될 것 같아 단거리 노선 메뉴로 추천해 드리고 싶습니다.

망설임 없이 추억을 두드리던 손가락을 멈추고 작성된 문장들을 다시 살펴보았다. 한 줄 한 줄 읽어 내려갈 때마다 그때 먹었던 떡볶이의 식감과 넣어 먹었던 삶은 달걀, 매운맛을 중화시켜 주던 어묵 국물의 맛이 생생하게 떠올랐다. 마치 어제 먹었던 것처럼 또렷하게 느껴지는 맛과 더불어 떡볶이 메이트였던 누군가의 얼굴도 살며시 되살아났다.

반숙란을 맛있게 먹는 방법이라며 포크로 달걀을 으깨고 그 위에 떡볶이 양념을 뿌리며 자기만의 레시피를 알려주던 목소리와 종이컵의 뜨거운 국물을 무심한 듯 식혀주던 손길까지.

지치고 힘든 날 먹으면 어쩐지 위로되던 떡볶이와 늘 그 곁에서 용기를 주던 한 사람, 영지였다. 도시의 소음이 잠든 고요한 새벽이어서 그런지 자꾸만 어릴 적 같이 시간을 보냈던 일들이 떠올라 생각들이 꼬리에 꼬리를 물고 머릿속을 가득 채웠다. 새벽 감성에 기대어 그동안 고민했던 이야기들을 조심스레 털어놓아 볼까 망설이느라 애꿎은 카카오톡 창만 여닫기를 반복했다. 실속 없이 분주하기만 했던 나린의 손가락은 결국 채팅방을 누르지 못했고, 오른쪽 귀퉁이에 멈춘 듯 자리한 빨간 숫자도 사라지지 않았다.

나린은 무슨 말을 어떻게 전해야 할지 아직 자신이 없었다. 그리고 무엇보다 어딘가 불편해지는 자신의 마음에 솔직해짐으로써 영지와의 관계가 깨지게 될까 두려웠다. 내면에 소금씩 쌓여버린 사소한 서운함을 수면 위로 꺼내 부딪치는 것보다, 어정쩡하더라도 지금처럼 그저 그런 연락을 주고받을 수 있는 사이로 지내는 게 더 낫다고 생각했다. 더 가까워지는 것 대신 멀어지지 않는 것을 선택한 대가로 때때로 나린은 전보다 더 외로워졌지만, 다시 또 혼자가 되고 싶지 않았다.

여름의 새벽은 다른 계절보다 일찍 아침을 불러왔다. 내내 고민만 하다 지나버린 시간에 벌써 날이 점점 밝아오고 있었다. 보랏빛 밤공기가 어스름한 푸른빛으로, 그리고 다시 주황빛으로 계속해서 색이 덧칠해지다 이내 오렌지빛으로 서서히 물들어 갔다. 시시각각 변하는 하늘의 빛깔과 그에 맞춰 차츰 기온을 더해가는 여름의 온도를 멍하니 바라보며 시간의 움직임을 온몸으로 느꼈다.

요동치는 배꼽 알람으로 잠에서 일어났지만, 나린은 더 이상 배가 고프지 않았다. 분명 텅 비어 있을 속이 무언가로 가득 차 답답해져 왔다. 매운맛으로 악명높은 프랜차이즈 떡볶이를 복숭아 음료도 없이 쉬지 않고 먹은 것처럼 마음이 쓰리고 더부룩한 느낌에 큰 숨을 들이마시고 내쉬었다. 한숨으로 조금씩 복잡함을 날려 보내던 나린의 손바닥 안에서 새로운 알림이 연달아 울렸다.

옅은 미소를 지으며 바쁘게 스마트폰 화면 위를 오가던 손가락이 어느 순간 멈추더니 쉴 새 없이 떨려왔다.

"어? 이게 무슨… 어떡하지?"

* * *

이른 아침 집 근처 공원을 빠른 걸음으로 돌던 윤서가 무언가 떠오른 듯 한쪽에 멈춰서서 휴대폰을 확인했다. 이전에 저장해 두었던 웹페이지를 찾아 주소를 복사한 뒤, 항공사 직원용 앱에서 나린을 찾아 메시지로 링크를 보냈다.

'어제 비행 고생 많았어요, 같이 비행했던 오윤서 승무원입니다. 벙커에서 이야기했던 가습 마스크가 갑자기 떠올라서 링크 보내요. 검색하면 해외직구 홈페이지들이 많이 나오는데 여기는 바로 배송인 데다 가격도 합리적이어서요. 별건 아니지만 도움이 되면 좋겠네요.'

나린에게 구매 링크와 함께 간결한 메시지를 전달한 윤서가 주머니에 휴대폰을 넣고 다시 걸음을 재촉했다. 햇볕이 뜨거운 열기를 힘껏 내뿜기 전에 아침 운동을 마치고 싶었다.
적당히 선선한 기운이 남아 있을 무렵에 운동을 시작한 데다 변수가 많았던 장거리 비행의 여파로 상대방은 아직 한밤중일 것이라 생각했다. 그러나 윤서의 예상이 무색하게 연달아 울리는 알림으로 내딛던 발걸음이 다시 붙잡혔다.

'리마인드 기내식 밀키트. 익숙함에 잊고 지냈던 마음을 다시 한 번…'

나린의 답장이라고 생각하며 열어본 메시지에는 기내식 밀키트 이벤트 안내와 관련 링크가 첨부되어 있었다.
"웬 기내식 밀키트? 아이디가 diana12? 아, 그 가습기 승무원이신가 보다."
산책로의 나무 그늘에 서서 답장을 보내고는 무심코 링크

주소를 누르려다 멈칫했다.

'회사 앱의 DM으로 온 데다가 이벤트도 사내에서 진행되는 거라고 했으니까, 스미싱 뭐 이런 건 아니겠지? 그냥 눌러봐도 괜찮은 걸까?'

벙커에서 기내식 이벤트 이야기를 들었을 때도 특별히 크게 관심이 생기지 않았던 터라 이내 메시지 창을 닫으려는 순간, 몇 번의 알림이 더 울리며 새로운 메시지가 도착했다.

'선배님, 안녕하십니까? 어제 함께 비행했던 서나린 인턴 승무원입니다. 선배님들께서 제 부족한 부분들까지 모두 채워주시고 또 챙겨주신 덕분에 무사히 비행을 마칠 수 있었습니다.'

'선배님들께서 배려해 주시고 이끌어 주신 만큼 저도 나중에 후배분들이 생기면 그 마음을 꼭 이어가겠습니다. 정말 감사합니다.'

'기내식 이벤트에 참여한 것처럼 마스크도 구매하러 가보겠습니다. 감사합니다~.'

미소 지으며 나린에게서 도착한 메시지들을 읽어 내려가던 윤서의 눈이 기내식 이벤트라는 단어에 꽂혀 다시 한번 메시지를 확인하고는 답장을 보냈다.

'나린 씨도 메시지 받았어요? 벌써 기내식 이벤트에 응모한 거예요?'

아직 메시지 창을 열어두고 있었던 것인지, 윤서가 메시지를 보내자마자 실시간으로 나린의 답이 돌아왔다.

'앗, 네! 자다가 배고파서 깼는데 때마침 그 메시지를 보내주셔서요. 제가 추천한 메뉴가 기내식으로 만들어지면 너무 기쁠 것 같고, 무엇보다도 기억 속에 있는 그 맛을 다시 맛보고 싶어서요. 게다가 지난번에 유튜브 클립 영상 중 어떤 예능에서 의뢰인이 제보한 맛을 재현해 주는 에피소드가 있었거든요. 그 회차를 봤던 게 생각나서 얼른 응모했어요.'
'아… 그럼 나도 한번 찾아봐야겠네요. 알려줘서 고마워요, 잘 쉬고 다음 비행 때 만나요.'

윤서가 나린과의 메신저 대화를 마무리하고 다시 길을 나섰다. 자꾸만 발걸음이 빨라지는 건 뜨거워지기 시작한 기온 때문만은 아니었다.

조깅을 끝낸 후 집에 들어와 샤워를 하고 시원한 물 한 잔을 마시자, 더운 열기가 점차 사그라들며 정신이 점점 더 또렷해졌다. 나린의 말을 떠올려 보던 윤서가 이벤트 안내 링크를 눌러 찬찬히 내용을 살펴보았다.
기억 속에서만 그리던 맛을 재구현하여 다시 맛볼 수 있다는 매력적인 제안보다 추천한 메뉴가 기내식이 되어 손님들께 제공된다는 점이 윤서의 관심을 더 사로잡았다. 이벤트가 비공개로 진행되어 익명으로 채택된다고 해도 그 메뉴가 기내식으로 선정되기만 한다면, 앞으로 있을 진급 심사에서 자신을 어필하는 데 도움이 될지도 모르는 일이었다.

대수롭지 않게 여겼던 기내식 이벤트에 대한 생각이 바뀌자, 갑자기 마음이 급해져 행동이 바빠졌다. 자신의 추천 메뉴가 뽑힐 수 있도록 획기적인 아이디어와 특별하면서도 조금은 전략적인 스토리텔링이 필요했다.

나린이 이야기했던 예능의 해당 에피소드 영상을 찾아보며 메모하기도 하고, 휴대폰에 저장되어 있는 사진들을 한 장씩 넘기면서 인상 깊었던 일들이나 다시 먹고 싶은 메뉴가 있는지 떠올려 보았다. 곁에 놓아둔 종이가 가득 차도록 낙서와 메모를 그려 넣던 손을 멈추고, 유행이 지속되고 있는 음식이나 디저트류 검색을 이어갔다. 내친김에 자신만의 레시피로 간편하게 새로운 음식의 조합을 만들어 내는 프로그램까지 시청하고 나니 꽤 많은 아이디어가 모였다.

"아무리 인기가 오래간다고 하더라도 기내식으로 마라탕은 조금 무리가 있겠지? 맵고 뜨거운 데다 마라탕은 토핑을 골라서 먹는 맛도 있는데 기내에서 그 정도 선택은 어려울 거야… 그럼 비빔국수나 좀 더 한국적인 느낌으로 잔치국수 같은 쪽으로 가야 하려나."

윤서가 혼잣말을 중얼거리며 종이 위에 그려진 그림과 글자를 하나씩 지워갔다.

"차라리 디저트 쪽이 더 나으려나? 버블티는… 타피오카 펄을 따로 준비해서 음료를 만들어야 하니까 너무 바쁠 것 같고, 한국적인 느낌으로 간다면 개성주악도 좋을 것 같긴 한데 가격 때문에 일반 클래스에서는 좀 어려우려나. 탕후루는 뾰족한 꼬챙이 때문에라도 안 되겠다. 나무젓가락으로 바꾼다고 해도 설탕 조각들 때문에 위험할 수도 있고 청소 문제도 있어서 패스."

 이건 이래서 힘들고, 저건 저래서 안 될 것 같다며 생각했던 메뉴를 하나씩 지워내다 보니 아이디어 후보들이 몇 개 남지 않았다. 승무원으로서 연차가 어느 정도 쌓인 데다 다양한 손님들을 응대한 경험으로 비추어 봤을 때, 제한된 공간과 한정적인 시간에서 제공되는 서비스의 현실적인 부분을 고려하지 않을 수 없었다.
 두 눈은 시끄러운 종이 위를 노려보며 한 손으로는 볼펜을 돌리던 윤서가 무언가 결정했다는 듯 큰 한숨을 내쉬며 펜을 탁자 위에 소리 나게 놓았다.
 "크로플이랑 아이스 떡 둘 중 하나로 간다. 오븐에 잠깐 데우고 딸기니 블루베리 잼, 또는 버터랑 세트로 제공해 드리는 크로플이 제일 무난할 것 같은데 좀 참신한 느낌은 덜 하네. 그럼 딸기나 티라미수, 크림치즈 등이 들어간 아이스 떡이 나으려나, 퓨전 떡이라 아이들이랑 외국인 손님들도 좋아하실 것 같은데. 그럼 이야기를 어떻게 짜야 하려나."

 영상을 찾아보고 블로그를 검색하며 아이디어를 떠올리는

동안 꽤 많은 시간이 흘렀는지 배가 고프기 시작했다. 언제 제공될지도 모를 손님들의 메뉴를 고민하느라 정작 자신은 아침도 건너뛴 채로 정오를 맞이하게 되었다.

적당히 흐름이 잡혀가는 것에 집중력이 느슨해져 뒤늦게 허기가 몰려왔다. 오랜만에 집밥을 만들어 먹어볼까 하는 마음에 냉장고를 열었지만, 텅 비어버린 반찬통들만 어색하게 자리를 차지하고 있을 뿐이었다. 윤서는 장을 보러 갈지 잠시 고민하다 마음을 바꾸어 배달 앱으로 김치찌개를 주문했다.

배달이 오는 동안 어수선한 냉장고 안을 정리하며 비어 있는 통들을 씻어내고 있었지만, 답답한 마음에는 알 수 없는 감정들이 자꾸만 부풀어 올랐다.

'지금 네 나이가 몇인데 아직도 사랑 타령을 하고 있어. 그냥 적당히 괜찮고 나쁘지 않은 사람이면 결혼해서 맞춰가면서 사는 거지. 네가 그런 생각이니까 지금까지…'

바로 어제 들은 말처럼 생생하게 들려오는 엄마의 목소리가 머릿속에서 울려 퍼지며 다시 윤서를 괴롭혔다. 주위를 둘러싼 불편한 목소리를 떨쳐내려는 듯, 고개를 세차게 흔들고는 설거지에 집중하기 위해 손을 바쁘게 움직였다.

그릇뿐만 아니라 마음까지 씻어내고 싶었던 설거지가 끝나자, 이를 기다린 것처럼 배달이 도착했다. 엄마가 해준 맛이랑 똑같다고 남겨진 리뷰들에 홀려 덜컥 2인분을 주문한 터라 김치찌개가 담긴 플라스틱 통이 묵직했다.

한 끼에 먹을 양을 나누어 담아두고 점심을 먹었다. 배고픔도 컸지만 오랜만에 먹는 김치찌개가 마음을 설레게 했다. 괜한 기대감에 가득 차 떨리는 손으로 국물을 한 큰술 입안으로 가져갔다. 매콤하고 짭조름한 주황빛 국물이 입안 가득 퍼지며 지친 마음과 묵은 피로를 씻어주었다. 얼마나 지났을까, 뜨거움을 식혀가며 쉬지 않고 숟가락을 옮기던 손이 점차 느려지는가 싶더니 이내 멈추었다.

"맛있긴 한데… 뭐랄까 어딘가 좀 허전한 느낌이네. 참치도 들어 있고, 두부랑 매운 고추도 들어 있는데 뭐가 문제지? 찌개에 들어간 김치맛의 차이인 건가. 엄마표 김치찌개보다는 어쩐지 깊은 맛이 조금 덜한 것 같은데…"

음식 평론가라도 된 것처럼 맛의 차이가 느껴지는 원인을 나름대로 분석해 보았으나, 정답을 확인할 길은 없었다. 이벤트 응모 때문인지 오늘따라 맛에 집착하게 되는 것만 같아 신경이 쓰였지만, 아쉬운 마음을 뒤로하고 마저 식사를 이어갔다.

윤서는 기볍게 재미 삼아 응모해 보는 기내식 이벤트가 아닌 본격적인 기내식 신메뉴 기획서를 완성해 버린 것에 다시 고민에 빠졌다. 본의 아니게 보고서를 작성하고 나니 어느덧 뉘엿뉘엿 해가 지고 있었다.

"벌써 또 저녁 먹을 시간이네. 김치찌개 한 번 더 먹고 싶어서 2인분 시켰는데, 막상 연달아서 먹고 싶은 맛은 아니네… 저녁 뭐 먹지?"

혼잣말을 중얼거리며 냉장고와 부엌 선반을 열어보다 컵라면을 발견하고 꺼내 들었다. 간편하게 끼니를 때울 생각에 반가웠던 것도 잠시, 컵라면 뚜껑 위로 그려진 김치와 문구를 확인하고는 표정이 금세 실망감으로 물들었다.

"아, 왜 또 라면까지 김치찌개야. 아무리 힐링 푸드여도 오늘은 두 끼를 내리 먹고 싶지는 않은데… 그래도 라면이니까 좀 다르려나."

결국 식사 준비의 번거로움이 맛의 중복을 이겨내었다. 잠깐의 망설임 끝에 뜨거운 물을 붓고 라면이 익어가기를 기다리는 동안, 곁들여 먹을 김치를 찾았다.

"한국인이라면 김치찌개 라면을 먹어도 김치가 있어야지."

뜨거운 국물이 배어들며 면발이 풀어지는 속도만큼 김치를 찾아 냉장고 안을 샅샅이 뒤지는 눈과 손도 점점 더 빨라졌다. 각종 인스턴트 식품들과 시들어 가는 과일들 틈에서 겨우 찾아낸 반찬통 안에는 달랑 김치 한 조각만이 남아 있을 뿐이었다. 밀려오는 아쉬움에 한 조각 남은 김치를 신줏단지 모시듯 조심스레 들고 탁자로 돌아왔다.

그사이 알맞게 익은 라면에서 김이 모락모락 흘러나오며 제법 맛있는 김치찌개의 냄새를 집 안 곳곳에 풍겼다. 묵은지가 들어 있는 별도의 김치 스프 덕분에 일반적인 컵라면보다 더 깊고 진한 풍미가 느껴졌다. 컵라면 속에 들어 있던 김치 조각들을 면과 함께 건져 먹다 신중하게 마지막 남아 있던 김치 한 조각을 맛보았다. 익숙한 맛이 반가워 괜스레 마음까지 편안해지는 기분이 들었지만, 곧이어 이 상황이 서글퍼졌다.
"엄마는 진짜… 아무것도 모르면서. 자존심 상해서 말도 못하고 나만 이게 뭐야."
젓가락으로 컵라면 속에 남은 면발을 뒤적거리며 한숨을 내뱉던 윤서의 눈빛이 갑자기 바뀌더니 휴대폰 속 이벤트 안내문을 다시 천천히 눈에 담았다.

원래 윤서는 승진에 크게 관심이 없었다. 그저 여행의 설렘과 그 기분 좋은 떨림을 사람들과 나누고 싶어서 이 일에 도전하게 되었고, 시간이 지날수록 자신의 성향과 너무 잘 맞는 것 같아 일하는 게 즐거웠다. 그래서 빠른 승진이나 성과급 같은 부수적인 부분보다 건강하게 오래오래 승무원으로 일하고 싶은 마음뿐이었다.
굳이 누가 알아주지 않아도, 보여지는 무언가로 증명되지 않아도 자신이 사랑하는 일에 대한 자신감과 자부심이 있었기에 다른 건 특별히 중요하지 않았다. 자기 자리에서 그저 즐겁게 열심히 자신의 몫을 해내다 보면 승진이나 인센티브는 자연스레 따라올 거라고 여겼다. 각자의 페이스내로 충실하면 된다는 생각을 한순간에 바꾸어 버렸던 사건만 아니었다면 윤서는 자신만의 속도대로 계속 순항할 예정이었다.
하지만 우연히 듣게 된 불편한 진심으로 인해 윤서의 지표는 길을 잃게 되었고, 그 속에서 생겨난 불안감은 왜곡된 방식으로 표출되고 있었다.

이번에 윤서가 공을 들이고 있는 부사무장 진급 심사가 그중 하나였다. 아직 승진하기에는 상대적으로 연차가 이르기 때문에 심사 대상자라고 해도 실질적인 가능성은 희박한 상황임을 분명 알고 있었다. 하지만 눈에 보이는 성과를 내보여 자신의 가치를 증명해야 한다는 생각에 마음만 자꾸 조급하고 초조해져 갔다.

사실은 승진을 꼭 하고 싶다는 마음보다 내가 선택한 길이 틀리지 않았음을, 그리고 제대로 걸어가고 있음을 그걸로 대신 확인받고 싶었던 것인지도 몰랐다. 다른 사람이 툭툭 내던진 무례함에 휘둘리지 않고 흠집 난 자존심을 지켜내는 방법을 아직은 정확히 알지 못했다.

윤서는 기내식 이벤트 공지 사항을 곱씹어 보며 깊은 생각에 빠져들었다. 제출한 아이디어가 기내식으로 선정되면 그 이력이 인사고과에 반영될지도 모른다는 기대감에 눈이 멀어, 정작 가장 중요한 이벤트의 취지를 놓치고 있었다는 것을 발견했다.

항공사에서는 기내식에 채택될 만한 그럴듯한 음식이나 디저트 메뉴가 궁금한 것이 아닌, 한 사람의 기억 속에 자리한 추억의 음식과 그에 관한 이야기를 듣고 싶어 한다는 걸 깨달았다. 무리한 욕심을 마음에서 덜어내고 나니 비로소 가야 할 방향의 가닥이 조금씩 잡히는 것 같았다.

지금 가장 먼저 해야 할 일은 오늘 하루를 몽땅 쏟아부었음에도 완벽하게 어긋나 버린 보고서를 깨끗이 포기하는 것이었다. 생각을 끝내고 결심이 서자 머뭇거리지 않고 첫걸음을 내디뎠다.

이제야말로 진정성이 담긴 자신만의 이야기를 메뉴에 담아 선보일 차례였다.

추천 메뉴 : 엄마 손 김치찌개.

메뉴에 관한 이야기 : 매운 음식을 굉장히 좋아하는 지금과 달리, 어린 시절의 저는 매운 음식을 잘 먹지 못하는 아이였습니다. 보통 맵기의 김치만 먹어도 몇 배의 물을 마셔야 할 정도였으니까요. 하지만 이상하게도 엄마께서 만들어 주시던 김치찌개만큼은 늘 밥 한 공기를 금세 비워낼 정도로 맛있게 먹었습니다. 매운맛을 좋아하시는 아빠 입맛에 맞춰져 굉장히 매웠는데도 말이죠.

그렇게 한참 땀을 쏟아내고 입을 불어가며 열심히 김치찌개를 먹은 다음, 시원하고 고소한 보리차 한 잔을 마시며 입안을 정리하다 보면 어느새 마음속에 남아 있던 근심 걱정이 모두 녹아 없어졌습니다. 입맛이 없는 날도, 어딘가 울적한 날에도 언제나 편안하게 즐길 수 있었던 엄마표 김치찌개를 추억의 메뉴로 제안합니다.

어릴 적부터 엄마 어깨너머로 보았던 엄마 손 김치찌개의 레시피를 떠올려 보면, 어디서든 쉽게 접할 수 있는 메뉴인 것에 비해 의외로 조리 시간이 길었던 것으로 기억됩니다.

 우선, 본격적인 김치찌개 조리에 앞서 다시마와 대파 뿌리, 무를 넣어 육수를 내셨습니다. 그리고 들기름에 김치를 볶으면서 중간중간 김칫국물을 넣고, 이후에 미리 준비해 둔 다시마 육수를 부어 찌개를 끓이셨던 것 같습니다. 그러다 김치가 서서히 물렁물렁해질 때쯤 양파와 다진 마늘을 넣고 다시 한소끔 끓으면, 그 위에 청양고추와 참치를 올려 마무리하셨는데 때때로 두부도 함께 더해진 모습으로 완성되어 식탁에 올라왔습니다.

 얼큰한 맛으로 입맛을 돋우는 참치김치찌개 한 그릇으로 속은 더 따뜻하고, 기분은 산뜻해졌던 제 경험을 손님 여러분께 전해드립니다. 잠시 한국을 떠나시는 길, 마지막까지 든든하실 수 있도록 훈훈한 김치찌개를 기내식 사전 주문 서비스 메뉴로 제공하여 손님들의 여정을 배웅하고 싶습니다.

 윤서는 기억 속에 남아 있는 조각들을 모두 끌어모아 자신의 힐링 푸드를 소개했다. 호불호가 크게 나뉘지 않으면서도 대체로 부담 없이 즐길 수 있는 메뉴인 데다 쓸데없는 과욕을 비워내서인지 훨씬 편안해진 마음으로 이야기를 풀어나갈 수 있었다. 조급한 생각을 버리자 한결 가뿐해진 마음이 문체에 담겨 순수하게 전달되었다.

 온종일 매달리며 작성하던 기획서를 완성했을 때보다 더

후련하고 홀가분한 표정으로 화면 속 제안서를 바라보았다. 어딘가 정돈되지 않은 듯 가볍게 쓰인 글에 조금 신경이 쓰였지만, 아이디어를 공모하는 이벤트의 취지에 어긋나지 않은 것 같아 모르는 척 제출하기 버튼을 눌렀다.

처음 사내 이벤트 응모하기로 결심했던 순간과 여전히 같은 결과를 바랐지만, 그 이유와 과정을 대하는 마음가짐은 완전히 달라져 있었다.

"나도 엄마가 해준 김치찌개 먹고 싶다, 청양고추랑 두부 가득 넣어서…"

점점 더 짙어져 가는 밤처럼 엄마 손 김치찌개를 그리워하는 마음도 따라 한층 더 깊어져만 갔다.

얼큰화끈
김치찌개

다음 날 늦은 밤, 뉴욕 비행을 함께했던 지은에게서 연락이 왔다. 이사를 염두에 두고 있어 아직은 이르지만 비행 스케줄이 없는 날 미리 불필요한 짐을 정리하는 중이라고 했다. 카톡으로 오가던 이야기가 잠시 느려지는가 싶더니 곧이어 벨소리가 들려오며 휴대폰 화면 위로 눈에 익은 글자가 떠올랐다. '주니어 윤지은'

'선배님~ 지금 통화 가능하세요? 제가 짐 정리 때문에 휜 장갑을 끼고 있어서 화면 터치가 좀 힘들어서 그러는데요, 목소리로 대화해도 괜찮으실까요?'

"그렇지 않아도 커피 내려 마시려던 참이라 스피커폰으로 받으면 나야 더 편하죠."

'다름이 아니라, 선배님댁에 향초 있으세요? 괜찮으시면 제 향초 좀 입양해 주세요. 원래도 몇 개 가지고 있었는데 이번 생일 선물로 2개나 더 받은 거 있죠? 승무원들은 다 숙면이 어려운 줄 알고 친구들이 매번 수면과 관련된 용품만 선물해 줘요.'

몇 년 전까지만 해도 자신도 경험했던 일이라 어떤 상황인지 짐작한 윤서가 웃으며 말했다.

"주니어 때까지는 그런 선물 종종 받을 거예요. 일단 본가 말고 우리 집에는 향초가 없긴 한데… 많으면 그냥 당근 마켓에서 판매하는 건 어때요?"

'선배님, 저 조금 전까지 당근 마켓 때문에 엄청 시달렸어요… 좋은 분들도 계시긴 한데 오늘 무슨 날인지 시간 약속 잘 안 지키시는 분부터 만났는데 무료 나눔 해달라는 분까지 너무 힘들었거든요. 그래서 그냥 주변에서 필요하신 분께 드리고 싶어요.'

피곤함이 묻어나는 목소리와 대화를 이어가는 도중, 지은이 물었다.

'맞다, 선배님도 그 DM 받으셨어요? 벙커에서의 그 선배님께서 기내식 이벤트 링크 보내주셨던데요. 선배님께서는 참여하실 거예요?'

"아, 나도 받고 나서 어젯밤쯤에 적당히 신청 완료했어요. 그러고 보니 나린 씨도 이미 아이디어 제출한 것 같더라고요. 근데 벙커에서 그분 선배님이세요?"

'진짜요? 그럼 저도 그냥 편하게 한번 응모해 봐야겠어요. 지난번 나린 씨랑 대화할 때 들으니까 명찰에서 반달무늬를 본 것 같다고 해서요. 아주 세부적으로는 몰라도 이름 앞에 그려진 별과 달의 모양으로 대체적인 직급을 구별할 수 있길래 선배님이라고 생각했거든요.'

지은과 사소한 이야기를 더 나누다 통화를 마치고, 벙커에서 만났던 크루를 떠올렸다. 그날따라 어두웠던 공간 탓에 얼굴은 자세히 보지 못했지만, 어딘가 모르게 낯설고 조용했던 목소리와 달리 따뜻한 동료애를 지닌 시니어 크루라는 걸 느낄 수 있었다.

지나가는 듯 나누었던 대화도 잊지 않고 한 사람씩 모두를 챙기는 다정함을 보며 닮아가야겠다고 생각했다. 지은에게서 얻은 시니어 승무원이라는 단서로 다음 비행 때 만나게 되면 꼭 직접 고마운 마음을 전해야겠다고 다짐했다.

이틀간의 휴무일이 모두 지나고 다시 또 출근이었다. 아쉬운 마음과 설레는 마음이 뒤섞여 기분이 갈팡질팡했다. 윤서와 지은 모두 일본 퀵턴 스케줄이라 이번 비행도 같은 팀이려나 기대했지만, 윤서는 도쿄 나리타로 지은은 오사카 간사이 비행으로 쇼업 시간부터 차이가 있었다. 두 사람은 다음에 같이 할 팀 비행을 기약하며 서로의 하루에 무운을 빌었다.

눈코 뜰 새 없이 바쁜 비행을 마치고 다시 집으로 돌아오는 길이었다. 인천에서 나리타로, 나리타에서 다시 또 인천으로 연달아 두 번 스케줄을 하고 나니 몸에 힘이 하나도 없었다. 운동하는 양에 비해 체력이 점점 더 쉽게 바닥나는 것만 같아 걱정되었다. 몸과 마음이 방전되는 속도는 빨라지는 반면 충전 시간은 자꾸만 더뎌졌다.

몇 달 전 엄마와 다툰 이후, 평소와 다르게 지금까지 냉전 상태가 계속 진행 중인 것도 컨디션이 더 깊이 가라앉는 데 한몫하는 모양이었다. 공항버스 창문 너머로 건물이 스쳐 지나가는 모습을 멍하니 바라보다 소란스러운 머리가 어지러워 눈을 감았다.

복잡한 기분에서 벗어나려고 애쓰는 모습을 비웃기라도 하는 듯, 눈을 감고 억지로 잠을 청할수록 그날의 기억이 더욱 선명해져 왔다. 무거운 한숨 속에 멋대로 재생된 순간은 바로 이모 친구의 조카와 잠깐의 만남을 정리하고 본가에 갔던 날이었다.

집에 들어서는 순간부터 시작된 엄마의 잔소리는 점차 염려를 가장한 꾸지람으로 번져갔다. 마주한 상황을 객관적으로 바라볼 자신이 없어 심란한 마음을 아직 추스르지도 못하고 있던 참이었다. 당사자인 자신조차 어디서부터 어긋나고 있었는지 가늠이 되지 않아 답답하기만 하던 순간, 일방적으로 쏟아지는 엄마의 질문과 조언 공세를 고스란히 감당해 내기란 쉽지 않았다.

"아니, 이번엔 좀 잘 만나는 것 같더니 왜 또 그만뒀어? 엄마가 이모한테 얼마나 사정해서 소개받은 자리인지 몰라서 그래?"

"그러니까 주변에 자꾸 부탁하고 아쉬운 소리 하지 마세요. 그런 자리 나가는 거 사실 저도 불편해요. 그리고 인연이면 언제라도 만나겠지, 그렇게 무작정 애쓴다고 닿아져요?"

"맨날 일한다고 바쁘고, 어쩌다 쉬는 날에는 운동할 때 빼고 공부한답시고 집에만 콕 박혀 있으니까 그러는 거잖아. 학벌도 좋은 데다 규모는 아직 작아도 제법 내실 있게 자기 사업 꾸려가고, 그리고 무엇보다 너 그렇게 외국 돌아다니면서 스케줄 근무하는 걸 이해한다는데 도대체 뭐가 문제야."

"아니, 그러니까 외형적인 부분은 그렇지. 그냥… 느낌이 안 와요, 나랑 잘 안 맞는 것 같고."

"느낌은 또 무슨 느낌, 그리고 너랑 꼭 맞는 사람이 어딨니? 부모 자식 사이여도 이렇게나 안 맞는데."

"그러니까… 날 별로 생각하지 않는 것 같아서, 좋아하는 마음이 안 느껴진단 말이에요."

적당히 에두르며 이야기의 핵심을 이리저리 피해 가던 그때였다.

"지금 네 나이가 몇인데 아직도 사랑 타령을 하고 있어. 그냥 적당히 괜찮고 나쁘지 않은 사람이면 결혼해서 맞춰가면서 사는 거지. 살다 보면 정도 들고 가족애도 생기고 그런 건데. 꼭 그렇게 네 마음에 완벽히 맞는 사람만 고르려고… 네가 그런 생각이니까 지금까지 짝을 못 찾는 거잖아. 그리고 막말로 너 좋다고 만나던 전 남자 친구는 왜 헤어진 건데, 결국에는 스케줄 때문에 자주 못 만나고 서로 불안해져서 그런 거잖아. 설렘보다 안정감이 더 오래간다는 걸 왜 여태 몰라."

지쳐 있던 몸과 여유가 없던 마음에 엄마의 책망 섞인 푸념이 끊임없이 더해지자, 참아왔던 윤서의 감정이 견디지 못하고 무너져 내리고 있었다.

"결혼은 엄마가 아니라 나랑 살 사람을 찾는 거잖아요. 내 마음에서 아니라는데, 대화로도 해결이 안 되는 것 같아서 그런 건데 왜 자꾸 내 탓을 해요! 엄마는 아무것도 모르면서. 내가… 내가 어디까지 참았는데, 엄마 생각해서 얼마나 노력했는지 엄마는 모르잖아요."

속상한 마음이 걷잡을 수 없이 터져 나와 울먹이던 목소리가 결국 눈물로 얼룩져 갔다. 저녁 식사를 준비하느라 등진 채 서로 대화를 나누던 와중에 들려온 흐느낌에 놀라 엄마가 뒤를 돌아보았다. 빨갛게 물든 토끼 눈 한 쌍이 원망을 가득 담은 눈빛으로 슬픔을 감추려고 애쓰고 있었다.

당황한 엄마가 뭐라고 말할 새도 없이, 윤서는 서둘러 짐을 챙겨 집을 나왔다. 엄마에게 이야기를 털어놓으며 엄마표 김치찌개로 덮어보려던 마음이 오히려 더 엉망이 되어버려 어찌할 바를 몰랐다.

갑작스럽게 위로의 대상을 잃어버린 김치찌개도 부엌에서 홀로 쓸쓸히 식어갔다.

윤서는 공항버스의 속도가 점차 느려지는 것을 느끼고 눈을 떴다. 생각보다 긴 시간을 기억 속에서 헤매고 있었는지, 공항버스가 어느덧 익숙한 버스 정류장 근처에 다다르고 있었다.

 급하게 상념에서 빠져나와서인지 조금은 멍한 얼굴로 이리저리 주위를 둘러보며 현재 위치를 가늠했다. 목적지에 닿아가는 버스에서 하나둘씩 손님들이 내릴 준비를 하자, 덩달아 마음이 바빠졌다.

 버스에서 내린 윤서가 캐리어를 돌돌 끌며 집으로 향했다. 이른 아침부터 시작되었던 하루가 벌써 늦은 오후에 접어들고 있었지만, 여름의 긴 햇살이 여전히 거리를 환하게 밝혀주고 있었다. 맑게 갠 하늘과 미지근한 바람을 따라 느리게 걸어가며 조용히 여름을 만끽했다. 그러나 윤서의 평온한 여름 나들이는 왁자지껄한 동기 단체 대화방의 알림으로 그리 오래가지 못했다.

'제법 유명한 미국 여행 커뮤니티에 올라온 글인데 우리 항공사 얘기인 것 같아서요. 최근에 뉴욕 비행 다녀온 크루 있으신가요?'

 뉴욕 비행이라는 단어에 불안해져 손가락이 묶인 윤서의 손끝 아래로 우려의 메시지가 줄줄이 이어졌다. 뒤숭숭한 기분이 자신의 기우이길 바라며 첨부된 링크를 눌러 게시된 글을 확인했다.

 얼마 전, 국내 L 항공사 뉴욕발 인천행 비행에서 주류 서비스 갑질당했네요. 기내식 먹고 자면서 갈 생각으로 와인 몇 잔 달라고 해서 마셨는데 그게 그렇게 아까웠는지 여승무원이 핀잔주더군요. 다른 손님들도 다 있는데 대놓고 취객 취급당해서 얼마나 황당했는지 몰라요.
　　　　　　　　　　⋮

성수기라서 항공권 돈도 많이 냈는데 결국은 이코노미 손님이라 대우가 그랬을까요. 타항공사와 달리 객실 서비스 질을 낮춰 원가 절감하는 게 티가 날 정도로 느껴져서 별로였는데, 거기에 인턴 승무원 교육마저도 엉망인 것 같아서 앞으로 다시는 그 항공사 안 탈 겁니다.

본문과 하단에 달린 댓글을 읽어 내려가던 윤서의 안색은 눈에 띄게 어두워졌고, 파리해진 입술 사이로 무거운 한숨이 연거푸 터져 나왔다.
"설마… 이거 나린 씨 이야기를 쓰신 건가? 그렇지 않아도 나린 씨 걱정이 많은 것 같던데. 여기서 끝나지 않고 혹시라도 일이 커져서 회사까지 알려지면 어쩌지…"

　　　　　　　　＊　＊　＊

집에 도착해 간단히 샤워를 마치고, 밀 서비스를 하다 얼룩진 앞치마를 세탁하기 위해 움직였다. 소량의 주방세제를 얼룩 위에 묻혀 살살 문지른 다음 앞치마를 세탁기에 넣고, 세탁 바구니를 채우던 다른 옷가지들도 더불어 통 안으로 들여

보냈다. 얼마 지나지 않아 세탁기가 일정한 소음을 내며 규칙적으로 빙글빙글 돌아가자, 그 모습을 멍하니 앉아 잠시 바라보았다.

물과 더해진 세탁 세제가 몽글몽글한 거품을 만들어 세탁물을 감싸안고 서핑하듯 거친 물줄기를 가로질렀다. 세탁기 속 작은 바다에서 파도가 부서지는 것처럼 순간적으로 하얀 거품이 만들어졌다 사그라드는 모습을 지켜보며 세탁멍에 빠져들어 갔다. 마음속을 좀먹고 있는 답답한 먼지와 불편한 얼룩들도 꺼내어 깨끗하게 씻어낼 수 있다면 얼마나 좋을까 생각하다 이내 자리를 옮겼다.

승진에 대한 기대감은 조금씩 비워냈지만, 어찌 되었든 진급 시험을 앞두고 있었기에 준비해야 했다. 낮은 탁자 앞에 앉아 영어책을 펴두고 휴대폰으로 해당 음원을 찾아 재생 버튼을 눌렀다. 여러 성우가 순서를 바꿔가며 다양한 국가의 영어 발음으로 문장을 읽어주는 목소리를 들으면서 보기를 골라내던 눈이 슬며시 감겼다. 곧이어 같은 공간에서 퍼지는 목소리마저 웅얼거리다 점차 희미해져 가는 것을 느끼며 까무룩 잠이 들었다.

'띠링-'

귓가에서 울리는 알림 소리에 잠에서 깨어난 윤서가 건조한 눈을 연신 깜박이며 주위를 둘러보았다. 시간이 얼마나 지났는지 어느새 어둠이 몰려와 집 안 곳곳을 물들이고 있었다.

현재 시각을 확인하려고 휴대폰 화면을 켜자, 환한 불빛에 세 자리 숫자와 나란히 메시지 하나가 반짝 떠올랐다.

별다른 의심 없이 메시지 창을 열어 내용을 확인하던 윤서의 눈이 이리저리 흔들렸다. 정확히 문장을 이해한 것이 맞는지 의심스러워 눈을 비비고 다시 한번 찬찬히 글자를 하나하나 읽어 내려갔다.

'똑똑! 지금 문 앞에 오윤서 님이 보내주셨던 소중한 기억이 도착했습니다. 신선한 재료와 귀한 마음이 담긴 상자를 얼른 만나 열어 보세요. 리마인드 기내식으로 지친 몸과 허전한 마음을 채우는 시간, 바로 지금입니다. 오로지 당신만을 위해 준비된 특별한 커스텀 기내식 밀키트와 함께 의미 있고 맛있는 비행 되세요!'

놀라서 점점 커지는 눈과 슬며시 벌어지는 입술이 메시지의 내용을 제대로 이해했음을 대신 증명해 주었다.

"이게 지금, 그러니까 내가 제안한 메뉴가 뽑혔다는 거야? 게다가 이렇게나 빨리 제작이 완성되었다고? 새로운 기내식 업체 엄청 대단한데, 완전 리스펙."

아직 얼떨떨한 기분에 의식의 흐름대로 혼잣말을 중얼거리다 문득 무언가를 떠올리고 현관으로 향했다. 알 수 없는 긴장감이 몰려와 바짝 마른 입술을 말아 물었다 놓기를 반복하다, 큰 숨을 내쉬고는 조심스레 현관문을 밀어젖혔다.

문 앞에 놓여 있던 평범한 중간 크기의 스티로폼 상자 하나가 문 귀퉁이에 걸려 뒤로 밀려나며 존재를 알렸다. 메시지의 내용이 사실이었음을 확인하자, 긴장했던 마음이 사르르 녹아내려 설렘과 기대감으로 번져갔다. 윤서가 한결 편안해진 얼굴에 환한 웃음을 그리며 두 손으로 스티로폼 상자를 들고 안으로 들어왔다. 새하얀 스티로폼 상자 위에 붙어 있는 운송장 스티커를 확인하고 꼼꼼하게 부착된 테이프를 뜯기 시작했다.

"과욕을 버리고 그냥 자유롭게 쓰길 잘했네, 그래도 진짜로 선정될 줄은 몰랐는데 대박. 근데 원래 운송장에는 받는 사람만 쓰여 있나? 아까 메시지에도 택배 회사명이 없던데 배송을 자체적으로 하시는 건가… 잘은 모르겠지만 주소랑 이름이랑 맞으니까 괜찮겠지?"

괜히 불안해지는 마음을 뜯어내 버리려는 듯 운송장 스티커와 상자에 둘린 테이프를 냉큼 떼어냈다. 봉인이 풀린 스티로폼 상자를 살며시 열자, 꽁꽁 언 얼음팩에서 차가운 냉기가 가득 새어 나오며 그 안에 들어 있는 밀키트 상자를 더욱 특별하고 신비롭게 만들었다.

밀키트는 종이상자 위에 투명한 플라스틱 뚜껑이 덮인 채, 커다란 김치찌개 그림이 그려진 빳빳한 종이띠로 감싸져 있었다. 뚝배기 안에 참치와 두부, 그리고 고추 고명이 올려져 완성된 맛있는 김치찌개 사진 아래에 메뉴의 이름이 적혀 있었다.

"얼큰화끈 김치찌개? 이름만 들어서는 굉장히 매운 느낌인데, 기내에서 손님들이 부담 없이 즐기실 수 있으려나. 일단 먹어보고 너무 매운 것 같으면 코멘트 남겨야겠다. 얼마만의 엄마표 김치찌개인지… 정말 그대로 구현되었을지 너무 기대된다."

주어진 상황에서 매 순간 최선을 다하지만 절대 무리하지 않기로 다짐한 덕분인지, 처음부터 일이 순조롭게 잘 풀리는 것만 같아 만족스러웠다. 한껏 들뜬 마음으로 밀키트 상자를 풀며 안에서 나온 구성품을 하나씩 꺼내어 늘어뜨려 놓았다.

"김치랑 육수, 양파랑 고추, 그리고 두부랑 참치. 어, 다진 마늘이랑 들기름도 들어 있네? 거기에 보리차까지, 완전히 내가 썼던 레시피 그대로인데? 딱 한 끼 식사 분량으로 개별 포장되어 있어서 더 좋다."

조그만 용기나 투명한 비닐에 소량의 적정량만이 들어가 밀봉된 팩을 이리저리 돌려보며 확인하던 중, 종이상자 속에 남아 있는 마지막 팩 하나와 조리법 설명서를 발견했다.

"마법의 가루? 이건 내 레시피에는 없었던 건데… 라면수프처럼 입맛 따라 간을 맞추는 용도인 건가? 이름 때문에 넣으면 왠지 정말 똑같은 맛으로 완성될 것 같네."

다른 재료들과 달리 마법의 가루는 불투명한 은색 비닐에 담겨 있어 내용물을 확인해 볼 수 없었다. 일반적인 라면수프 같은 마법의 가루를 흔들어 보던 손이 동봉되어 있던 조리 설명서로 향했다.

자신의 메뉴가 뽑혔다는 사실에 마냥 신이 나서 바쁘게 움직이던 손이 갑자기 느려져 갔다. 호기심에 잔뜩 물들어 있던 표정은 어딘가 숙연해져 갔고, 차분하게 설명서를 확인하는 눈빛도 제법 진지해져 있었다.

커스텀 기내식 밀키트로 먼저 만나보는 리마인드 기내식 : 얼큰화끈 김치찌개 조리 가이드.

- 냄비에 들기름을 넣고 중불로 예열해 주세요. 그 후 김치를 넣고 중약불에 살살 저어가며 5분 정도 오래 볶아주세요.
- 김치를 볶는 중간중간 김치가 들어 있던 팩에 남아 있는 김칫국물을 넣으며 볶아주세요.
- 기호에 따라 고춧가루를 넣은 후, 비법 육수를 넣어 끓여주세요.

⋮

- 국물이 한소끔 끓어오르면, 두부를 넣고 냄비 뚜껑을 닫아 3분 정도 약불로 더 끓여주세요.

※ 기재되어 있는 순서를 따라 추억 속에 자리한 맛을 떠올리며 차근차근 조리해 주세요. 기쁜 기억과 슬픈 기억 모두 환영합니다.

밀키트를 따라 그리움의 맛을 그려가며 그 과정에서 전해지는 마음을 느껴보세요. 신선한 재료에 따뜻한 정성이 더해진 기억의 맛을 천천히 음미하시며 즐거운 리마인드 비행 되시길 바랍니다.

조리 설명서를 읽어 내려가던 눈이 마지막 문장에 꽂혀 마음을 어지럽게 만들었다.

소중했던 시간, 특별했던 공간, 그리고 그 시간을 공유했던 누군가를 생각하며 마지막으로 마법의 가루를 뿌려주면 커스텀 리마인드 기내식이 완성됩니다.

윤서는 머리에 새기려는 듯 몇 번이고 더 조리법 내용을 눈에 담더니 이내 조용히 웅얼거렸다.
"밀키트라고 해도 레토르트처럼 데우면 끝나는 그런 간편한 구성은 아니었네. 직접 요리하면서 메뉴와 관련된 맛의 기억을 떠올려 보라는 건가. 거기까지만 놓고 보면 그다지 특별한 느낌은 없는데… 마법의 가루가 있으니까 살짝 기대해 봐도 되는 걸까?"
이미 기대감에 가득 차 가루가 들어 있는 포장지를 만지작거리면서도 선뜻 요리를 시작하러 움직이지 못했다. 설명서에 기재된 시간을 함께 공유했던 누군가를 떠올리니 마음이 무거워져 한동안 우두커니 제자리에 서 있었다.
엄마와 다투고 말도 없이 집으로 되돌아온 날, 돌아오는 길에 전화로도 언쟁을 이어갔다. 자신의 마음을 몰라주는 엄마에 대한 서운함과 실망감에 휩싸여 다른 날보다 감정적이고 충동적으로 행동하게 되었다. 그 후 윤서는 엄마의 전화는 받지 않은 채 집 비밀번호까지 바꾸었고, 엄마도 엄마대로 화가 나 연락을 끊으면서 뜨거운 냉전이 지금까지 계속되고 있었다.

생각에 빠져 윤서가 주저하는 동안 밀키트의 신선도를 유지하기 위해 들어 있던 얼음팩이 빠르게 녹아내리고 있었다. 단단했던 얼음이 제법 물러진 느낌에 얼른 밀키트를 냉장고에 넣으려 재료들을 집어 들었다.

엄마 손맛이 깃든 김치찌개를 누구보다도 간절하게 맛보고 싶었지만, 아직 당장은 엄마와의 기억을 마주하기 불편했다. 마음속의 답답함을 떨쳐내려는 듯 한숨을 내쉬며 냉장고 문을 열던 그때였다.

"아, 맞다. 피드백! 먹어보고 보완해야 할 부분 있으면 의견 드려야 했었지."

갑자기 떠오른 별점과 한 줄 평 작성 미션에 윤서의 고민이 깊어져 갔다. 그토록 기다렸던 기회가 주어졌는데 정작 도망부터 가려고 하는 자신이 마음에 들지 않았다. 방황하던 손이 밀키트 꾸러미 속에서 보리차만을 골라 꺼내 들고 열린 냉장고 문틈으로 집어넣었다. 기내식용으로 제공되는 푸딩 모양의 컵에 담긴 갈색빛 보리차가 윤서의 마음처럼 넘실대며 이리저리 흔들렸다.

갈피를 잡지 못하고 갈팡질팡하던 윤서는 더 이상 피하지 않고 있는 그대로 마주하기로 마음을 다잡았다. 외면하고 싶었던 감정이든, 기억에서 지워버리고 싶은 순간이든 정면으로 부딪쳐 봐야 매듭을 지을 수 있을 것 같았다.

앞으로 내딛는 걸음을 주저하지 않으려면 이미 걸어온 길에 미련이 없어야 했다. 그러기 위해서 때로는 내키지 않아도 발길이 붙잡혀 헤매고 어긋나던 순간들을 되돌아봐야 한다는 걸 깨달았다.

가끔은 진짜 실체보다 그 위로 드리워진 그림자로 인해 더 과장되고 왜곡되어 보이기도 한 법이었다.

방향을 정하고 나니 다음 행보를 결정하는 건 어렵지 않았다. 윤서가 결연한 표정으로 씩씩하게 걸음을 움직였다. 밀키트 레시피를 손에 들고 김치찌개를 끓일 마땅한 냄비부터 찾아보았다. 오랜만에 하는 요리라 그런지 조금은 부산스러웠지만, 어느 순간 그마저도 반가움으로 번져가고 있었다.

적당한 크기의 냄비에 들기름을 붓고 인덕션의 불을 예열했다. 재료의 비율에 맞춰 적정량을 계량해서 넣은 것인지 밀봉되어 있던 김치의 양과 들기름이 딱 알맞았다. 조리법의 안내에 따라 착실하게 다음 움직임을 이어가던 중, 문득 엄마의 뒷모습이 떠올랐다.

늘 바쁘게 주방을 오가며 요리를 만드는 모습과 그 요리를 맛있게 먹는 모습을 언제나 기쁘게 바라봐 주던 얼굴이 떠올라 손을 멈추었다. 때마침 부어놓은 육수가 끓어오르기를 기다려야 했기에 안심하고 사색에 빠져들어 갔다.

어릴 적부터 엄마는 윤서의 사소한 의견도 늘 귀담아들어 주고 존중해 주었다. 모든 일들을 다 윤서의 뜻대로 하게 한 것은 아니었지만, 올바른 길을 잡아주면서도 어린이의 관점과 생각을 흘려듣지 않았다. 그 덕분인지 주변의 이야기들로 인해 흔들리는 상황이 와도 윤서는 그때마다 곧잘 중심을 잡고 자기 자신을 지켜낼 수 있었다.

언제까지나 완전한 내 편으로 생각을 잘 전달하면 어떤 선택이든 믿고 지지해 줄 것으로만 알았던 엄마가 이번만큼은 달랐던 것에 불현듯 의문이 생겼다. 구겨져 버린 자존심과 무너져 내린 자존감을 돌보는 데 급급해 미처 알아채지 못하고 놓친 부분들이 분명 존재했었다.

찜찜해진 마음에 동조라도 하는 듯 김치찌개가 끓어 넘칠 것처럼 보글보글 소리를 내며 재잘댔다. 윤서는 거세지는 소리에 급하게 불을 줄이고 다음 재료를 넣으며 조리에 집중했다. 왠지 모르게 엄마의 맛을 느끼다 보면 엉켜 있는 문제들 속의 답을 찾을 수 있을 것만 같은 기분에 사로잡혀 마지막까지 정성을 들였다.

매콤하게 맛있는 김치찌개의 냄새가 집 안을 가득 채웠다. 선명하고 쨍한 느낌의 주황빛 국물과 반질거리는 김치 조각. 그리고 그 위에 자리한 청양고추와 뽀얀 두부가 점점 노을빛으로 물들어 가고 있었다. 엄마의 김치찌개와 제법 비슷한 향과 모양을 갖춰낸 것에 조금은 마음이 놓여 차분하게 마지막 재료를 더했다. 온 마음을 쏟아낼 것처럼 마법의 가루를 김치찌개에 고르게 모두 털어 넣고 뚜껑을 닫아 잠시 뜸을 들였다. 자신의 맞은편에서 얼굴을 마주하고 같은 음식과 여러 마음을 공유했던 시간을 떠올리며 엄마를 그렸다.

윤서가 다시 냄비의 뚜껑을 열자, 한데 모여 있던 김이 자유롭게 퍼지며 어딘가 더 반짝거리는 듯 묘한 느낌을 주었다. 그저 완성된 요리에 대한 기대감 때문일 거라고 단순하게 치부하며 즉석밥을 찾아 데웠다. 고슬고슬하게 데워진 밥과 매콤한 찌개, 그리고 시원한 보리차까지 자리하니 포근한 집밥 상차림이 완성되었다. 꽤 그럴듯한 모습에 들뜬 마음으로 수저 젓가락을 챙겨와 자리를 잡았다.

김치찌개 국물을 크게 한입 떠먹자, 청양고추를 품은 칼칼한 국물이 한껏 입맛을 돋우며 순식간에 사라졌다. 찌개의 맛을 본 윤서의 눈이 커다래지며 크게 숨을 들이쉬었다. 김치찌개의 모양과 향, 그리고 맛까지 모두 엄마의 손맛이 깃든 바로 그 맛과 똑 닮아 있었다. 그토록 그리던 맛을 완벽히 재현해 낸 기쁨에 숟가락과 젓가락이 바쁘게 찌개와 밥 위를 오갔다. 입안 가득 엄마의 위로와 격려가 퍼져가자, 한동안 잊고 지냈던 기억들이 떠올랐다.

달콤한 맛을 좋아하던 어린이가 매운맛에 눈을 뜨던 순간부터 속상한 일을 엄마에게 털어놓으며 마음을 풀었던 일들까지 한가득이었다. 지나온 시간만큼 여러 에피소드들이 휙휙 스치며 추억의 한 조각을 두드리고 지나갔다. 옛 기억의 아련함을 지나던 생각이 어느 순간을 향해 조금씩 느려지고 있었다. 오랜 시간에 걸쳐 맛보기로 하나씩 꺼내 보다 멈춰

선 기억의 종착지는 인생의 항로를 변경하던 그 순간이었다. 다른 기억들에 비해 비교적 최근으로, 불과 몇 년 전 일인 데다 중요한 결정을 앞두고 있었기에 더 생생하게 되살아났다.

✻ ✻ ✻

국내 빅5 대학병원에 입사하기 위해 대학생 때부터 열심히 준비한 끝에 목표를 이뤄낸 지 3년째가 되던 해였다. 응급실 간호사로서의 업무도 어느새 제법 익숙해질 무렵, 3교대 이브닝 근무를 마치고 집에 돌아와 늦은 저녁을 먹던 날이었다. 밥 먹을 틈도 없을 만큼 정신없이 바빴던 하루가 끝나고 드디어 온전히 마음을 내려놓을 수 있는 시간이었다. 몽땅 소진되어 버린 체력 때문에 말할 기운도 없어 묵묵히 밥을 입에 넣기를 반복하던 윤서가 담담하게 이야기를 꺼냈다.

"엄마, 이제 와서 다른 일을 시작해 보는 건 너무 늦은 걸까요? 불안해하며 누군가의 내일이 오기만을 기도하는 것보다 무심하게 찾아오는 평범한 일상에서 안녕을 빌어주고 싶어요."

아무렇지 않은 척 이야기를 꺼냈지만, 이 말을 건네기까지 얼마나 수없이 많은 질문과 고민 속에서 헤매었을지 생각하니 엄마는 해야 할 말을 고르기가 어려웠다. 3년을 주기로 찾아온다는 권태감이 이 방황의 원인은 아닌 것 같은 느낌에 엄마가 섣불리 입을 떼지 못하자, 윤서가 침착히 목소리를 이어갔다.

"원래 비행기 승무원의 시초는 간호사였대요. 그래서인지 간호사 면허증이 항공사 승무원으로 입사할 때 우대되는 곳도 있다더라고요. 지난 오프 때 도서관에서 자료를 찾다가 우연히 읽어보게 된 책에 항공기와 승무원에 관한 이야기가 있어서 읽어봤었거든요. 그래서 지상에서의 간호사가 상공에서 일하면 객실 승무원이 되는 걸까 하는 엉뚱한 생각이 들었어요. 그 뒤로부터 일하다가 하늘을 봐도 눈은 비행기를 쫓고, 항공사 유니폼만 봐도 자꾸 궁금해졌어요. 구름 위에서는 어떤 일상을 보낼까, 또 다른 내일은 어떻게 준비할까."

식탁 위로 흩어지는 윤서의 이야기에 집중하던 엄마가 말없이 고개를 끄덕였다. 딸이 느꼈을 고민과 호기심은 묵직한 파동이 되어 가슴속 울림으로 번져가고 있었다. 윤서가 전할 다음 이야기를 귀로 듣지 않았는데도 마음으로 먼저 전해져 들려오는 것만 같았다.

"아직 늦지 않은 거라면… 앞으로는 응급실에서 오늘은 어떤 환자분이 오시게 될까 하는 긴장 속에서 마냥 걱정하는 것 말고, 어느 여정의 손님과 함께하게 될까 하는 떨림 속에서 설레고 싶어요."

이야기를 마친 윤서의 얼굴에는 여전히 피곤한 기색이 역력했지만, 표정만큼은 개운하고 홀가분해 보였다. 안정적이지만 흔들리는 일과와 다소 불확실하지만 굳건해져 가는 포부 사이에서 정해진 모범 답안은 없었다. 결국 어떤 선택이든 자신만이 그에 대한 답을 찾아 만들어 가는 것이기에 대화 내내 묵묵히 듣고 있던 엄마가 한마디를 툭 던졌다.

"윤서야, 자신 없니?"

온화한 표정과 달리 다소 무뚝뚝한 느낌의 질문이 되돌아온 것에 당황한 윤서가 멍하니 되묻자, 엄마가 빙그레 웃으며 말했다.

"솔직히 얼마나 어렵게 준비해서 들어간 병원인데 나중에 후회할까 봐 말리고 싶은 마음이 크지만, 이 얘기를 엄마한테 꺼냈다는 것부터가 이미 결정을 내렸다는 거 아니야? 네 마음에 결심이 섰는데 왜 다른 사람들의 동의를 구해. 충분히 고민했고, 그 끝에 다음 노선을 정했으면 이제 지연된 만큼 더 열심히 달려야지. 그 목적지로 네가 원하는 시간에 맞춰 도착하고 싶다면, 안 그래?"

평온한 얼굴로 복잡한 한숨을 크게 내쉰 엄마가 잠시 뜸을 들이다 말을 이었다.

"그렇다고 주위 사람들의 조언을 무시하고 듣지 말라는 이야기는 절대 아니야. 내 시선 말고 다양한 각도에서 바라보면 또 전혀 다르기도 하니까. 근데 무엇을 결정하든 네게 주어진 자리에서 너답게, 너 자신으로 있을 수 있도록 주체적임을 잃지 않으면 좋겠어. 자신의 소리보다 주변의 소리에 더 크게 집중했다면, 비행기는 절대 날지 못했을 거야."

윤서가 기억 속에서 빠져나와 입안의 김치찌개를 삼키고 나직한 목소리로 되뇌었다.

"내게 주어진 자리에서 나답게, 나 자신으로 있을 수 있는 결정을 내리는 것. 내가 왜 이걸 그동안 놓치고 있었지."

망설일 때마다 마음속에 새겼던 문장을 떠올리며 입 밖으로 꺼내자, 주문을 외운 것처럼 왠지 힘이 나는 것 같았다. 나다움을 지켜내지 못하는 동안 많은 색이 덧칠해지기도 하고, 또 여러 형태의 틀에 맞춰지기도 했었다. 그 변화들은 잠깐의 순간을 머물다 가기도 했지만, 어떤 것들은 고착화된 채로 남아 또 다른 나를 만들어 내기도 했다.

그 시간들을 보내면서 윤서는 더 유연해지기도 하고 때로는 더 단단해지기도 했으며, 조금씩 무던하고 단조로워져 갔다. 새롭게 주어진 생활에 녹아든 건지, 아니면 내 모습을 잃어가고 있는 건지 깊게 생각해 볼 겨를도 없이 흘려보낸 날들이 꾸준히 차곡차곡 쌓여갔다.

무엇이든 맞추고 닮아가려고 애쓰는 동안 진짜 나 자신은 지워지고 있었다는 것을 깨닫고서야 비로소 다시 떠올리고 싶지 않았던 불편한 기억과 마주할 용기가 생겼다.

* * *

엄마의 성화에 못 이겨 이모 친구 조카와 처음으로 선이라는 걸 보게 되었고, 몇 번의 만남을 이어가던 때였다. 선으로 이어진 만남이라는 게 원래 그런 건지 잘은 모르겠지만, 상대방은 자주 결혼을 염두에 둔 이야기를 꺼냈었다. 문제는 그렇게 중요한 미래 이야기를 건네면서도 정작 당사자인 윤서에게 특별히 관심이 있는 것 같지 않았다는 점이었다. 뭔가 그 사람이 그리고 있는 미래 속 윤서의 모습은 상대방의 옆자리 주인공이 아닌, 뒤에서 지원해 주는 스텝들 중 한 명 같다는 느낌이 들었다.

콕 집어 설명하기 어려운 찜찜한 기분을 애써 외면해 오던 어느 날, 우연히 블루투스로 연결된 자동차 스피커를 타고 흘러들어온 진심이 아니었다면 지금 어떤 모습을 하고 있을지 생각만 해도 가슴이 답답해져 왔다.

갑작스레 비가 내리던 늦은 저녁, 최근에 선보이게 된 기내 이벤트의 물건을 옮기느라 오랜만에 차를 가지고 출근하던 길이었다. 차와 휴대폰을 블루투스로 연결한 후 음악을 들으며 조금은 여유로워진 거리를 달리고 있었다. 창문을 두드리는 빗소리와 앞유리창을 닦는 와이퍼의 규칙적인 소리가 더해져 괜히 감성적인 기분에 사로잡히자, 불현듯 누군가에게 전화를 걸고 싶어졌다.

윤서가 눈을 살짝 돌려 시계를 확인하고는 차가 정차된 틈을 타 충전 중이던 휴대폰을 찾아 통화 버튼을 눌렀다. 음악이 끊기고 들려온 통화 연결음이 그 자리를 대신해 오래도록 노래를 불렀다. 연결되지 않는 상대방에 지쳐 핸들의 종료 버튼으로 손가락을 가져가는 순간, 기다리던 목소리가 들려왔다.

'여보세요, 윤서 씨? 이 시간에 웬일이에요? 야, 야 조용히

좀 해봐.'

다소 떠들썩한 주위 소리와 격식을 차리지 않고 편하게 던지는 말에 당황한 윤서가 다급하게 대답했다.

"아, 민규 씨. 약속 있으신가 봐요? 아니, 저는 그냥 출근길에 비도 오는데 퇴근하셨나 궁금하기도 하고 그래서 연락했어요."

'아~ 오랜만에 친구들이랑 모였어요. 오늘 비행 있으시구나, 근데 이제 출근하세요?'

"네, 자정 비행이라서요. 어제 이야기했었는데… 많이 바쁘신 것 같으니까 이만 끊을게요. 친구분들이랑 재밌는 시간 보내세요."

갑작스럽게 건 전화 때문인지 달갑지 않은 듯한 민규의 목소리에 놀란 윤서가 급하게 통화를 마무리하려고 했다. 서둘러 말을 끝내고 핸들 리모컨의 통화 종료 버튼을 눌렀지만, 어쩐 일인지 통화가 바로 끊기지 않았다. 아무래도 지난번 운전 중에 흘렸던 커피가 리모컨에 스며들어 굳은 모양이었다. 재차 종료 버튼을 누르려던 손을 민규의 목소리가 붙잡았다.

'아, 무슨 또 비 온다고 전화야. 애들도 아니고 불쑥불쑥 통화하는 거 별로 안 좋아한다니까.'

'야, 전화 온 사람 여자 친구 아니었어?'

'여자 친구는 무슨, 그냥 정도껏 여지 주면서 만나는 거지. 만나면서 모나지 않으면 결혼할 수도 있는 거고, 아니면 적당히 다른 애들 만나보다가 갈아타야지. 굳이 얘일 필요 있냐?

관계에서 주도권을 잡으려면 일단 처음부터 기세를 몰아가야 해. 그러면 솔로일 때의 장점이랑 함께일 때의 장점, 이 두 가지의 좋은 점들만 골라서 생활할 수 있다니까?'

'이거 완전 이기적인 놈이네. 그래도 사람들 상대하는 직업이라 그렇게 계속 안하무인으로 굴면 금방 네가 어떤 녀석인지 눈치챌걸? 맞춰주고 배려해 줄 때 잘해라, 연차도 꽤 쌓였을 텐데 승진하고 잘나가면 전세 역전되는 거 한순간이다.'

'야, 쓸데없는 걱정 하지 마. 얘는 자기 동기들보다 나이는 더 많은데 일만 열심히 할 줄 알지 다른 욕심이 없어서 계속 밀릴걸. 타항공사에 얘랑 연차 비슷한 애 아는데, 이번에 부사무장 달았대. 그것만 봐도 딱 답 나오지? 내세울 수 있고 티가 나는 성과를 내야 사람들도 알아주는 건데, 얘는 그냥 혼자서 성실하기만 한 스타일이라 실속은 전혀 없는 것 같더라. 보여지는 이미지는 똑 부러지게 생겨서 속은 완전 맹한 구석투성이라니까. 그러니까 별생각 없이 편하게 막대해도 모르지, 사람이란 게 결국 자기 하기 나름이거든. 까탈스러운 사람, 상대할 때는 피곤해도 막상 그 앞에서는 조심하게 되는 거잖아.'

'어휴, 이 나쁜 놈 실체를 빨리 알아채야 할 텐데 누군지 몰라도 안타깝다. 야, 근데 현이는 어디길래 아직도 안 와. 다시 연락 좀 해봐.'

친구의 말에 민규가 놓아둔 휴대폰을 다시 집어 드는 소리가 들려오자, 윤서가 다급히 핸들 리모컨의 종료 버튼을 꾹 눌렀다. 엄지손가락에 온 힘을 담아 버튼을 누른 덕분인지 의

도하지 않았던 소란스러운 긴 통화가 조용히 끊어졌다.

  비교적 한산해진 고속도로에 접어들어 균일하게 일정한 속도를 내고 달리던 차를 갓길에 세웠다. 오한이라도 든 것처럼 온몸이 떨리고 숨이 잘 쉬어지지 않아 반복해서 큰 숨을 몰아쉬었다. 거세진 빗줄기가 차 안까지 스며든 것인지 윤서의 시야가 점점 흐려져 핸들을 손으로 꽉 쥐었다. 저절로 열린 판도라의 상자에서 빠져나온 진실들로 인해 여러 가지 감정이 한데 뒤섞여 형용할 수 없는 기분을 만들어 냈다. 망연자실한 표정으로 멈춰 있는 윤서의 주위로 민규가 건넸던 목소리가 뱅뱅 맴돌았다.

  '나는 누군가를 만날 때 상대방이 주는 믿음이 가장 중요한 사람이에요. 자꾸 전화하고, 어디서 뭐 하는지 보고하면서 쓸데없이 연락 문제로 감정 소모하며 싸우고 이런 거 별로거든요. 결국 상대방도 본인도 서로를 완벽히 믿지 못하니까 그러는 거 아니겠어요?'

  '나는 독립적으로 자기 일 열심히 하면서 본인 시간을 효율적으로 활용하는 사람이 좋아요. 뭐든 같이하려고 하고, 공유하려는 스타일은 좀 피곤하고 안 맞아서요. 윤서 씨는 그렇지 않아서 좋아요.'

  '스케줄 근무라 약속 잡기 어렵고, 비행이나 시차 때문에 연락하기도 힘드니까 굳이 신경 쓰지 마요. 나도 회사 일 때문에 바빠서 어차피 여유가 많지 않거든요. 일 욕심 있는 사람

들끼리 서로 이해하고 배려하는 거죠.'

각자의 라이프 스타일의 차이인 거라고, 어쩌면 신경 쓰일까 봐 자신에게 일부러 돌려 말하고 있는 거라며 애써 넘겼던 말들의 본심을 마주하자 모든 퍼즐이 완성되는 것만 같았다. 끊임없이 주변을 돌며 들려오는 괴로운 진실이 더 이상 쫓아오지 못하게 다시 차를 움직였다.

천천히 시계를 확인한 윤서가 눈에서 흘러내린 빗물을 닦아내며 지체된 시간을 따라잡기 위해 속력을 내었다. 개운하지 않은 느낌을 기내까지 들고 들어갈 수 없어 모두 떨쳐내고 가려는 듯 걷잡을 수 없이 떠오르는 생각들로부터 온 힘을 다해 달아났다.

윤서가 본의 아니게 대화를 엿들었다는 사실을 알게 된 것인지는 모르겠지만, 통화를 한 날 이후 민규에게서 별다른 연락이 오지 않았다. 윤서 또한 민규를 아무렇지 않은 척 대할 자신이 없었기에 대화를 미루고만 있었다. 그렇게 각자의 일상에서 싱대방을 지워낸 채 며칠이 지나던 어느 날, 민규에게서 메시지가 날아왔다.

시간이 걸렸던 만큼 머릿속의 정리가 필요했을 거라고 여겼지만, 메시지에 담긴 내용은 아무런 감정이 느껴지지 않는 지극히 일상적이고도 무미건조한 내용들뿐이었다. 줄곧 자신만 엉망이 된 채로 온종일 정신을 쏟고 있었다는 사실에 허무해져 헛웃음이 새어 나왔다. 이대로는 앞으로의 시간마저 모조리 엉켜버릴 것만 같아 더는 피하지 않고 제대로 이야기를 나누기로 마음먹었다.

오랜만에 대면한 두 사람의 대화가 메시지의 내용에서 크게 벗어나지 않고 지루하게 흘러갔다. 윤서의 결심이 무색하게 대화는 계속해서 비슷한 자리를 빙빙 돌고 있었고, 결국 직접 판도라의 상자를 열어 마지막으로 남은 무언가를 확인하고자 했다.

"민규 씨, 혹시 저한테 할 말 없으세요?"

"글쎄요, 원래는 내가 들을 말이 있었던 것 같은데 굳이 먼저 이야기를 꺼냈으니까 편하게 얘기할게요. 괜찮아요, 이번 일은 그냥 내가 이해할게요."

"네? 뭐가 괜찮고, 뭘 이해하신다는 거죠?"

"지난번에 친구들이랑 대화 몰래 엿들은 거요. 사실 그거 굉장히 기분 나쁜 거 알죠? 개인의 프라이버시라는 게 있는건데… 생각했던 것보다 매너가 별로여서 당황스러웠지만, 충분히 고민하고 반성하시는 것 같으니까 이번에는 없던 일로 하고 넘어갈게요."

"아니, 일부러 몰래 들으려고 한 게 아니라 통화가 끊기지 않아서 들렸던 거였잖아요. 민규 씨도 전화가 잘 끊겼는지 확인하셨다면 그럴 일 없었겠죠. 그리고 아무리 편해도 친구들한테 저를 그렇게 말씀하시면 제가 뭐가 돼요."

민규는 윤서의 반응이 도리어 황당하다는 듯 살짝 입꼬리를 올리며 웃더니 말했다.

"그럼 내가 내 친구들 앞에서까지 솔직하면 안 된다는 거예요? 내가 굳이 왜요? 아, 아니면 내 진솔한 생각을 남몰래 듣게 된 점이 문제인 건가요?"

"저는 오늘 사과하실 줄 알았어요. 아니면 적어도 변명이든 해명이든 다른 말을 들으려고 이 자리에 나왔던 건데 그렇게 말씀하시니까 굉장히 당황스럽네요."

"윤서 씨, 내가 왜 변명해야 하죠? 그리고 사과할 사람은 내가 아니죠. 지금 실수는 윤서 씨가 한 거예요, 평소에 손님들한테도 이런 식으로 책임을 떠넘기면서 일해요? 아니면 회사 밖이라서 본모습을 드러내는 건가요?"

"제가 민규 씨랑 일하고 있는 건가요? 우리가 승무원 대 손님으로 대화를 나누고 있는 게 아니잖아요. 그래요, 고의는 아니었지만 바로 끊지 않고 대화 듣고 있었던 건 미안해요. 하지만 그런 말을 듣게 되어서 저도 조금은 실망스럽고 서운하네요."

"서운하다고 하시니 오히려 애석하네요. 내가 처음부터 계속 윤서 씨 배려해 주고 있었던 건 못 느꼈나 봐요? 나니까 윤서 씨 같은 상황 이해하는 건데 실망이에요. 여태껏 우리가 서로를 제법 잘 알고 있다고 생각했었는데 오늘 보니까 아닌 것 같네요. 인연이 아닌 것 같으면 쓸데없이 시간 낭비하지 말고 여기서 이만 접죠."

길지 않았던 만남이 개운치 않게 마무리되면서 한동안 자신의 관점에서만 생각하는 바람에 섣불리 관계를 망쳐버린 건 아닌지 자책하느라 잠 못 이루는 날들이 이어졌다. 들었던 말을 다시금 곱씹어 보기도 하고, 내 실수를 돌아보기도 하는 동안 알게 모르게 마음에 생채기를 내었고 그로 인한 상처들이 자신의 결점으로 다가왔다.

서운하다는 말로 단번에 정리되어 버린 사이와 언제나 내 편이라고 생각했던 사람의 책망이 모든 건 전부 내 잘못, 내 탓이라고 이야기하는 것만 같아 혼란스러웠다. 삶을 대하는 태도나 방식이 달랐던 게 아니라 지금껏 자신이 틀렸던 것은 아닌지 흔들리게 되면서, 그동안 가치 있게 생각해 왔던 것들에 대한 의미가 점차 퇴색되어 갔다. 자기 자신에 대한 의구심은 기존의 선택들에 의심을 품게 했고, 급기야 전혀 다른 것들을 고르며 이리저리 휘둘렸다.

위태롭게 서 있던 길 위에서 잠시 벗어나 지나왔던 모습을 돌아보자 놓쳐버린 것들이 조금씩 보이는 듯했다. 본래의 기준과 다른 길을 걸어가며 헤매는 동안 잃어버린 것이 무엇인지, 딱지가 내려앉은 상처가 왜 여태 낫지 않았던 건지 이제야 오롯이 알 것 같았다.

우두커니 앉아 지난 기억을 회상하던 윤서가 생각에서 빠져나와 휴대폰으로 누군가에게 메시지를 보냈다. 서로가 눈치채지 못하는 사이에도 마음만은 여전히 연결되어 있었는지, 순식간에 문장 앞에 놓인 1이 사라지고 곧이어 익숙한 다정함이 도착했다.

'언제든 편할 때 와, 기다리고 있어.'

간결하지만 모든 이야기가 담긴 문장 한 줄에서 안정감이 퍼져 나와 윤서를 꼭 안아주는 듯했다. 글자를 바라보며 한참을 포근한 품에 안겨 있다 빠져나와 홀가분한 마음으로 주변을 정리했다. 이제는 진짜 나를 다시 만나러 갈 수 있을 것만 같은 기분이 들었다.

다음 날, 오후 비행을 가기 전 이른 점심을 먹으러 향했다. 현관 비밀번호를 누르고 문을 열자 주방 쪽에서 목소리가 들려왔다.
"어서 와, 때맞춰 잘 왔네. 방금 막 다 되었는데 얼른 손 씻고 앉아."
괜히 어색하게 쭈뼛거리며 들어오는 윤서를 보고도 아무렇지 않은 듯 밥이 담긴 그릇을 건네며 엄마가 말했다.
"살이 좀 빠진 것 같네, 요새 밥 잘 안 챙겨 먹었어? 얼굴은 또 왜 이렇게 까칠해 보여, 요즘 비행 스케줄이 많아? 보양식이라도 챙겨 먹여야 하나…"
"그냥… 그냥 나도 모르게 계속 신경 쓰이는 게 있었는데 지금은 괜찮아요. 괜찮아졌어요."
가장 좋아하는 김치찌개 앞에서도 젓가락으로 밥알을 세고 있는 윤서의 모습을 물끄러미 바라보던 엄마가 고개를 끄덕이다 크게 숨을 내쉬고는 말을 이어갔다.

"윤서야, 지난번에는 엄마가 미안했어. 여러 가지로 조급해진 마음이 공연히 엉뚱한 방식으로 표현되어 버린 것 같아. 그날 너 그렇게 보내고 얼마나 놀라고 후회한 줄 아니. 싸우고 난 뒤로 전화해도 너는 안 받지, 나중에는 집 비밀번호까지 바뀌어 있어서 서운한 마음에 한동안 나도 좀 삐져 있었어."

엄마의 말에 조용히 싱긋 웃은 윤서가 여유로워진 표정으로 마음을 꺼내놓았다.

"엄마한테만큼은 위로받고 싶었는데 정반대의 말을 들으니까, 진짜 모든 게 다 내 실수인 것만 같아서 힘들었어요. 근데 이제는 내가 힘들었던 이유를 확실히 알 것 같아서 괜찮아요. 그동안 누군가에게 내 가치관이 마음대로 평가되어서, 어떤 이와의 관계를 망쳐버려서, 그리고 그 원인이 내 부족함 때문이라고 생각하니까 마음이 아팠어요. 그래서 모자란 부분을 억지로 채워 넣으려고만 했었는데, 오히려 다 비우고 자세히 들여다보니까 느껴졌어요.

균형이 맞지 않은 순간에도 내가 나를 지키지 못해서 그랬구나, 예의 없는 상황과 일방적인 배려가 계속되는 관계에서 마지막까지 나조차도 나를 아껴주지 못해 생긴 응어리를 상대방이 준 상처라고 지금껏 오해했구나…"

불확실한 믿음으로 가득 차 스스로 상처투성이가 돼버린 자신을 차마 계속 미워하며 몰아세울 수 없어, 나를 대신해 탓하고 원망할 수 있는 누군가가 필요했던 것인지도 몰랐다.

윤서의 이야기에 놀라 낯빛이 붉어지며 자못 심각해진 엄마의 표정에 든든함을 느낀 윤서가 대수롭지 않은 말투로 이야기를 더했다.

"엄마, 나 정말 완전 괜찮아요. 그 사람의 무신경한 말들로 상처를 입은 줄 알았는데, 지금 와서 생각해 보니 그 상황에서도 나 자신을 먼저 생각하지 못했던 게 화가 났었던 것 같아요. 얼룩진 내 신념과 자부심을 다 모른 척하면서까지 상대에게 맞추느라 당당하게 말하지 못했던 내가 싫었지만, 나 역시 주위 분위기와 고정관념에서 마냥 자유로운 사람은 아니었다는 걸 깨닫는 시간이었어요. 특정 나이대가 되면 생각해야 하는 삶이나, 연차가 쌓인 만큼 보여줘야 하는 성과 같은 것들은 나랑 상관없다고 여겼었는데, 어쩌면 누구보다도 가장 많이 마음에 담아두고 있었던 건 내가 아니었나 싶더라고요."

건너편에 앉아 윤서의 이야기를 묵묵히 듣고 있던 엄마가 복잡한 마음과 미안함이 가득 묻어나는 목소리를 담아 말했다.

"연극이나 뮤지컬을 봐도 같은 캐릭터를 누가 연기하느냐에 따라 표현이 다르고, 동일한 인물이 같은 연기를 해도 회차마다 느낌이나 맛이 다른 법인데 엄마가 너무 성급했던 것 같아. 하다못해 여기 놓인 김치찌개 하나를 끓여도 차분히 뭉근하게 오래 끓여야 맛이 더 깊어지는 건데… 하물며 일상을 공유하고 삶을 함께할 사람, 그리고 유일하게 선택할 수 있는 가족을 그깟 나이 때문에 서둘러 정하라고 했던 건 내 불찰이었어. 실은 그 무렵 건강검진을 받았었는데 재검사받으라는 항목이 있어서 정밀검사를 받아야 했었거든."

뜻밖의 말에 놀라 한껏 눈이 커진 윤서를 보고 엄마가 황급히 말을 이었다.

"검사 결과는 괜찮았어, 걱정하지 마. 근데 그때는 아직 결과를 모를 때라 그런지 덜컥 겁이 나더라고, 만에 하나 내가 잘못되면 남겨진 너를 어떡하지. 자꾸 안 좋은 생각만 들고 불안해져서 조바심을 냈던 게 이 사달을 내버렸네. 이모 친구 조카라며 착하고 성실하다고 하도 그러길래 자리 만드느라 힘들었는데, 얘는 자기 조카 일인데 잘 좀 알아보지."

"이모도 몰랐겠지, 엄마도 엄마 딸 모습 다 알지는 못하잖아요. 가족이라고 해도 서로에게 모든 모습을 보여주는 건 아닌 데다가 친구인지, 동료인지 만남에 따라 보여주는 모습들이 다 다른 거니까요. 이번 기회에 내가 어떤 사람인지, 무엇에 가치를 두는지 나에 대해 더 많이 알아가는 좋은 공부가 됐어요. 그러니까 행여라도 이모한테 다른 말씀 하지 마세요."

지난번 헤어질 때의 모습과 달리 편안한 표정으로 밝게 이야기한 덕분에 엄마도 마음을 놓고 미소 지으며 답했다.

"알겠어. 오늘 보니 알 것 같아, 그동안 널 위한다는 말 뒤에 숨어 내 안의 불안감을 잠재우고 있었다는 걸. 우리 당분간은 그냥 흘러가는 대로 맡겨보자. 다른 사람들이 말하는 나이나 시기에 맞춰서 덩달아 비슷한 모습을 꾸려야 한다고 걱정하며 급하게 결정하지 말자."

"네, 그럼 일단 저는 엄마표 김치찌개 레시피부터 확실하게 배워놓을래요. 요번에 얼마나 이 맛이 그리웠는지, 어느 날은 먹고 싶어서 서러웠던 날도 있었다니까요."

"그랬으면서 연락도 안 하고, 이번엔 내가 심술 나서 애태웠다가 나중에 알려줘야겠다."

웃음이 오가는 식탁 사이로 뚝배기에 담긴 김치찌개에서 따스함이 퍼져 나와 두 사람의 마음을 데워주었다. 엄마의 마음처럼 훈기가 가득한 김치찌개를 크게 한입 가져가 맛보자, 어젯밤과 같은 맛이 입안을 채우고 사라지며 남아 있던 근심을 모두 씻어주었다.

그리운 맛은 흔들림 속에서도 중심을 잡을 수 있는 버팀목으로 진정한 자신을 지켜내는 힘이 되어 조용히 윤서의 곁을 지켰다.

매콤달콤
밀 떡볶이

벙커에서 만났던 가습기 선배의 밀키트 DM에 이어 함께 비행했던 윤서 선배로부터 공유받은 링크로 가습 마스크를 구매하고 나니 아침이 밝아 있었다. 윤서 선배와 메신저 대화 도중 날아든 불만 레터 접수 소식으로 마음속에 얹힌 걱정 더미가 더 무거워졌지만, 무턱대고 이야기를 털어놓으며 하소연할 수는 없었다.

나린은 배고픔에 자다가 깨어났던 터라 억지로라도 조금 더 잠을 청할까 고민하다가 밀린 빨래를 하며 떡볶이집 오픈 시간을 기다리기로 마음먹었다.

어젯밤 뉴욕 비행을 마친 뒤, 피곤함에 굴복해 방치하듯 놓아두었던 개리어를 끌고 와 뒤늦게 짐을 풀기 시작했다. 입었던 옷가지들과 유니폼을 세탁기에 넣어 여행의 흔적들이 사라지는 동안, 비워진 공병들의 이름에 맞춰 부족한 양을 채워 넣었다. 더해진 것은 비워내고, 부족한 것은 채우며 균형을 맞추는 데 집중하자 복잡했던 머릿속도 한결 정돈되는 듯한 느낌이었다. 좁은 집 안 곳곳을 이리저리 다니며 부산스럽게 움직이다 잠시 자리에 앉아 침대 옆에 등을 기대었다. 살짝 열어둔 창밖으로 하루를 시작하는 사람들의 분주함과 학생들의 재잘거림이 미지근한 바람을 타고 작은 방으로 흘러 들어왔다. 지극히 평온한 생활 소음에 덩달아 마음이 느슨해져 눈꺼풀의 깜박임이 더뎌졌다.

  자신도 모르게 잠이 들었던 건지 귓가를 울리는 세탁기 종료음에 놀라 일어났다. 좁은 틈으로 스며들어 왔던 보통의 일상들이 잦아들고, 규칙적인 소음을 내던 세탁기마저 멈추자 나린의 공간이 고요함으로 잠식되어 갔다. 나린은 새삼 혼자라는 사실에 외로움이 몰려와 일부러 밝게 웃으며 혼잣말로 공허함을 채웠다.

"오늘은 날씨가 좋으니까 빨래가 금방 마르겠네, 내 고민도 바짝 말라 사라질 수 있다면 좋을 텐데. 세탁물 얼른 널고 새로 생긴 떡볶이집 리뷰나 좀 찾아봐야겠다."

  나린은 해결할 수 없는 근심을 떨치기 위해 괜히 더 씩씩하게 집 안을 돌아다녔고, 늘어놓았던 일이 얼추 마무리되자 의자에 앉아 떡볶이 리뷰를 검색했다. 새로 출시된 브랜드의 떡볶이는 매운맛을 중점으로 홍보하던 곳과 다르게 바삭함을 강점으로 내세워 홍보하고 있었다. 매운 떡볶이를 좋아하는 마음과는 별개로 매콤함을 즐기지 못하는 입에 맞춰 매운맛을 중화시켜 줄 무언가를 매번 준비해야 했기에 궁금증이 더해갔다. 블로그에 게시된 여러 포스팅들을 둘러보며 마음을 정한 나린이 배달 앱을 켜고 미리 머릿속 장바구니에 메뉴와 토핑을 담아 넣었다.

"이 브랜드 떡볶이는 처음이니까 우선 가장 기본 맛부터 먹어봐야겠다. 맵기는 보통으로 하고, 달걀이랑 어묵 토핑도 추가하고 싶은데 여기는 기본이 1~2인분이라 고민되네. 어묵 국물도 먹고 싶었는데 어묵 우동밖에 없고… 같이 먹을 사람 있으면 다 넣을 텐데 아쉽다."

나린의 쓸쓸한 표정 위로 누군가가 떠올랐지만, 그 모습을 애써 지우며 다시 메뉴 고르기에 열중했다. 떡볶이집의 주문이 가능해지자, 조금 전에 골라두었던 대로 장바구니에 옮겨 담고 결제를 마쳤다. 평일 오전이라 그런지 주문을 넣자마자 일사천리로 접수되더니 얼마 지나지 않아 조리 단계로 접어들었다.

마지막까지 삶은 달걀이 눈에 밟혔던 터라 배달을 기다리는 동안 달걀을 삶기로 했다. 분식집에서 맛보았던 기억을 더듬어 다시 한번 떡볶이에 반숙란을 더해보고 싶었다. 냄비에 물을 받아 올리고 냉장고에서 달걀 하나를 꺼내 넣으며 타이머로 시간을 재었다. 보글보글 끓는 물에서 달걀이 익어가는 동안 옛 추억의 그리움도 따라 여물어 갔다.

타이머의 종료음이 울리고 얼마 지나지 않아 현관 초인종 소리가 들려왔다. 나린이 재빨리 삶은 달걀을 찬물에 옮겨 넣고 문 앞에서 떡볶이가 담긴 봉투를 집어 들었다. 봉투의 틈 사이로 갓 조리되어 따끈따끈한 떡볶이의 매콤달콤한 양념 냄새가 새어 나와 배꼽시계 알람을 울렸다.

봉투에서 떡볶이와 복숭아 음료를 꺼내 탁자 위에 올려두고, 준비해 두었던 삶은 달걀을 가져왔다. 매운맛을 잡아줄 어묵 국물이 없어 허전했지만, 아쉬움을 달달한 복숭아 음료로 대신 채워 넣었다. 새로운 브랜드의 떡볶이는 시중에서 판매하는 꺾어 먹는 요거트와 비슷한 느낌의 네모난 플라스틱 용기에 포장되어 있었다. 두 가지 구역으로 나뉘어 있는 그릇의 한쪽에는 떡볶이, 나머지 한쪽에는 자잘한 별 모양 튀김 토핑이 담겨 있었다. 나린은 이색적인 구성에 특별함을 느끼며 젓가락으로 별 토핑을 집어 구경하다 맛을 보았다.

"아까 블로그 보니까 이 별 토핑을 떡볶이에 찍어 먹기도 하고, 양념에 부어서 섞어 먹기도 한다고 하던데. 떡볶이도 찍먹과 부먹이 나올 줄이야, 다음엔 다른 맛 토핑도 먹어봐야겠다."

빨간 양념에 잠겨 있는 어묵과 떡볶이를 번갈아 가며 별 토핑에 찍어 입으로 가져갔다. 작지만 바삭바삭함이 살아 있는 튀김이 양념에 찰싹 달라붙어 매콤하고 달콤한 맛에 고소함을 더했다. 다른 떡볶이와 다르게 떡의 길이가 짧았지만, 마시멜로처럼 통통해 꽤 쫄깃쫄깃한 식감을 내었다.

뉴욕 비행 스케줄을 소화하는 동안 주로 기름진 음식을 먹어서인지 적당히 매운맛을 내는 떡볶이가 빠르게 줄어들었다. 토핑을 찍어 맛보기도 하고, 양념이 배어들게 부어 맛보기도 하면서 바쁘게 입안을 채우던 손이 방향을 바꾸어 떡볶이 속에 달걀을 첨가했다. 오래전 자주 가던 분식집의 반숙란처럼 오렌지빛 노을이 흰자 속에서 일렁이고 있기를 바라며 달

갈을 반으로 나누었다.

 젓가락이 지나간 사이로 촉촉한 주황빛 물결이 퍼져 나오며 양념과 어우러지길 기대했지만, 두 조각으로 쪼개진 흰자 속에는 개나리처럼 샛노란 노른자만이 반겨줄 뿐이었다. 순식간에 실망감으로 물든 얼굴을 숨김없이 드러내면서도 나린의 젓가락은 포슬포슬하게 완숙된 노른자를 쫓아다니며 국물을 입혔다.

 "아, 분명 시간 잘 확인하고 잰 것 같았는데… 이것도 완전히 익은 건 아니지만 그래도 뭔가 부족한 느낌이네. 그때 그 맛을 비슷하게라도 다시 한번 느껴보고 싶었는데 아쉽다. 혹시 그 떡볶이집 지금도 있으려나, 생각난 김에 찾아봐야겠다."

 학생들이 붐비는 학교 앞이 아닌 등하굣길에 자리하던 분식집을 찾기 위해 휴대폰으로 학교를 검색했다. 로드뷰를 통해 졸업할 때까지 매일 오갔던 그 길을 오랜만에 손으로 따라 걸었다. 사진으로 다시 마주한 익숙한 교문 건너편. 학교에서 필요한 문제집과 학생들의 문구용품을 책임지던 문구점과 서점은 온데간데없고 편의점과 낯선 커피숍이 그 자리를 대신하고 있는 것에 서운함이 몰려왔다.

 "학교 앞에서부터 이러면 그 분식집도 왠지 이사 갔을 것 같네. 아니, 근데 지금 이 주변에 학교가 몇 개인데 문구점이랑 서점이 사라졌지? 학교의 랜드마크 같던 곳들이 없어져서인지 기분이 묘하다."

손가락을 따라 스르륵 발걸음을 옮기던 중, 갑자기 거리 위로 누군가의 이름이 떠올랐다. 분식집을 찾기 위해 주위를 둘러보느라 액정 위를 쓰다듬던 손끝에 연결 버튼이 스치면서 누구인지 인지할 새도 없이 전화가 연결되었다.

'어, 여보세요? 나린아, 야 서나린.'

"어? 아… 영지구나. 웬일이야, 무슨 일 있어?"

'일은 무슨, 나린이 네가 연락이 없었던 게 문제였지. 어떻게 전화는 바로 받네, 근데 너 내 카톡 못 봤어? 아, 왜 답장 안 해줘.'

"아… 카톡… 어제 비행 끝나고 피곤해서 씻고 바로 잠들었어, 그때 보냈나 보다."

나린이 어색하게 웃으며 에둘러대자 영지의 짜증 섞인 목소리가 쏟아졌다.

'치, 그럼 일어났을 때 확인하고 좀 보내주지. 너 입사하고 나서 완전 변한 거 알아? 연락도 잘 안되고, 맨날 바쁘다고만 하고 그 회사에 승무원이 너 하나뿐이냐고. 정식 승무원도 아니고 아직 인턴 기간이면서 뭐가 그렇게 늘 시간이 없대. 그러지 말고 이번 주 언제 휴무야, 아니다 오늘 시간 돼?'

"어? 오늘? 오늘은 좀 힘들 것 같은데… 다음 비행이 상하이 노선이어서 중국어 공부를 해야 할 것 같거든. 다음에 미리 시간 맞춰서 만나자."

나중을 이야기하는 나린의 말에 전화기 너머에서 한숨 소리가 들리며 불퉁한 목소리가 이어졌다.

'아, 맨날 다음다음. 그래서 언제 다음, 너 혹시 나 피해?'
"아니야, 내가 왜 널 피해… 그냥 진짜 공부 좀 해둬야 할 것 같아서 그래, 요새 중국어 공부를 소홀히 했더니 원어민 속도로 말씀하시면 자꾸 확인하면서 되묻게 되더라고. 원래도 듣기 실력이 다른 부분보다 부족해서 그런지 중화권 비행은 더 긴장돼."

'하여튼 승무원은 굳이 왜 한다고 해서는… 가뜩이나 체력 방전도 빨리 되는 편에다가 예민해서 집 아닌 곳에서는 잠도 제대로 푹 못 자면서. 게다가 맨날 바쁘다고 카톡도 안 보고, 결국에는 이렇게 얼굴도 못 보게 될 줄 알았어. 완전 별로야, 진짜.'

"아하하… 미안해. 나중에, 진짜 나중에 꼭 보자."

나린이 어색하게 웃으며 또다시 다음을 기약했고, 툴툴거리는 영지의 대답으로 통화가 끊어졌다. 전화가 종료되면서 휴대폰 화면에는 등굣길이 이어졌지만, 그 길을 나란히 걸었던 사람과 점점 더 다른 방향을 향하고 있는 기분이 들어 제자리에 멈춰 섰다.

여기서 서로 각자의 길을 걷게 된다면 앞으로 우리는 다시 만날 수 있을까 하는 생각들로 머릿속이 가득 채워져 답답한 나린의 마음을 꽉 옭아매는 것만 같았다. 어느새 꾸덕꾸덕해진 양념에 불어버린 떡볶이가 나린의 어두워진 표정을 닮아가듯 차갑게 굳어갔다. 젓가락으로 식어버린 떡볶이를 콕콕 찌르며 괴롭히던 손을 멈추고 멍하니 어느 순간으로 빠져들어 갔다. 나지막이 내뱉은 한숨을 타고 꾹꾹 담아두었던 기억이 터져 나와 나린을 다시금 그날에 데려다 놓았다.

※ ※ ※

나린은 대학교 졸업반에 접어들면서 여러 기업의 인재상에 맞추어 입사지원서와 자소서를 작성하느라 바쁜 나날을 보내고 있었다. 지원하고 떨어지기를 반복하느라 얼마 남지 않았던 자존감마저 바닥을 치며 땅굴을 파고 있을 때쯤, 우연히 지원했던 항공사 승무원 면접을 보게 되면서 새로운 진로를 꿈꾸게 되었다.

처음에는 실전 면접 경험이라도 쌓으면 좋겠다며 욕심 없이 가벼운 마음으로 임했던 면접이 실무진 면접을 통과해 임원 면접까지 가게 되면서, 자신의 또 다른 가능성에 기대를 걸게 했다. 안타깝게도 결국 최종 관문에서 탈락하게 되었지만, 생각지도 못했던 길에서 만났던 사람들의 열정에 매료되어 자신도 모르게 홀린 것처럼 이끌려 갔다.

뒤늦게 합류하게 된 꿈의 행렬에 점점 버거워지는 불안감만큼 나린은 더 열심히 자신을 뽑아야 하는 이유를 만들기 위해 노력했다. 졸업을 연기하고 자격증과 외국어 점수를 높이기 위해 여념이 없던 나날들 속에서 영지와의 만남이 뜸했던 어느 날, 뜻밖의 소식이 들려왔다.

"나린아, 나 이제 일 그만두려고. 얼마 전에 나 복권 당첨됐어!"

"진짜, 진짜로? 대박, 웬일이야. 나 복권 당첨된 사람 처음 봐, 진짜 당첨이 되는구나. 완전 축하해, 하영지 이제 꽃길만 걷겠네~. 너무 잘됐다, 정말. 나도 그 좋은 기운 좀 나눠줘!"

"진짜 대박이지? 사람이 죽으라는 법은 없나 봐. 그래서 앞으로는 지금까지 사고 싶었던 거, 해보고 싶었던 것들 찾아 모두 하면서 마음껏 누릴 거야. 아~ 뭐부터 하지? 근데 나린이 너는 졸업하고 이제 뭐 할 거야?"

"아, 요번에 졸업 유예 신청해 놔서 당분간은 외국어랑 자격증 스펙 쌓으면서 취업 준비에 매진하려고. 사실 지난번에 승무원 면접 보고 왔었거든, 큰 기대 없었는데 생각보다 결과가 좋았던 것 같아서 그쪽으로 더 준비해 보려고."

어딘가 들뜬 나린의 목소리에 웃고 있던 영지의 얼굴이 굳어지더니 냉랭한 말투로 분위기를 얼어붙게 했다.

"승무원이라면, 비행기 스튜어디스 말하는 거야? 그럼 난 반대야."

"어? 왜, 왜 네가 반대야? 아니, 근데 어째서?"

갑작스러운 영지의 말에 적잖이 당황한 나린이 말을 더듬어 가며 되묻자, 당연한 이야기를 묻는다는 얼굴로 영지의 목소리가 돌아왔다.

"야, 승무원들 엄청 기강 잡고 무서운 거 몰라? 기 센 선배들이 군기 잡는 거 장난 아니라는데 너같이 소심하고 무른 성격에 상처도 잘 받는 애가 어떻게 같이 일하려고 그래. 외국으로 비행 나가면 사실상 업무 끝났다고 해도 집으로 퇴근하는 것처럼 자유롭지 않을걸, 그리고 너 영어 잘해? 그것도 아니잖아."

"시니어리티를 걱정하는 거라면 난 괜찮을 것도 같은데… 원래 여러 사람 모여서 일하다 보면 어딜 가나 텃세도 있고, 안 맞는 사람들도 있고 그런 거잖아. 어차피 결국은 사람들끼리 하는 일인데 힘든 일들 같이 헤쳐 나가면서 더 끈끈해지는 것도 있지 않을까? 아, 그리고 나 외국어 공부 열심히 하고 있어…"

"토익 몇 점 나오길래 아직도 공부하고 있어, 빨리 끝내 놓고 다른 거 준비해. 인터넷 후기 보면 한두 달만 공부해도 900점대는 그냥 척척 나오는 것 같던데, 공부를 똑바로 했으면 900점은 금방 쉽게 넘어야 맞지. 그리고 승무원 하려면 얼굴에 뭐 좀 해야 하는 거 아니야? 승무원 준비한다는 사람들 보면 다들 하나같이 엄청 예쁘던데."

영지가 나린의 얼굴을 찬찬히 뜯어보며 가볍게 툭툭 내던진 말에 나린의 표정이 조금씩 흐려져 갔지만, 어쩐 일인지 쉽게 물러서지 않고 생각을 전했다.

"아무래도 사람들을 대하는 직업이니까 단정하고 호감이 가는 인상을 선호하겠지만, 바쁜 스케줄을 소화해 내는 힘이 있어야 하니까 승무원 자질 중 가장 중요한 건 외모가 아니라 체력이라고 그랬어."

"나린아, 돈 내고 다니는 학교랑 돈 받고 다니는 직장은 달라. 얘가 아직도 이렇게 아무것도 모르고 환상 속에 살고 있네, 세상은 동화가 아니야. 게다가 그 이야기 배경이 회사고 사회면 특히 더."

영지가 세상 물정을 모른다는 답답한 표정으로 한숨을 깊게 내쉬더니 앞에 놓인 아이스 커피 속의 얼음을 아작아작 깨물어 먹었다. 맞은 편 자리에 앉은 나린도 영지가 보인 의외의 반응에 서운함이 몰려와 애써 아무렇지 않은 척 빨대로 유리컵 안을 반복해서 휘저을 뿐이었다.

나린의 새로운 진로를 알게 된 이후로 영지는 은근슬쩍 자꾸 어깃장을 놓으며 나린의 마음을 불편하게 했다. 너무 순한 인상보다는 적당히 강단 있는 모습을 보여야 한다며 눈썹 모양을 이미지에 어울리지 않게 다듬어 준다든지, 면접 전날 깔끔하게 손톱을 관리해 준다며 눈에 띄는 강렬한 색의 매니큐어를 발라주는 등의 말하기 미묘한 견제들로 신경이 쓰이도록 만들었다.

"너 제2외국어는 준비 안 해? 대부분 영어 말고 다른 언어 하나씩은 더 공부하던데."

"그렇지 않아도 고민 중이야. 고등학생 때 일본어 반이었으니까 일본어를 좀 더 공부해서 밀어볼까?"

"에이, 일본어는 전공자들뿐만 아니라 애니메이션이나 일본 문화 좋아하는 사람 중에 완전 네이티브 급으로 잘하는 사람들이 너무 많아서 경쟁력이 없을걸."

"그럼… 중국어를 해야 하나? 아시아권 비행이 자주 있을 테니까 도움이 될 것 같은데."

"근데 내가 어디서 들었거든? 중국어 잘하는 한국인이랑 한국어 잘하는 중국인, 이렇게 둘 중 누군가를 뽑아야 한다면 후자를 더 선호한대."

영지의 말에 난감해진 표정으로 입술을 달싹거리는 나린을 보고 영지가 황급히 다음 말을 덧붙였다.

"아니, 그냥 그런 말을 들은 적이 있다고. 내 말 신경 쓰지 말고 너 하고 싶은 거 해."

앞으로의 계획 이야기만 나오면 응원보다는 뼈 있는 조언을 건네는 영지 때문에 나린은 매번 기운이 빠져 집으로 돌아오기 일쑤였다. 하지만 영지의 말이 전혀 터무니없는 이야기는 아니라고 생각했기에 객관적인 의견으로 받아들이며 빈틈을 채워보려 노력했다.

그러던 어느 날 더 이상 영지의 말을 이유 있는 선의의 충고로 받아들이지 못하게 된 일이 일어났다.

지난밤부터 쏟아져 내리기 시작한 눈은 다음 날이 되어서도 그치지 않고 온 세상을 소복소복 새하얗게 뒤덮었다. 모두가 잠든 새벽에도 폭설과 한파로 인한 피해에 유의하라는 안전 문자가 도착하던 그날은 나린의 취업 축하를 위한 만남이 있던 날이었다.

제설 작업에도 밤사이 쌓인 많은 양의 눈 때문에 교통이 마비되다시피 하다 조금씩 해소되어 갈 무렵, 나린이 집을 나섰다. 오랜만에 초대받은 영지의 집까지는 조금 거리가 있어, 그

동네에 도착해서 간단한 선물을 사기로 했다. 영지가 좋아하는 아이스크림은 날씨가 너무 추운 관계로 패스하고, 과일은 우산을 든 채로 한 상자를 들고 갈 수 없을 것 같아 나린을 더 고민스럽게 했다. 나린이 지하철 안에서 스마트폰 지도로 영지의 집 주변을 살펴보던 중, 전에 보지 못했던 빵집을 발견하고 눈으로 길을 따라가며 가는 방법을 익혔다.

지하철역을 빠져나오자마자 거센 바람과 함께 휘몰아치듯 내리는 눈으로 인해 걸음을 내딛기 어려웠다. 투명 우산을 방패 삼아 한 발짝씩 천천히 발걸음을 옮기는 것을 반복하며 눈으로는 바쁘게 아까 봐두었던 베이커리를 쫓았다. 국내를 넘어 해외까지 진출한 친숙한 프랜차이즈 빵집 덕분에 새하얀 거리에서도 놓치지 않고 익숙한 간판을 찾아낼 수 있었다.

차가운 눈바람 속에서 눈사람이 되어가던 나린이 따뜻한 실내 훈기에 스르르 녹아내렸다. 자연스럽게 집게와 쟁반부터 집어 들던 손을 멈추고 케이크가 진열된 쇼케이스로 다가가 여러 모양의 케이크를 눈에 담았다. 크기부터 구성과 맛, 그리고 캐릭터까지 어느 것 하나도 같은 모양이 없는 것에 쉽게 결정을 내리지 못하고 서성거리다 직원에게 도움을 청했다.

"저기… 요즘 잘 나가는 케이크가 어떤 거예요?"

"선물하실 건가요? 받으시는 분 연령대가 어떻게 되세요? 어린이라면 인기 캐릭터 케이크를 추천해 드릴게요. 여자아이들은 주로 공주 그려진 캐릭터 좋아하고요, 상어 가족이나 뽀로로는 성별 상관없이 모두 좋아하는 편이에요."

"아… 어린이들 말고 어른들한테 인기 있는 케이크도 있나요?"

"어른들이요? 음… 연령대나 취향마다 다 제각각이서서요. 그래도 많이들 찾으시는 스테디셀러로는 비교적 무난한 고구마 케이크나 딸기 케이크였던 것 같아요, 블루베리나 티라미수도 종종 찾으시고요. 아, 고민되시면 반반 케이크는 어떠세요?"

반반 케이크라는 말에 나린이 케이크 진열장 안으로 시선을 돌려 맛의 대통합을 이루고 있는 현장의 구성을 살펴보았다. 딸기 생크림과 초코, 크림치즈와 블루베리, 그리고 고구마와 티라미수 케이크와 같은 다채로운 조합으로 주저하는 손님들의 마음을 저격하며 선택을 기다리고 있었다. 그중 달콤한 고구마와 부드러운 티라미수 구성이 눈길을 사로잡았고, 전에 영지가 티라미수를 즐겨 먹었던 게 떠올라 망설임 없이 케이크를 선택했다.

나린이 포장된 케이크를 받아 들고 나오자, 조금 전까지 눈보라가 치던 것과 달리 눈발이 눈에 띄게 잦아들고 있었다. 눈요정의 마음이 바뀌기 전에 얼른 영지의 집에 도착해야겠다는 생각이 발걸음을 재촉했다. 가까운 곳의 아파트 단지에 들어서자 어느덧 눈이 그쳤고, 눈 위로 조금씩 햇살이 내려앉기 시작하면서 나린의 마음에도 포근함이 번지는 것만 같았다.

나린이 공동 현관을 지나 현관문 앞에서 초인종을 누르자, 기다렸다는 듯 문이 열리며 영지가 반겨주었다.

"오느라 힘들었지, 아직도 밖에 눈 많이 와?"

"아니, 지금은 거의 그쳤어. 나뭇가지에 달려 있던 눈이 바람에 날리는 정도? 아까 빵집 들어가기 전까지만 해도 엄청나게 휘몰아쳤었는데 나올 때쯤부터 잦아들기 시작하더라고, 완전 굿 타이밍이지."

현관에서 거실로 이어지는 복도를 앞서 걷던 영지가 뒤를 돌아보며 나린의 손에 든 상자를 확인하듯 물었다.

"잠깐만 빵집이면, 너 설마 그거 케이크야?"

"어? 응, 케이크인데… 요새 다이어트하는 중이야?"

"아, 왜 하필 하고 많은 것들 중에 케이크를 사 왔어. 게다가 왜 이렇게 또 큰 걸 사 왔는데, 지금 가서 바꿔 와."

"아니, 부모님도 계시니까 우리는 적당히 덜어 먹고 나머지는 같이 드시면 좋을 것 같아서 그랬지… 그리고 이거 상자만큼 그렇게 크지 않아."

예상치 못했던 영지의 예민한 반응에 당황한 나린의 표정이 굳어가자, 영지가 급하게 말을 이었다.

"내가 특별히 너 온다고 그래서 오늘 아침에 멀리까지 가서 케이크 사 왔단 말이야. 그러니까 얼른 가서 다른 걸로 바꿔 오든지, 아니면 돈 아까우니까 그냥 환불받아."

"아까 영수증 안 받아 왔는데… 내가 사 온 거랑 똑같은 맛 아니면 골라 먹는 케이크 파티하는 걸로 하면 안 돼?"

"영수증 없어도 조금 전에 샀으니까 결제했던 카드 확인하면 바꿔줄 거야. 그리고 주문 제작한 레터링 케이크도 아니고 프랜차이즈 케이크를 요새 누가 이렇게나 많이 먹어. 정 그렇게 바꾸러 가기 싫으면 네가 사 온 거니까 네가 다 먹고 가든지, 아니면 이따 집에 갈 때 가져가든지 해."

나름대로 신중하게 골라 온 케이크를 한번 열어보지도 않고 무신경한 말부터 던지는 영지의 모습에 걷잡을 수 없는 서운함이 몰려와 나린을 짓눌렀다. 하지만 자기를 위해서 아침부터 눈이 쏟아지는 거리를 달려 케이크를 사 왔다는 말에 섭섭함을 표현할 수는 없었다.

나린이 시무룩한 표정을 급히 감추고 영지의 집을 나서자, 잠시 그쳤던 눈이 또다시 펑펑 쏟아져 내리고 있었다. 정신없이 자리를 피하느라 우산도 미처 챙겨 나오지 못한 탓에 나린과 케이크 상자 위로 눈송이가 차곡차곡 쌓여갔다. 함박눈이 모든 소리를 가져간 듯 고요해진 거리에 눈 위로 발 도장을 찍어내는 나린의 발자국 소리만 규칙적으로 들려왔다. 나린은 흩날리는 눈 속을 멍하니 걸으며 왠지 모르게 서글퍼지는 마음을 바람에 힘껏 실어 날려 보냈다.

어딘가 쓸쓸해진 기분 때문에 이대로 집으로 향하고 싶었지만, 영지에게까지 자신과 비슷한 기분을 물들이고 싶지 않았다. 그저 서로가 표현하는 방식이 다를 뿐이라고 마음을 다독이면서 일부러 씩씩하게 걸음을 옮겼다.

겸연쩍은 표정으로 베이커리 안으로 들어서자, 의아한 표정을 짓던 점원이 나린의 어색한 얼굴과 손에 들린 케이크 상자를 번갈아 보고는 어떤 상황인지 눈치챘다. 점원은 별일 아니라는 듯 자연스럽게 쿠키와 샴페인을 추천해 주며 교환해

주었고, 그 덕분에 나린의 마음도 점점 대수롭지 않은 일처럼 느껴졌다. 케이크를 대신할 선물을 들고 걸어왔던 길을 다시 돌아가며 찜찜했던 마음을 털어냈다. 복잡한 기분 대신 애타게 기다리던 취업을 축하해 주기 위해 영지가 준비한 마음만 가득 담아가기로 다짐하며 입꼬리를 끌어 올렸다.

 영지와 점심을 먹은 후, 디저트로 조촐한 취업 축하 파티를 시작했다. 케이크를 대신해 바꿔 온 샴페인까지 더해지니 제법 파티 분위기가 나는 것 같았다. 영지가 접시에 자그마한 컵케이크를 담아 각자의 앞에 놓았다. 풍성한 생크림 위에 아기자기한 과일 토핑이 자리한 컵케이크에서 모양만큼이나 향긋한 빵 냄새가 풍겨 나왔다.

 "우와, 너무 예뻐서 먹기 아까울 것 같아. 이거 어느 빵집에서 샀어? 다음 달에 아빠 생신인데 거기 가서 케이크 살까 봐."

 "어? 어… 케이크 맛집이라고 그러길래 나도 검색해서 찾아간 곳인데 좀 멀어서 네가 가기는 어려울 거야."

 "아, 진짜? 그런데 아침부터 일부러 다녀온 거야, 이 눈보라를 뚫고? 어떡해… 이끼는 솔직히 조금 서운하기도 했는데 진짜 완전 감동이야. 고마워, 정말."

 "내가 너니까 이렇게 챙기는 거 알지? 앞으로 나한테 잘해~. 메이저 항공사 승무원 좀 됐다고 콧대 높아지지 말고. 하여튼 그래도 난 아직 반대야, 하고 많은 직업 중에 왜 꼭 승무원을 하겠다고 그러는지. 들어간 다음에 힘들다고, 적응 못 하겠다고 울고불고 전화하기만 해봐라."

"왜 자꾸 겁을 주고 그래, 이제는 이미 늦었어~. 그리고 이렇게까지 챙겨줄 거면서 행동이랑 말이랑 너무 달라. 그냥 축하 좀 해줘."

"아니, 인터넷에 올라온 합격 수기 보면 남들은 쉽게 금방 붙는 것 같던데 넌 유난히 오래 걸린 것 같아서 그러지. 근데 인턴 승무원 하다가 정식 승무원 전환 안 되고 잘리기도 한다던데? 너 들어가서도 열심히 해야겠다."

축하하는 자리에서까지 덕담보다는 염려를 빙자한 불편한 말을 건네는 영지의 태도에 마음이 답답해져 대답을 얼버무리고 케이크를 입으로 가져갔다. 입안을 가득 채운 컵케이크와 함께 외면하고 싶은 감정들을 삼켜내느라 정작 어떤 맛도 제대로 느낄 수 없었다.

거북했던 축하 자리가 끝나고 집을 나서려는 나린을 영지가 불러 세웠다.

"나린아, 가면서 이것 좀 버려주라. 아침부터 움직였더니 피곤해서 좀 누워야겠어."

"어? 내가? 어… 알겠어. 그럼 나 이만 가볼게."

얼떨결에 받아 든 종이봉투 안에는 각종 플라스틱 통과 빈 샴페인 병, 그리고 컵케이크가 담겨 있던 것으로 보이는 종이 상자가 들어 있었다. 서서히 굳어가는 나린의 표정을 눈치채지 못한 채 먼저 방으로 들어가 버리는 영지의 뒷모습을 나린은 멍하니 바라보다 현관을 나섰다. 단지 내 분리수거장에서 종류별로 재활용품을 분류하던 손에 마지막까지 남겨져 있던 컵케이크 상자가 잡혔다. 꺼내진 상자 위에는 빵집 이름이 적힌 스티커가 붙어 있었고, 그 옆에 숫자 스탬프가 찍혀 있었다.

편치 않았던 기분 때문에 케이크 맛을 온전히 즐기지 못한 것이 못내 아쉬워져 위치라도 알아두자는 생각으로 인터넷 앱의 검색창에 상호를 옮겨 적었다. 검색을 누르자 화면이 바뀌며 지도 위에 꽂힌 파란색 깃발이 위치를 알려주었다. 빵집 이름을 누르자 여러 홍보 포스팅 아래로 매일 갓구운 컵케이크만을 한정 판매한다는 홍보 배너가 떠올랐다. 조금 더 정확한 주소를 알고 싶어 길 찾기 버튼을 누르고 집 주소를 입력하자, 예상 소요 시간이 분 단위가 아닌 시간 단위로 나타났다. 눈길에 길이 많이 막히는 구간인지 확인하려다 도착지를 나타내는 점이 강릉에 자리한 것을 보고 머릿속이 혼란스러워졌다.

"잠깐만, 그럼 컵케이크 사러 새벽부터 강원도까지 다녀온 거야? 여기 다른 지점은 없고 본점밖에 없는 걸로 나오던데…"

나린은 다시 한번 빵집 이름을 확인하려고 상자 위의 스티커를 부려다 보라색 숫자의 의미를 알아차렸다. 진보라색으로 새겨진 6자리 숫자가 그제를 가리키고 있었다. 오늘 갓 구워낸 컵케이크가 아니었다는 사실은 크게 중요하지 않았지만, 어째서 영지가 친한 친구인 자신에게 불필요한 거짓말을 한 것인지 이해가 되지 않았다. 영지가 했던 말들이 이 순간에도 계속 나린의 귓가를 맴도는 것만 같아 서둘러 그 자리를 도망쳐 나왔다. 애써 꼭꼭 숨겨두었던 서운함은 한순간에 나린을 집어삼켰고, 어떤 게 영지의 진심인지 구별해 낼 수 없도록 마음의 눈을 가렸다.

　무엇이 진짜인지, 왜 굳이 거짓말을 한 것인지 영지에게 묻고 싶었지만 차마 물어볼 용기도, 대답을 들을 자신도 없었다. 진실을 확인하며 영지와 멀어지는 것보다 지난 시간 영지와 함께했던 기억들을 지켜내는 게 나린에게는 아직 더 중요했다.

＊　＊　＊

　나린이 쓸쓸한 표정을 지으며 젓가락으로 떡볶이 양념을 휘젓던 손을 멈추자, 다소 퍽퍽해진 노른자가 녹아들어 걸쭉하게 변한 양념이 딱딱해진 떡볶이 떡과 엉켜 한 덩어리가 되어 있었다. 어느새 차갑게 식어버린 떡볶이를 마저 먹고 싶지 않아 곧이어 자리를 정리했다.

　도전했던 신메뉴 떡볶이는 자잘한 튀김을 곁들여 먹는다는 구성부터 특별했고 쫄깃한 떡의 식감도 굉장히 만족스러웠지만, 기억 속의 그 맛과 비교하면 무언가 채워지지 않은 허전함이 느껴졌다. 맛의 차이점을 찾아내려고 하면 할수록 오히려 점점 더 미궁 속으로 빠져드는 기분으로 인해 끊임없는 생각이 꼬리에 꼬리를 물었다.

　나린은 끝을 알 수 없이 이어지는 기억의 굴레에서 벗어나기 위해 본격적으로 자리를 잡고 중국어 공부를 시작했다. 기내에서 자주 사용하는 회화에 성조를 표시해 가며 듣고 직접 따라 하기를 반복하면서 입에 붙이는 연습을 이어갔다. 언젠가 자신의 목소리로 중국어 기내 안내방송을 전할 기회를 꿈꾸며 느리더라도 완벽히 자신의 것으로 만들고 싶었다.

한창 공부에 매진하던 시간이 지나고, 슬슬 집중력이 깨지려고 할 때쯤 보고 싶었던 대만 드라마로 흐름을 연결했다. 언어 공부에 재미가 더해지면 일상 회화도 자연스럽게 스며들어 꾸준히 공부하는 데 동기부여가 될 거라며 허울 좋은 핑계로 자기 합리화를 했다. 미뤄두었던 드라마 몰아보기를 하느라 저녁은 간단히 간장 계란밥으로 정했다. 참기름을 넉넉하게 넣어 고소하고 짭짤한 맛을 내는 간장 계란밥을 밥공기에 한가득 담아 드라마를 보며 저녁을 먹었다. 무선 이어폰 너머로 들려오는 드라마 속 주인공들의 목소리와 긴장을 늦출 수 없는 이야기에 빠져든 탓에 현실에서의 움직임들은 의미를 잃은 지 오래였다.

연달아 시청하던 드라마는 벌써 중반부를 넘어가고 있었고 시청 중이던 회차의 엔딩을 끝으로 다음 화의 예고가 나올 무렵, 느슨해진 틈 사이로 느껴지는 배부름에 갑자기 졸음이 몰려왔다. 다음 이야기가 자동으로 재생되기 전, 잠시 까맣게 물든 화면 위로 잠이 든 나린의 얼굴이 스쳐 지나갔다. 이어 화면이 다시 밝아지고 귓가에서 주인공들의 대화가 이어졌지만, 이제는 외국어로 듣는 자장가가 되어 더 깊이 잠에 빠져들 뿐이었다.

불편한 자세로 잠에서 깨어난 나린이 뻐근해진 목을 이리저리 돌리며 주위를 둘러보았다. 관객도 없이 혼자 모든 이야기를 써 내려간 드라마는 이미 막을 내렸고, 잠든 사이 깊어진 밤은 끊임없이 짙은 어둠을 덧칠하고 있었다. 비몽사몽한 상태로 시간을 확인하는 나린의 배에서 요란한 소리가 들려왔다.

'꼬륵, 꼬르륵-'

"자는 동안 소화가 다 되었나 보네, 소리 들으니까 갑자기 배고프다. 근데 매번 꼬르륵 소리는 왜 이렇게 크게 나는 거야, 사람 민망하게 진짜."

괜스레 배를 툭툭 두드리고는 자리에서 일어나 냉장고 문과 주방 수납장을 하나씩 열어보며 배고픔을 달래줄 무언가를 찾았다. 문을 하나씩 열었다 닫을 때마다 나린의 얼굴에 실망감이 번져가던 중, 등 뒤에서 익숙한 알림 소리가 들려왔다.

'딩딩-'

고개를 돌려 잠깐 휴대폰을 바라보다 무시하고 다시 손을 움직였지만, 어쩐지 자꾸만 신경이 쓰이는 것에 다가가 화면을 밝혔다. 메시지 아이콘 옆에 떠오른 숫자가 사라지면서 나린의 눈빛이 점점 진지해졌다.

'똑똑! 서나린 님 앞으로 공유해 주셨던 추억이 배달 완료되었습니다. 따뜻했던 순간들과 그에 못지않게 따끈따끈한 재료들이 문 앞에서 당신을 기다리고 있습니다. 리마인드 기내식과 함께 바래져 희미해진 기억 속으로 떠나보는 시간, 바로 이 순간입니다. 당신만을 위해 유일하게 제작된 커스텀 기내식 밀키트로 오늘 밤 잊고 지냈던 그날을 비행해 보세요!'

나린은 메시지 내용을 따라 현관문을 열어 온기가 느껴지는 흰색 스티로폼 상자를 들고 들어왔다. 곧이어 품 안에서 조심스럽게 상자를 내려놓으며 빙 둘러붙은 테이프를 살살 떼어내더니 살며시 스티로폼 상자 뚜껑을 열었다. 닫힌 상자 밖으로도 느낄 수 있었던 따스함이 열린 틈 사이로 새어 나오며 나린의 주변을 옅은 훈기로 감싸안았다. 좁은 방안으로 퍼지는 미지근함에 어리둥절한 표정을 지으며 나지막하게 속삭였다.

"아니, 원래 밀키트가 이렇게 실온 상태로 배송이 오는 게 맞는 건가. 배송한다는 연락도 하나 없었는데, 오늘 비행이 없어서 망정이지 고대로 상해서 못 먹을 뻔했네. 아, 아니면 회사랑 연계된 곳이니까 일시적으로 당첨자 집 주소랑 비행 스케줄을 열람할 수 있는 그런 시스템일지도 모르겠다. 무슨 약관 동의하는 란에 체크했던 것도 같은데…"

나린이 스티로폼 상자 속에서 포장된 밀키트 상자를 꺼내며 중얼거렸다. 갑작스러운 배송에 볼멘소리를 내는 듯싶으면서도 이벤트에 당첨되어 그리웠던 추억의 떡볶이 맛을 다시 느껴볼 수 있다는 설렘에 자기도 모르게 입꼬리가 한껏 당겨져 올라갔다.

밀키트를 감싸고 있는 커다란 종이 띠지에는 먹음직스러운 떡볶이와 컵에 담긴 어묵 국물, 그리고 매콤달콤 밀 떡볶이라는 이름이 프린트되어 맛의 기대감을 높였다. 들뜬 기분을 마음껏 드러내며 포장을 풀어내자, 비교적 단조로운 구성의 재료와 레시피가 담긴 종이가 들어 있었다.

"매콤달콤 밀 떡볶이. 내가 쓴 대로 쌀떡이 아니라 밀떡으로 반영되었네? 맛이 얼마나 비슷하려나, 기대된다~. 일단 떡볶이 떡이랑 어묵, 반숙란이 들어 있고, 어묵 국물도 플라스틱 푸딩 용기에 별도로 담겨 있네. 밀키트라서 웬지 티백으로 제공될 줄 알았는데 이게 더 좋다. 마지막에 이건 뭐지, 마법의 소스? 떡볶이 맛을 완성 시켜주는 특제 소스 뭐 이런 건가."

동봉되어 있던 재료들을 하나씩 꺼내며 살펴보던 중, 마법의 소스라고 쓰인 빨간색 비닐 포장지에 눈길이 사로잡혔다. 새겨진 이름을 제외하고 별다른 설명이 없는 것에 궁금해져 급하게 레시피를 찾아 읽어 내려갔다.

커스텀 기내식 밀키트로 먼저 맛보는 리마인드 기내식 : 매콤달콤 밀 떡볶이 레시피.

- 냄비에 물 200ml를 준비하시고, 물을 끓여주세요.
- 물이 끓기 시작하면 어묵과 떡볶이 떡을 넣고 약불에 2~3분가량 더 끓여주세요. 떡과 어묵이 서로 눌어붙지 않도록 중간중간 잘 저어주세요.
- 물이 끓기를 기다리는 동안, 반숙란의 껍데기를 제

거하시는 것을 권장합니다. (기내식에는 깐 달걀로 제공될 예정입니다.)

　- 마지막으로 마법의 소스를 넣어 잘 풀어주세요. 추억의 맛을 재현한 소스가 떡과 어묵에 잘 배어들 수 있도록 오래전 그날의 기억을 두드리며 한번 섞어준 후, 불을 끄고 잠시 뚜껑을 닫아주세요.

　※ 제공된 모든 재료는 갓 제조되어 진공포장 된 것으로, 별도의 해동은 필요하지 않습니다. 다만, 그 안에 깃든 따스함이 사라지기 전에 바로 조리하시어 드시는 것을 추천합니다.

　밀키트를 활용하여 잊고 지냈던 날들과 그 추억 속에 담긴 맛을 떠올려 보세요. 서로가 서로에게 전해주었던 온기가 더 이상 식어버리지 않도록, 소중한 마음을 다시 한번 따뜻하게 데우는 리마인드 비행이 되기를 바랍니다.

　레시피를 찬찬히 읽어 내려가던 나린의 눈이 어떤 문장에 사로잡혀 그 주위를 맴돌고 있었다. 계속 같은 글자 위를 뱅글뱅글 돌며 끝없이 이어지는 생각들에서 벗어나려 바쁘게 손을 움직였다. 운 좋게 얻은 특별한 기회를 잡으려면 재료들의 생생함이 사라지기 전에 얼른 조리를 서둘러야 했다.

　나린은 밀키트에 들어 있던 조리법을 따라 냄비에 물을 올리고, 기다리는 동안 달걀을 손질했다. 이미 완성도를 갖춘 재료들과 어렵지 않은 조리 과정 덕분에 추억 속 떡볶이가 빠르게 형태를 잡아갔다. 떡볶이 떡과 어묵을 넣고 약불에 살살 저어주는 동안에는 마치 나린의 맞은편에서 자주 가던 분식집 사장님이 조리해 주시는 것만 같은 느낌이 들었다. 마지막으로 마법의 소스를 넣고 잘 저은 후, 불을 끄고 냄비 뚜껑을 닫자 나린의 곁에 낯익은 따스함이 느껴졌다.

냄비를 탁자 위에 놓은 뒤 깐 반숙란과 어묵 국물을 그 옆에 나란히 두고 포크와 머그컵을 가져와 자리에 앉았다. 떨리는 마음으로 뚜껑을 열자, 갇혀 있던 김이 맛있는 냄새와 한데 섞여 한꺼번에 쏟아져 나와 나린을 에워쌌다. 더운 날씨에 친숙한 냄새와 열기가 더해지니 혼자 있어도 내 편인 누군가와 함께인 것 같은 든든한 기분마저 들었다.

앞접시를 대신해 손에 쥔 머그컵에 떡볶이를 덜어 천천히 입으로 가져갔다. 짧은 순간에도 레시피를 떠올리고 순서대로 따라 했는지 되짚어 보며 떨리는 한입을 베어 물었다. 속은 쫄깃쫄깃하지만 겉은 적당히 퍼져 말랑해진 떡볶이 떡의 식감이 중학생 때 먹었던 그 느낌과 꼭 닮아 있었다. 떡을 감싸고 있는 양념 또한 매콤하게 시작해 달큰한 맛으로 마무리되는 바로 그 맛이었다. 완벽히 재현된 추억 속 맛에 놀란 나린의 눈이 휘둥그레졌다.

"와, 정확한 레시피를 기재한 것도 아닌데 어떻게 이렇게 똑 닮은 맛을 낼 수 있지? 새로운 기내식 업체 기술 진짜 미쳤다, 이 정도면 거의 사장님 손맛을 복사한 수준인데. 그럼 반숙란도 똑같으려나, 이 달걀은 그 분식집만의 시그니처라서 구현해 내기 좀 힘들 텐데."

 떡볶이 떡과 어묵을 몇 번 더 집어먹은 다음, 머그컵에 반숙란을 넣어 포크로 으깨고는 그 위에 양념을 넉넉하게 넣어 섞었다. 새빨간 양념이 흰자에 스며들다가 흘러나온 반숙 노른자와 엉켜 점점 주황빛으로 바뀌어 갔다. 노을이 물들이고 간 자리에 일렁이는 부드러움을 헤치고 햇빛의 조각을 건져 맛보자, 입안 가득 바랜 기억들이 터져나갔다.

 사그라든 열기에도 여전히 나린의 곁을 감도는 온기가 누구의 것인지 알 것 같았다.

* * *

 나린은 아빠의 인사 발령으로 갑작스럽게 전학을 오게 되었다. 그것도 3학년 2학기가 중반에 접어들고 있는 애매한 시점인 데다, 고등학교 진학 전 성적 처리를 마무리하기 위해 이른 기말고사를 앞둔 상황이었다. 중간고사를 치른 지 얼마 되지 않아 또다시 중학교 마지막 시험을 준비하는 분위기라 반 친구들 모두 예민함이 최고조에 달하고 있었다. 선생님들도 중요한 시기를 관리하느라 긴장했고, 흐름을 깨는 친구들을 주의시키며 마지막까지 공부에 집중할 수 있게 애썼다.

 당연히 새로 온 전학생에 대한 관심도 전에 비해 확연히 줄어들면서, 조용하고 내성적인 성격의 나린은 반 친구들과 친해질 기회도 없이 데면데면하기만 했다. 친구들 주변을 서성

대다 겉돌기를 반복하는 날들이 이어졌고, 그날도 여느 때와 다름없이 혼자 청소 도구를 가지고 가던 길에 뜻밖의 사건이 발생하고 말았다.

같은 층 수돗가에서 마른 대걸레에 물을 적시고 돌아서는 순간, 갑자기 새치기하며 들어온 남학생과 부딪치면서 물에 젖은 대걸레가 남학생의 발등에 닿았다 떨어졌다. 단정하지 않은 교복 차림에 싸늘한 얼굴을 한 남학생의 표정이 한순간에 험악해지더니 나린을 향해 큰소리를 내질렀다.

"아이씨, 안 그래도 선생님 때문에 짜증 나 죽겠는데 이거 뭐냐. 야, 너 사과 안 하냐? 야!"

예상치 못한 상황에 얼어버린 나린은 남학생의 사나운 반응에 겁을 먹어 작은 목소리로 웅얼거리며 대답했다.

"미, 미… 미안해… 진짜 미안…"

"야, 뭐라고? 안 들려, 뭐라는 거야. 야, 똑바로 알아듣게 말해."

"미안해… 갑자기 부딪혀서 안 보였어… 정말 미안해."

수돗가에서 나오는 물소리와 어수선한 분위기를 구경하러 나온 아이들의 웅성거림에 잔뜩 움츠러든 나린의 목소리가 점점 더 작아졌다. 숨 막히는 분위기에서 벗어나고 싶은 마음에 재차 사과를 건네고는 도망치듯 자리를 피했다. 하지만 화가 난 남학생은 전해온 사과가 충분하지 않았는지 나린의 뒤를 따라 반까지 쫓아 들어와 나린을 곤란하게 만들었다.

"야! 사과도 제대로 안 하고 도망가냐? 뭐 이렇게 뻔뻔한 애가 다 있어."

"어, 사… 사과했는데… 미, 미안해. 진짜로 미안."

"아, 크게 말해. 하나도 안 들려, 너만 들리게 말하는 게 사과냐? 사과받는 사람이 괜찮다고 하지도 않았는데 그렇게 그냥 가는 게 어딨어. 이거 완전 뺑소니범 아니야, 그리고 내 양말 다 젖었는데 이건 어떻게 할 건데!"

남학생의 고함에 반 친구들이 청소를 멈추고 두 사람에게로 이목이 쏠렸다. 미안함과 당황스러움, 그리고 무안함이 켜켜이 겹쳐 얼굴이 빨개진 나린은 더 이상 아무런 말도 하지 못한 채 교실 한가운데 우두커니 서 있었다. 받지 않는 사과에 목이 막혀 우물쭈물하는 나린의 등 뒤로 단단한 목소리가 들려왔다.

"야, 이제 그만해. 수돗가에서부터 여기까지 따라와서 계속 사과받았으면 됐잖아."

남학생과 나린을 향해 있던 시선이 소리가 들려온 곳으로 옮겨갔고, 자연스럽게 나린도 고개를 돌려 목소리의 주인을 마주하게 되었다.

"넌 뭔데 끼어들어, 네가 피해 본 거 아니면 가만히 있어. 지금 당사자들끼리 얘기하잖아!"

"처음부터 네가 새치기를 안 했으면 그럴 일이 없었잖아. 청소 안 하고 도망가다가 선생님께 잡혀서 혼난 화풀이를 왜 여기에 하는 건데. 그리고 네가 새치기하면서 밀쳐낸 사람 중에 나도 있었거든? 덕분에 나한테도 물 다 튀었는데 그럼 넌

이거 어쩔 건데, 여기서 잘잘못 한번 가려봐? 게다가 지금 너 하나 때문에 우리 반 청소 전부 중단됐잖아, 네가 우리 몫까지 남아서 다 해줄 거 아니면 우리 반 전학생 그만 괴롭히고 이만 나가."

조금도 주저하지 않는 당당한 목소리로 쉬지 않고 쏘아붙이자, 앞뒤 상황을 파악한 반 친구들도 한마디씩 거들기 시작했다. 순식간에 주도권을 빼앗겨 반전된 여론을 의식한 남학생이 나린을 한번 노려보고는 자리를 떠났다. 상황이 정리되자 모두 아무 일도 없었다는 듯 청소를 이어갔고, 연이은 담임 선생님의 등장으로 나린은 미처 고마움을 전하지 못했다.

다음 날, 이른 기말고사 대장정의 마지막 날이었다. 아침부터 번번이 타이밍이 어긋난 탓에 어제의 고마움을 간직한 채 친구의 뒷모습만 쫓다 이윽고 청소 시간이 다가왔다. 한숨을 내쉬며 반을 나선 나린이 수돗가로 향하는 동안 그 남학생을 다시 마주칠까 전전긍긍하며 발걸음을 서둘렀다.

어제와 같은 실수를 하게 될까 봐 잔뜩 긴장한 채로 주위를 두리번거리며 조심스레 대걸레에 물을 적시는 나린의 곁으로 누군가 다가서며 말했다.

"걱정하지 마, 오늘은 걔 마주칠 일 없을 거야. 아까 또 청소 도망가는 거 봤거든."

"아… 어? 저기… 어제는 고마웠어. 정말로…"

나린은 고개를 돌려 목소리의 주인을 확인하고 나서야 한결 편안해진 표정으로 담아두었던 말들을 꺼내놓았다. 차분한 목소리가 거친 물소리에 가라앉아 희미하게 전해졌지만, 그 속에 담긴 진심은 분명하게 느낄 수 있었다.

"내가 하고 싶은 말 그냥 한 건데 뭘. 근데 앞으로는 되도록 할 말 있을 때, 하려고 했던 말 당당하게 해. 아닌 건 아니라고 정확하게. 안 그러면 너 상황 따라 사람 따라 계속 끌려다닐 걸? 그리고 네가 말 안 하면 다른 사람들은 모르잖아."

조용히 고개를 끄덕이는 나린을 보고 조금 더 가벼워진 목소리가 이어졌다.

"그럼 어제 고마웠다고 했으니까 학교 끝나고 네가 떡볶이 사. 이제 시험 다 끝났으니까 오늘 시간 있지?"

"어? 어… 알겠어. 내가 살게."

"이거 봐 이거 봐. 아, 뭘 또 내가 살게야~. '고마운 건 고마운 거고, 내가 왜 사줘야 하는데?' 이렇게 나와야지. 그렇게 순하고 물러서는 안 된다고, 얘를 어떡하지."

한 손에 대걸레를 들고 앞뒤로 쫓아 걸어가던 걸음이 어느 틈에 나란해져 시끄러운 복도 소음에 데시벨을 더했다.

그날 이후로 함께 보낸 수많은 시간이 지나고 어느덧 고등학교 3학년이 된 나린과 영지가 여느 때와 다름없이 서로의 일상을 나누고 있었다. 야간자율학습을 끝내고 터덜터덜 집으로 돌아가던 두 사람이 둘만의 아지트인 동네 작은 분식집에 들러 떡볶이를 주문했다. 그러고는 둘의 지정석과 다름없는 창가 자리의 키다리 의자에 나란히 앉아 멍하니 창밖을 바라보며 이야기를 나눴다.

"너 공부 많이 했어? 9월 모의고사 점수가 수능 점수랑 비슷하게 간다고 그래서 너무 걱정되고 미치겠어. 아, 스트레스 받아…"

"아, 난 이제 그냥 마음을 깨끗하게 비웠어. 그리고 사실 요새 우리 집이 좀 뒤숭숭해서."

"응? 왜, 집에 무슨 일 있어?"

"아니 그냥, 아직 정확히는 모르는데 아빠가 대출까지 받아서 주식에 투자했던 게 완전 엉망이 됐나 봐. 그래서 대학 진학 말고 취업하는 건 어떨까 싶기도 해, 어차피 나는 공부 좋아하지도 않았고 잘하지도 않으니까."

갑작스러운 이야기에 나린의 얼굴이 어두워지자, 오히려 영지가 웃으며 대수롭지 않은 듯 말했다.

"야, 왜 네가 심각해져. 나는 핑곗거리가 생긴 것 같아서 한편으로는 되려 편하기도 한데. 아, 그건 그렇고 나 아까 화장실에서 좀 이상한 말 들었다? 그 왜, 너랑 같이 밥 먹는 너희 반 애 중에 누구였지. 연우였나, 연아였나 아무튼 걔랑 무슨 일 있었어?"

"연지? 어… 특별히 무슨 일이 있다기보다는 며칠 전부터 다른 반 친구들이랑 밥 먹는다고 그래서 요새 같이 안 먹거든. 근데 왜?"

"걔랑 싸웠다든가, 아니면 뭐 다른 일들은 없었고? 아니, 근데 걔는 왜 갑자기 다른 애들이랑 밥 먹겠다고 한 거야?"

"아… 자세히는 모르겠는데 지난번 저녁 시간에 병원 다녀오느라 나만 잠깐 외출했을 때, 미지랑 연지랑 둘이서만 밥 먹다가 좀 티격태격했었나 봐. 그 일로 연지는 그동안 쌓였던 서운함이 터진 것 같기도 한데 아무리 물어봐도 별말을 안 하길래 마음 정리될 때까지 기다리는 중이야."

영지는 나린의 말에 뭔가 실마리를 얻은 것 같은 표정으로 고개를 끄덕이며 말했다.

"어쩐지… 그래서 그랬네. 걔가 다른 애들한테 너희 둘이 자기를 따돌렸다는 식으로 얘기하고 다니는 것 같아. 밥 먹으러 갈 때도 자기 버리고 둘이서만 갔다고 그러면서 이상한 소문 내고는 동정심 유발하는 것 같던데. 너 말 같지도 않은 말 듣고 이대로 가만히 있을 거야?"

얼마 전부터 자기만 들어가면 화장실에서 이어지던 대화가 뚝 끊기던 것이 떠올라 퍼즐이 맞춰지는 기분이 들었다. 뜻밖의 이야기에 놀라 얼굴이 새하얘진 나린을 대신해 영지가 떡볶이와 어묵 국물을 들고 와 각자의 사리 앞에 놓았다. 평소와 달리 깐 달걀이 없어 손수 삶은 달걀을 깐 뒤, 곁에 놓인 종이컵에 넣어 으깨고는 그 위에 떡볶이 양념을 버무려 나린의 쪽으로 밀어주었다.

"자, 여기 나린 어린이가 좋아하는 '노을 위에 뜬 달'이 완성됐습니다~. 오늘은 특별히 한 겹 한 겹 직접 껍데기까지 까서 만들었으니까 든든하게 먹고 힘내자. 그리고 이번 일은 어영

부영 넘어가지 말고 정확히 얘기해, 고3한테 밥 친구 이슈가 얼마나 관심을 끄는 주제인지 알지? 입 뒀다가 어디다 쓰려고, 여기서 무대응으로 일관하면 그냥 사실 확정이야."

"어차피 다들 시험 때문에 예민해져 있어서 사실관계에는 별로 관심 없을걸… 내가 진짜로 그런 게 아니면 됐지, 진실은 변하지 않으니까. 너처럼 소문 안 믿는 사람도 있잖아."

나린의 답답함을 못 이긴 영지가 앞에 놓인 어묵 국물을 단숨에 들이켜고는 포크로 매운 떡볶이를 찍어 나린에게 건네주며 단호하게 말했다.

"아 정말, 얘 아직도 이러네. 이 고구마 답답이를 어쩌지, 누가 제발 사이다 좀 주세요. 이 고답아, 때에 따라서 사람들에게 진실은 더 크게 외치는 사람의 목소리야. 네가 말을 안 하면 모른다고, 아무도 당사자보다 먼저 나서서 진위를 가려내려고 하지 않아. 모두가 너와 같을 거라고 생각하지 마."

굳은 표정으로 쏘아붙이는 단단한 목소리와 다르게 영지의 손은 나린의 앞에 놓인 어묵 국물을 식히느라 분주했다. 그리고 곧 알맞게 따끈해진 종이컵을 나린의 손에 쥐여주며 다정함이 가득한 응원을 전했다.

어디서부터 어떻게 오해를 풀어야 할지 알 수 없어 편치 않은 마음을 가득 안은 채로 시간이 흘러갔다. 그리고 수능 성적을 미리 엿볼 수 있다는 9월 모의고사 날, 나린은 시험을 모두 마치고 지친 상태로 들어선 화장실에서 또 한 번 난관에 맞닥뜨리게 되었다.

"연지 또 우리 반에 와 있던데, 미지랑 나린이가 뭐 얼마나 불편하게 눈치를 주길래 이제는 쉬는 시간까지 매번 다른 반에 와있는 거야?"

"난 미지도 그렇지만 나린이 걔가 생각보다 진짜 의외더라. 겉보기에는 조용하고 순하게 생겼는데 지금까지 착한 척한 거였나 봐."

입시에 대한 스트레스와 불안감을 가십거리로 해소하려는 가벼운 목소리 위에 영지의 힘 있는 목소리가 머릿속에서 울려 퍼지며 나린의 등을 떠밀었다. 갑작스러운 나린의 등장에 조용해진 목소리 대신 소란스러운 눈빛들이 나린을 향해 날아들었다.

"저기, 나랑 미지가 연지 따돌린 적 없어. 불편하게 눈치 주면서 일부러 곤란하게 만든 적은 더더욱 없고. 오히려 연지가 먼저 이야기해 주기만을 기다리고 있거든. 무슨 이야기가 어떻게 시작되었는지는 모르겠지만 정확하지 않은 이야기는 더 이상 옮기지 않았으면 좋겠어."

"우리가 없는 얘기 지어서 한 것도 아니잖아, 당사자한테 들은 얘기가 있어서 한 말인데?"

"나한테 대놓고 직접 말 못 하는 거 너희도 진짜인지 확실하지 않아서 그러는 거 아니야? 그럼 나도 그 소문의 당사자로서 말할게, 우리끼리 뭉쳐서 연지 소외시킨 적 없어."

마음속으로만 여러 번 외쳤던 이야기를 흔들림 없이 떳떳

한 태도로 전하자, 나린의 기세에 연지의 편에서 목소리를 내던 친구들이 당황하여 동요하기 시작했다. 당차게 정면 돌파를 마치고 돌아선 나린이 귀퉁이 벽에 기대어 남몰래 크게 숨을 내쉬고는 떨리는 손을 붙잡았다. 연지의 의견에 기울어진 친구들이 자기 말을 믿어줄지 아직 확신은 없었지만, 몇 번이고 혼자 삼켜내었던 이야기를 밖으로 꺼내어 전한 것만으로도 쌓여 있던 답답함이 조금은 해소되는 것 같았다.

이제야 곁에서 영지가 줄곧 강조했던 표현의 중요성을 오롯이 깨닫게 된 것만 같아 마음 놓고 웃을 수 있었다.

＊ ＊ ＊

"말하지 않으면 몰라, 모두가 나와 같지 않으니까…"

기억 속에서만 꺼내 보며 그리워하던 그 맛을 다시 한번 느끼자, 점점 흐릿해져 가던 지난 일들 속 영지의 말이 떠올라 그 목소리를 따라 나지막하게 속삭였다. 매번 영지를 통해서만 전해 듣던 이야기를 자신의 목소리로 뱉어냈더니 마치 마법을 부린 것처럼 샘솟는 용기에 가슴이 벅차올랐다.

지금이야말로 불편했던 마음을 아무렇지 않은 척 회피하지 않고 당당히 영지와 마주할 수 있을 것 같았다. 나린은 머그컵에 담긴 반숙란 양념에 얼마 남지 않은 떡볶이 떡을 모두 넣어 한데 섞은 후, 힘차게 포크를 움직여 단숨에 비워냈다. 복잡미묘하기만 했던 감정에 확신이 들자, 다음 행동을 결정하기란 어렵지 않았다.

"매번 그렇게 바쁘다더니 어떻게 시간을 다 냈네? 서나린 얼굴 진짜 까먹을 뻔, 오랜만에 귀한 승무원 얼굴 한번 찬찬히 좀 보자."

추억의 떡볶이를 용기의 묘약으로 삼아 늦은 밤 영지에게 연락한 나린이 급하게 다음 날 약속을 잡았다. 연달아 잡혀 있는 비행 스케줄이 시작되기 전에, 그리고 어렵게 정한 마음이 또다시 흔들리기 전에 헝클어진 감정의 실타래를 꼭 풀어내야만 했다.

나린은 영지의 말에 어색하게 입꼬리를 끌어 올리며 싱긋 웃고는 미처 전하지 못하고 접어두었던 말들을 골라내어 조심스럽게 하나씩 펼쳐보았다.

"영지야 있지, 사실 그동안 너한테 조금씩 서운했던 것들 말 못 하고 나 혼자 마음에 담아뒀었다? 너는 친하니까 편하게 이야기한 건데, 내가 괜히 서운한 티를 내면 오히려 너랑 어색해져 버릴까 봐 겁이 나서 말 못했던 것 같아. 단지 각자 표현의 차이라고 생각하고 그때마다 그 감정을 비워냈다고 생각했었는데 마음 한편에서는 그게 아니었나 봐."

두근거리며 떨리는 가슴과 다르게 담담하게 흘러나오는 목소리가 영지에게 닿으며 분위기가 숙연해졌다. 예상치 못했던 나린의 진솔한 이야기로 가볍고 장난스럽던 영지의 표정에 무게감이 더해졌다.

"네가 그냥 적당히 친한 친구였다면 조금 거리를 두고 대하면서 그저 흘러가는 시간에 우리의 관계를 맡기면 그만이겠지만, 나한테 너는 그런 친구가 아니니까. 어떤 상황에서도 날 믿어줬던 너랑 오래도록 같은 편 하고 싶어서, 이대로 허무하게 너를 잃고 싶지 않아. 그래서 서로를 생각하는 마음이 많이 어긋나지 않았을 때 더 늦지 않게 이야기하고 싶었어. 예전에 네가 나한테 늘 그랬었잖아, 모든 사람의 생각이 나와 같은 건 아니니까 직접 말하지 않으면 모른다고."

꾹꾹 뭉쳐 굳어졌던 감정들이 나린의 진심을 타고 조금씩 새어 나와 영지를 에워쌌다. 나린은 섭섭함을 느꼈던 순간들의 테두리만 살며시 말할 뿐 세세한 부분들을 일일이 열거하지 않아, 영지 혼자 지나간 묵은 기억을 되짚어 보았다. 돌이켜 볼수록 좋은 관계를 지키기 위해 무수히 많은 고민과 망설임을 삼켜냈을 나린의 마음이 느껴져 영지의 얼굴이 점점 붉게 물들었다.

"야, 서나린 너 진짜. 사람이 왜 그러냐, 그걸 왜 이제야 말해! 여태껏 혼자 뭐 얼마나 많은 생각을 했던 건데… 걸리는 게 있으면 바로바로 얘기 좀 하라니까, 소심쟁이 캐릭터 한동안 안 보이더니 왜 또 갑자기 나타난 거야. 너 한 번씩 그럴 때마다 답답하면서도 네 눈치 보여서 미치겠어. 넌 내가 그렇게 어려워?"

"몰라… 네가 어렵다기보다 내가 예민하게 구는 걸까 봐 조심스러운 것뿐이야. 그래도 너랑 있으면서 성격 많이 바뀌었는데 이상하게 가끔씩 너한테만큼은 솔직해지는 게 잘 안돼. 근데 그건 좀 계속 궁금했어, 나한테까지 왜 굳이 불필요한 거짓말을 해야 했는지. 그때 그 케이크 어떻게 된 건지 물어봐도 돼?"

나린은 후련해진 표정을 지으며 전보다 훨씬 편안하게 질문을 던졌고, 갑자기 꽂힌 단어에 당황한 영지가 우물쭈물 망설이다 말을 이어갔다.

"아, 진짜 창피해서 이야기 안 하려고 했는데… 어차피 언젠가는 너도 알게 될 테니까. 실은 그때 그 케이크 너 우리 집에 초대했던 날 사 왔던 거 아니었어. 그 무렵 너무 막막하고 답답해서 바다가 보고 싶었거든, 그래서 아빠 고향이자 할아버지 댁이 있던 강릉에 나 혼자 잠깐 다녀왔었어. 망망대해를 보고 나면 막힌 가슴 속도 좀 뻥 뚫리려나 해서 갔는데 오히려 자꾸 나쁜 생각만 드는 거야. 여기서 인어공주처럼 물거품이 되어 사라져 버리면 내가 직면한 모든 문제에서 가볍게 도망칠 수 있을 텐데 하는 부정적인 생각만 가득 떠올라서 나조차도 불안해질 만큼."

뜻밖의 이야기에 걱정스러운 듯 흔들리는 나린의 눈이 영지를 바라보자, 이제는 괜찮다는 듯 미소 지으며 차분히 이야기를 골라냈다.

"근데 사람이 참 웃긴 게 마음이 텅 비어버린 그 순간에도 바닷바람을 타고 날아온 맛있는 빵 냄새에 관심이 가더라. 하필 그 바닷가 바로 옆에 케이크 맛집이 있더라고, 아무튼 그래서 너랑 같이 달콤함으로 허한 마음을 채우다 보면 답을 찾아낼 수 있지 않을까 싶어서 케이크를 샀는데… 하필 그날 너 합격 소식 듣고 나니까 기쁘면서도 왠지 기분이 묘했어. 지금 내 모습이 너무 초라해 보여서 진심으로 마음껏 축하를 전할 수 없을 것 같은 데다 그런 치사한 마음이 드는 나한테도 괜히 자존심이 상했던 것 같아. 오늘 네 말 듣고 나서 생각해 보니 아마 지금껏 너 질투했었나 봐, 그것도 꼴사납게 티 엄청 많이 내면서."

숨기고 싶었던 감정의 이면을 털어놓는 동안, 영지는 그간 자신도 모르게 부려왔던 심술이 어디서 비롯되었는지 깨달았다. 타인을 향한 시기와 비난에는 경우에 따라 외면하고 싶은 자신의 결점이 투영되어 비틀린 모습으로 나타나기도 한 법이었다. 영지에게는 나린의 바보같이 순수하기만 한 꿈에 대한 믿음이 그러했다.

아버지의 주식 투자 실패로 인해 가세가 기운 탓에 대학 진학보다 취업을 선택했던 영지에게 직업은 단순히 돈을 벌기 위한 수단일 뿐이었다. 그렇기에 직업을 꿈의 연장선이라든지 삶을 더 가치 있게 만드는 목표라며 환상으로 포장하는 이유가 그 업을 행하면서 으레 감내해야 하는 어려움과 같은 본질적인 부분을 감추기 위함이라고 여겼다.

거기에 로또 당첨으로 일확천금을 얻게 된 이후에는 굳이 경제 활동을 하지 않아도 돈에 구애받지 않는 생활을 할 수 있게 되면서 자기 생각에 확신이 더해졌다. 그래서 친한 친구인 나린이 순진하게 과대 포장에 속아 꿈이라는 이름에 애처로이 매달려 있는 모습이 안타까웠지만, 때로는 설명할 수 없는 질투심과 부러움에 사로잡히기도 했다. 자신은 가져본 적 없는 간절한 꿈과 그 목표에 다다르기 위해 몰두하는 열정, 그리고 거침없이 달려 결국에는 현실로 이뤄내는 힘의 원천이 무엇인지 점점 더 궁금해졌다.

꿈에 대한 물음을 반복되는 여유로운 일상에서 생긴 가벼운 호기심이라 치부하며 조금은 오만한 태도를 보이던 그때, 대비하지 않은 시련이 닥쳐왔다. 큰 어려움 없이 마련된 돈으로 과한 욕심을 부린 대가였는지 가상 화폐에 투자했던 돈이 한순간에 휴지 조각이 되면서 삶은 아무런 대책 없는 영지를 비웃으며 옥죄어 왔다.

손쉽게 얻은 부는 순식간에 사그라들어 작은 모래알처럼 손가락 사이를 빠르게 빠져나갔다.

"운 좋게 많은 것을 갖게 되었어도 어딘가 허전한 나와 다르게 품고 있는 꿈 하나만으로도 가득 찬 너를 마주할 때면 왠지 모르게 작아지는 기분이 든 적이 있었어. 그때마다 되고 싶은 것도, 딱히 하고 싶은 것도 없는 내가 한심하게 느껴져서 괜히 너한테 심통을 부렸던 것 같아. 물론 진짜로 걱정되어서 한 말도 있지만."

영지가 고해성사하듯 숨겨두었던 마음을 꺼내 조용히 늘어놓으며 남겨진 고백을 이어갔다.

"그날 그 케이크로 유난스럽게 군 것도 알량한 내 자존심 하나 지키겠다고 샘나서 심술부린 거였나 봐. 말로는 맛있는 케이크 같이 먹고 싶었다면서 제때 가져다줄 용기조차 없어 거짓말이나 하고, 네가 사 온 케이크가 옆에 있으면 내 케이크가 보잘것없어 보일까 봐 괜한 트집으로 네 마음마저 불편하게 했어. 단조롭지만 오래 즐길 수 있는 홀 케이크와 겉모습은 화려하지만 잠깐의 즐거움만 주는 컵케이크가 꼭 너랑 내 모습같이 느껴져서… 이런 유치하고 속 좁은 친구라 미안해, 나린아."

스며들어 온 진심 어린 속마음에 당황한 나린이 조심스럽게 답했다.

"사람 다 다른 거잖아, 자기가 가지고 있는 것보다 남이 지니고 있는 게 먼저 보이는 법이니까. 그래서 언제나 거침없이 당당하고 빛나는 너를 내가 얼마나 닮고 싶어 했는데 그냥 솔직하게 얘기해 주지… 아니다, 나도 정작 너한테 그러지 못했으면서 무슨. 우리 앞으로는 서로 마음에 꽁꽁 담아두지 말고 숨김없이 말하자, 대신 적당히 필터링은 거치는 걸로. 그럼… 지금은 좀 괜찮아진 거야? 너 계속 항공권 물어봤었잖아, 재충전하러 여행 다녀오려고?"

"아니, 너 구경하고 싶어서. 일하고 있는 네 모습은 어떨지 궁금해서 보고 싶었어."

뜬금없는 영지의 말에 의아한 표정을 지은 나린이 손가락으로 자신을 가리키며 되묻자, 쑥스러운 얼굴로 고개를 끄덕이며 질문에 답을 찾아주었다.

"고기도 먹어본 사람이 잘 먹는다는 말처럼, 언제 제대로 된 꿈을 가져봤어야 뭘 하고 싶은지, 앞으로 어떻게 해야 하는지 알 텐데 나는 그게 아니잖아. 그 핑계로 우리 꿈쟁이 친구 찬스 좀 써볼까 했지. 꿈꾸고 이뤄내는 과정은 곁에서 종종 지켜봤지만, 이뤄진 다음의 모습은 모르니까. 어쩐지 네가 일하는 모습을 가까이서 보고 나면 나도 다음 목적지를 정할 수 있을 것만 같아서 그랬어."

감정의 묵은때를 벗어던지고 가벼워진 영지의 모습에 나린은 자신을 짓누르고 있는 고민거리의 무게를 나눌 수 없었다. 인턴 기간에 받은 불만 레터가 정직원 전환에 어느 정도 영향을 미칠지 알 수 없었고, 이와 관련하여 제출하게 된 경위서를 회사에서 얼마나 고려해 주실지도 불확실했다. 하지만 불투명해져 버린 상황을 전하기에는 기대감에 부푼 영지의 눈빛이 너무나도 맑았기 때문인지 나린은 자신에게 다짐하듯 희망 섞인 말을 던져놓았다.

"음… 일하는 모습을 보여준다고 생각하니까 어딘가 부끄럽지만, 내가 특별히 영지 널 위해서 쑥스러움을 무릅쓰고 내 꿈의 비행에 조만간 초대할게. 나란 사람이 그동안 얼마만큼 단단히 성장했는지 영지 네가 곁에서 지켜봐 줘."

"진짜지? 그럼 나 정말로 너만 믿고 기다리고 있어도 되지? 대신 나 이제는 시간이랑 주머니가 여유롭지 않으니까 단거리 중 저렴한 노선으로 좀 부탁할게. 그런 다음에 우리 상대방에게 숙제 내주는 걸로 하자. 어… 나는 나만의 꿈을 찾고 다음 걸음을 내디딜 테니까, 그동안 나린이 너는 마음을 나눌 수 있는 새로운 네 편을 만들어 보는 건 어때? 같은 목표를 이뤄낸 사람들만의 공감대가 있으니까 사회 인연도 학창 시절 친구만큼 끈끈할 수 있을 것 같은데, 어쩌면 더 특별할 것도 같아."

나린은 예상치 못했던 영지의 제안에 숨겨진 마음이 담겨 있는지 고민되었다. 더 오래가기 위해 엉킨 마음을 풀어내려 했던 행동이 섣불렀던 탓에 도리어 관계를 서서히 끊어지게 한 것은 아닌지 덜컥 겁이 났다. 영지가 자못 심각해진 나린의 표정을 읽고 웃으며 말했다.

"너 혹시 다른 생각 하고 있는 거 아니지? 그게 뭔지는 정확히 모르겠지만, 너랑 멀어지려고 하는 말 절대 아니야. 나는 너랑 평생 친구 하고 싶은 사람이니까. 그저 당분간 오롯이 자신에게 집중하는 시간으로 또 다른 나를 발견해 나가면 어떨까 싶어서. 나도 나아가고 싶은 방향을 찾아서 앞으로는 헛된 열등감에 물들어 가는 꼴 말고 당차고 더 멋진 모습으로 등장하고 싶어. 그리고…"

"그리고?"

"일하면서 생기는 어려움을 일일이 설명하지 않고도 알아줄 대나무숲이 있으면 좋을 것 같다는 생각이 들었어. 물론 나도 열심히 들어줄 자신은 있지만, 현직에 몸담고 있는 사람처럼 이해의 범주가 폭넓지 않은 데다 도움이 필요한 순간에 적극적으로 나서줄 수 없으니까."

덧붙인 영지의 이야기에 마음을 놓은 나린이 한층 편안해진 얼굴로 빙그레 웃고는 고개를 끄덕이며 의견을 더했다.

"그럼 각자 답을 찾아서 다음에 만날 때는 오랜만에 떡볶이 먹으러 가자."

나린이 예약한 메뉴에 영지가 나린과의 추억이 담긴 떡볶이를 떠올리고는 격하게 동의했다.

고민을 나누었던 맛은 언제나 네 편이라는 든든한 응원이 되어 주저하고 뒷걸음질 치는 마음을 잠시나마 기댈 수 있도록 받쳐주었고, 더 성장해 나가는 원동력으로 나린에게 배어들었다.

동글부들
소갈비찜

시니어 승무원인 윤서와 통화를 마친 지은이 바닥에 늘어져 있는 향초를 정리하며 윤서에게 나눠줄 향을 골랐다. 선물로 받았던 물건을 제외한 나머지 향초들 중 상대와 어울리는 향기를 선별하느라 분주했다. 바닥에 앉아 향초 위에서 손으로 부채질해 가며 향기를 맡던 지은의 표정에 어느 순간 미소가 번져갔다.

"윤서 선배님은 차분하고 달달한 향보다는 상큼하고 싱그러운 시트러스 향을 더 좋아하실 것 같으니까 이걸로 챙겨야겠다. 아, 그러고 보니 부사무장님께 초코 과자 빌렸었지… 먹고 남은 포장지를 잃어버려서 무슨 초코바였는지 기억이 안 나는데 어떡하지?"

지은이 고개를 돌려 시계를 확인하고는 조금은 늦은 시간인 것에 망설이다 올빼미족이라는 정훈의 말이 떠올라 카톡 대신 항공사 앱을 열어 DM을 남겼다.

'부사무장님, 주니어 윤지은 승무원입니다~. 늦은 밤 실례지만 요번 뉴욕 비행 때 선배님께 빌렸던 초코 과자를 갚고 싶어서 연락드렸습니다. 포장지가 도망가 버려서 상표를 잊어버렸는데 혹시 특별히 좋아하시는 초콜릿이 있으신지 궁금해서요… 시간 있으실 때 편하게 말씀 부탁드릴게요!'

정훈에게 DM을 보낸 지 얼마 지나지 않아 카톡 알림음이 울렸다.

'지은 씨도 깨어 있는 것 같아서 DM보다는 확인이 빠른 카톡으로 보내요. 어제오늘 회사 앱으로 DM이 많이 와 있어서 중요 공지가 있는 줄 알고 놀랐어요. 스치듯 이야기했던 주제들도 기억하고 챙겨주는 후배님들의 섬세함을 한 번 더 배워가는 날이네요. 전해준 훈훈한 동료애를 초콜릿 대신 받은 걸로 할게요.'

정훈의 카톡을 확인한 지은이 궁금함에 빠르게 답장을 보냈다.

'저기, 그럼 부사무장님께서도 그 이벤트 DM 받으셨어요? 그때 벙커에 있던 크루들 모두에게 보내셨나 봐요, 기억력도 친절함도 남다르신 분 같아요. 실은 조금 귀찮아서 이벤트 참여할까 말까 고민하고 있었는데 이렇게 직접 링크까지 보내주셔서 저는 그냥 부담 없이 도전해 보려고요. 지난 비행에서 초코바 감사했습니다, 그럼 다음 비행 때 맛있는 초코 과자 있으면 꼭 나눔 할게요~. 편안한 밤 되세요!'

정훈과의 대화를 마무리하면서 다시 이벤트를 떠올리게 되자, 덩달아 그리운 맛이 생각나 지은의 마음을 흔들었다.

"이 시간이면 벌써 주무시려나, 목소리 들은 지 오래됐는데…"

혼잣말하며 머뭇거리던 끝에 휴대폰 화면 위에서 이리저리 헤매던 손가락이 익숙한 단축 번호를 향해 움직였다. 들려오기 시작한 통화연결음에 기대한 것도 잠시, 상대방이 연결되지 않아 통화를 종료하려고 할 때쯤 기다리던 목소리가 들려왔다.

"어, 할머니! 지금 주무시던 중이셨어요?"

'여보세요? 누구시라고요?'

"할머니, 저예요. 할머니 외손녀 지은이요. 윤지은!"

'네? 지은이요? 지은이가 누구더라… 아, 설마 우리 강아지?'

"네! 외할머니 어떻게 하나밖에 없는 외손녀를 잊어버릴 수 있어요~. 요새 전화 좀 안 했다고 벌써 제 목소리도 잊어버리신 거예요? 게다가 카카오톡 보내도 답장도 잘 안 해주시고 섭섭해요, 정말~."

'카카오톡? 그 노란색으로 된 거 말하는 거지? 근데 그거 알림 소리 나서 눌러봐도 대화하는 게 안 나와, 계속 무슨 광고만 나와서 내용 확인을 못 하고 있어.'

"광고가 나온다고요? 채팅창으로 가신 거 맞아요? 지난번에 알려드려서 한동안 막힘없이 잘하셨잖아요."

'매일매일 사용하는 게 아니라서 그런가? 요즘 안 썼더니 또 기억에서 지워진 모양이야. 요 근래 자꾸 깜박깜박하는 것들이 많아지네, 전에 알려줬던 영상통화 하는 법도 잊어버려서 우리 강아지 얼굴도 못 보고 있어. 우리 강아지 보고 싶은데 언제 할머니네 집 올 거야?'

"아… 비행 스케줄 확인해 보고 갈 수 있을 때 미리 연락드리고 갈게요~. 할머니도 보고 싶고, 할머니가 해주시던 갈비찜도 먹고 싶어요!"

'그러니까 위험하게 비행기 타는 일 하지 말래도, 언제든지 전화할 수도 없고 편하게 시간 한번을 못 내는 걸 언제까지 계속할 참이야. 할머니는 불안하고 고단하기만 한 일 지금이라도 그만뒀으면 좋겠어. 뉴스에 어디 비행기에서 사고 났다거나 기내에서 난동 부리는 사람 있었다는 소식 들리면 가슴이 철렁해서 온종일 걱정돼.'

또다시 시작된 외할머니의 걱정 어린 잔소리에 조금씩 지은의 표정이 굳어갔다. 입사 전부터 들어왔던 이야기는 해를 거듭할수록 더해져만 갔고, 이 때문에 외할머니와의 소통이 점점 줄어들고 있었다.

"아이참, 비행기는 인류가 만들어 낸 이동 수단 중 가장 안전한 교통수단이라니까요~. 그리고 뉴스까지 나오는 일들은 아주 일반적이지는 않으니까 사건, 사고 소식으로 나오는 거예요. 그러니까 너무 걱정하지 마세요. 외손녀 누구보다도 즐겁고 안전하게 비행 잘 다니고 있으니까요. 할머니 자꾸 그러시면 저 마음이 불편해서 자주 연락 못 드려요~."

'할머니가 우리 강아지 걱정되니까 그러는 거지. 밥은 잘 먹고 다니는 거야? 잠도 잘 자고?'

"그럼요~ 너무 잘 먹고 푹 잘 자면서 건강히 잘 지내고 있으니까, 제 걱정하지 마시고 할머니께서도 건강 잘 챙기세요~."

지은은 외할머니의 걱정 보따리가 풀리기 전에 얼른 막아서고 급하게 통화를 마무리했다. 자신을 아끼고 사랑해 주시기에 그만큼 마음이 쓰이신다는 걸 알고 있지만, 매번 근심에 가득 찬 목소리를 듣는 게 불편하게만 다가왔다. 그래서인지 오랜만에 여유가 생겨도 전처럼 외할머니께 전화를 드리거나, 뵈러 가는 일이 눈에 띄게 줄어들고 있었다. 외할머니의 각별한 마음을 이해하지만, 자신이 즐겁고 잘 해내고 싶은 일을 좋아하는 사람에게 응원받지 못하는 건 늘 편치 않은 부분이었다.

"외할머니도 참, 충분히 잘 해내고 있으니까 이제는 염려 그만하셔도 되는데… 긴만에 목소리 들었더니 외할머니표 갈비찜이 더 그립네. 대략적인 레시피라도 여쭤볼 걸 그랬나?"

허전함을 애써 혼잣말로 털어내던 지은이 기내식 이벤트를 떠올리고는 급하게 DM 속 링크를 찾아 새 창을 띄웠다.

벙커에서 처음 기내식 밀키트에 관한 이야기를 전해 들었을 때, 가벼운 이벤트라고 해도 몸을 담고 있는 회사에서 진행하는 행사이기에 적당한 수준을 갖추어 참여해야 한다는 부담감과 번거로움이 몰려와 응모를 주저하게 했다. 하지만 링크를 공유받은 벙커 속 멤버들이 큰 고민 없이 동참하는 것으로 보이는 데다 그리던 외할머니의 손맛을 조금이나마 느껴볼 수 있을 거란 기대감이 마음을 움직였다.

지은은 열어놓은 사내 이벤트 창을 한참 노려보며 추억 속 외할머니의 갈비찜을 머릿속으로 느껴보았다. 들어가던 재료부터 가끔 외할머니 곁에서 일손을 도우며 어깨너머로 스쳐 지나가듯 배운 조리법, 그리고 조금은 특이하다고 생각했던 재료 손질까지 생각나는 모든 기억을 불러와 휴대폰 메모장에 써 내려갔다. 단편적인 느낌이 되살아나는 대로 일단 메모하다 보니, 줄을 바꿔가며 차곡차곡 늘어나는 문장들과 다르게 그 안을 채우고 있는 글자들의 내용은 두서없이 뒤죽박죽 엉켜 별도의 해독이 필요할 지경이었다.

어딘가 엉성하지만 간직했던 이미지를 구체화하려는 노력이 조금은 도움이 되었던 것인지, 이제는 하고 싶은 이야기를 늘어놓을 수 있을 것 같았다.

추천 메뉴 : 외할머니 특제 갈비찜.
메뉴에 관한 이야기 : 어릴 적 편식이 심한 아이였던 저는 달콤하고 부드러운 음식을 주로 좋아해서 비교적 단단한 식감을 가진 음식들을 몰래 골라내고 잘 먹지 않았습니다. 게다가 고기가 들어간 반찬만 좋아하고 채소

를 좋아하지 않았기 때문에 어머니께서 늘 걱정하셨던 것으로 기억합니다. 하지만 고집 센 편식쟁이였던 제게도 각기 다른 재료들이 지닌 맛을 알게 해주고, 음식의 스펙트럼을 넓히는 데 많은 도움을 주었던 메뉴가 있었습니다. 바로, 저희 외할머니 특제 갈비찜입니다. 연한 식감에 달달한 양념, 그리고 좋아하는 고기가 모두 들어간 요리인 소갈비찜은 지금까지도 제가 가장 좋아하는 음식입니다.

갈비찜에는 어린이가 꺼리는 채소들도 같이 들어가 있었던 탓에 고기인 줄 알고 표고버섯을 집어 먹거나, 물러진 무를 단밤으로 착각해 입안에 넣고 나면 속았다는 듯 표정을 찡그리곤 했습니다. 시작은 실수였지만 그 계기로 친숙하지 않은 맛과 식감을 느껴보면서 새로운 풍미에 눈을 뜨게 되었고, 이제는 특별하고 다채로운 맛을 찾아 즐기는 식도락가가 되었습니다.

소갈비찜은 고기와 야채, 어느 한쪽으로도 치우치지 않고 모두 맛볼 수 있는 균형 잡힌 구성으로 맵지 않은 데다 깊은 감칠맛을 느낄 수 있습니다. 그렇기에 어린아이들부터 어른, 그리고 기내에서 한식을 접하는 외국인 손님들께서도 모두 부담 없이 드실 수 있어 기내식 추천 메뉴로 선정하였습니다.

아쉽게도 외할머니표 조리법은 정확히 생각나지 않아, 외할머니 곁에서 조수로서 심부름하며 느꼈던 레시피의 이색적인 부분들을 대신 말씀드리겠습니다.

머릿속으로 갈비찜의 조리법을 돌이켜 보았을 때, 다양한 채소들이 동글동글한 모양으로 손질되어 압력솥 가득 담겨 있던 이미지가 가장 먼저 떠올랐습니다. 파프리카와 무, 밤 그리고 당근 등 준비된 색색의 야채들은 뾰족한 테두리가 둥그렇게 다듬어진 후 냄비에 담겼는데, 그 모습이 마치 알록달록한 조약돌들을 한데 모아놓은 것만 같았습니다.

그리고 핏물을 뺀 고기에 칼집을 내어 양념이 더 잘 배어들 수 있도록 준비하셨고, 더불어 고기에 붙은 뼈에도 살짝 칼집을 넣어 고기를 먹을 때 뼈가 잘 분리되도록 손질하셨던 점도 기억에 남습니다. 또, 유자청을 넣으신 건지 완성된 갈비찜을 한입 베어 물 때면 은은한 유자 향이 느껴져 더 상큼 달콤한 느낌의 요리를 즐길 수 있었습니다.

마지막으로, 갈비찜이 식탁에 오를 때면 짝꿍처럼 늘 같이 자리하던 동치미 국물이 있었습니다. 면포에 마늘과 생강을 넣어 톡 쏘는 맛을 내고, 설탕 대신 사과와 배로 단맛을 더했다는 동치미 무 김치였습니다. 외할머니께서는 맑은 동치미 국물만을 그릇에 담아 그 위에 채를 썬 밤과 잣, 꽃 모양 당근을 고명으로 올려주시며, 완성된 천연 소화제를 갈비찜에 곁들여 먹도록 손수 챙겨주셨습니다. 그 덕분에 소화 걱정 없이 온전히 좋아하는 음식을 맛보는 데 집중할 수 있었습니다.

이렇게 영양 가득한 한 끼를 맛보는 동안의 즐거움과 식사를 마치고 난 뒤의 편안함까지 모두 놓치지 않은 든든한 구성의 기내식으로 손님들의 여정에 활력을 더해 드리고 싶습니다.

휴대폰으로 메모장과 이벤트 응모창을 옮겨 가며 글을 써 내려가다 지친 지은이 노트북을 가져와 곁에 두고 본격적으로 하고 싶은 얘기를 쏟아내었다. 구체적인 레시피를 알지 못해 메뉴 소개를 제대로 할 수 있을지 고민했던 것과 달리, 새록새록 떠오르는 기억의 단편들을 쫓다 보니 전하고픈 이야기가 너무 많았다.

"큰 기대 없이 편한 마음으로 참여하지만 그래도 회사에 제출하는 건데 괜찮으려나. 지나간 순간들이 반가워 하나씩 나열할 때는 몰랐는데 한꺼번에 보니 좀 수다쟁이 같네…"

지은이 작성한 글을 꼼꼼히 다시 읽어보다 화면 끝자락에 걸린 현재 시간을 확인하고는 서둘러 제출 버튼을 눌렀다. 비교적 비행시간이 길지 않은 오사카 비행이었지만, 체류 없이 바로 돌아오는 퀵턴 스케줄이었기에 체력 소진이 빠를 것을 대비해 남은 하루를 일찍 마무리했다.

* * *

어젯밤 평소보다 이른 시간에 잠자리에 들어 숙면한 덕분인지 개운한 아침을 맞이했다. 늘 마음이 급했던 출근길도 오늘따라 여유로웠던 데다 비행 전 브리핑 분위기도 활기차 모든 것이 순조로웠다. 안전하게 인천발 오사카행 비행이 마무리되고, 기내를 정돈하며 다음 비행을 준비했다. 한참 태풍의 영향을 많이 받는 시기라 언제 급변할지 모르는 현지 기상 상황에 긴장하던 것도 잠시, 이동 경로를 바꾼 태풍으로 눈부시게 맑은 날씨가 지속되자 조금씩 마음이 놓였다.

합을 맞춰본 것처럼 흠잡을 곳 없는 승무원들 간의 팀워크와 숙련된 기장의 운항 실력, 그리고 청명한 날씨까지 어느 것 하나 빠짐없이 완벽한 조합이었다. 지은은 순항이라는 단어를 스케줄로 표현한다면 바로 오늘 이 순간이 아닐까 하는 생각이 들어 마음속으로 퍼져오는 평온한 기분을 마음껏 만끽했다.

오사카발 인천행 비행을 위한 준비와 손님들의 탑승이 모두 완료되고 비행기가 움직이기 시작했다. 곧이어 좌석 벨트 사인이 켜지고 캐빈승무원들도 각자의 점프 시트에 앉아 기체가 순항 고도에 진입하기를 기다렸다. 활주로를 달리는 비행기의 속도가 점점 빨라지는가 싶더니 공중으로 떠오르는 느낌이 들며 거침없이 중력을 거슬러 더 높은 곳을 향해 나아갔다.

하지만 바람의 저항을 가르며 하늘 위로 돌진하던 항공기는 얼마 지나지 않아 평소보다 더 거칠게 흔들리기 시작하더

니, 거세진 소음과 진동음을 뚫고 기장의 목소리가 기내 방송으로 흘러나왔다. '띵동-.'

"손님 여러분, 갑작스러운 버드 스트라이크로 인해 기체에 이상이 생겨 오사카 간사이국제공항으로 긴급 회항하겠습니다."

뜻밖의 안내방송에 손님들의 웅성거림으로 기내가 술렁거렸고, 좌석 벨트를 맨 채 예상치 못한 상황을 접하게 된 캐빈 승무원들 또한 애써 당황한 기색을 감추며 비상착륙 절차를 안내했다. 다행히 엔진에 큰 무리를 줄 정도의 긴박한 상황은 아니었던 것인지 비행기는 부드럽게 활주로 노면에 안착하며 모두의 불안감을 조금이나마 덜어주었다.

관제탑의 지시에 따라 항공기가 착륙하자마자 대기하던 여러 대의 소방차가 몰려와 혹시 모를 긴급 상황과 화재 진압을 위해 기체를 에워쌌다. 소방차에서 내린 소방대원들이 항공기 외부를 살펴보며 화재 가능성을 판단하더니 잠시 뒤 기장의 안내방송이 들려왔다.

"손님 여러분, 우리 비행기는 간사이국제공항에 비상 착륙하였습니다. 이륙하는 도중 발생한 조류와의 충돌이 엔진 일부에 영향을 주었고, 만약을 대비해 긴급 회항을 결정하였습니다. 항공기를 정밀하게 점검할 예정이오니, 손님들께서는 캐빈승무원들의 안내에 따라 안전하게 공항으로 이동하시기 바랍니다."

기내에 퍼지는 기장의 목소리에 놀란 가슴을 쓸어내린 승객들은 승무원들의 요청에 맞춰 질서정연하게 비행기를 벗어났고, 활주로에 도착한 버스를 타고 차례대로 공항으로 향했다.

"인천국제공항으로 향하는 루나 에어라인 LM117편에 탑승하셨던 손님들께서는 수화물을 찾으신 후, 다시 출국 절차를 밟아주시고 출국장에서 대기해 주시기 바랍니다. 손님들께 불편을 드리게 되어 대단히 죄송합니다."

갑작스럽게 마주한 상황에 헤매는 손님이 없도록 승무원들은 안내 사항을 크게 외치면서도 동시에 눈으로는 바쁘게 승객들의 움직임을 살폈다. 처음 맞닥뜨리는 예기치 못한 상황에 지은도 적잖이 당황했지만, 최대한 침착함을 유지하며 수도 없이 머리에 새겼던 매뉴얼에 따라 차근차근 움직였다.

조류와 충돌한 비행기는 급히 정밀 점검에 들어갔고, 해당 기체의 점검이 마무리되는 대로 다시 운항을 재개할지 아니면 대체기를 투입할지 결정하느라 기장과 부기장은 고민에 빠졌다. 타국에서 정비가 이루어지기 때문에 점검 시간이 얼마나 걸릴지 미지수인 데다, 조금 전 발생한 상황으로 손님들의 걱정이 클 것을 고려하여 대체기를 요청하기로 했다.

3시간의 지연 끝에 인천에서 날아온 대체기에 몸을 실은 크루들과 손님들 모두가 긴장감 속에 무사히 이륙에 성공하기를 기도했다. 비행기가 순항 고도에 접어들면서 좌석 벨트 표시등이 꺼지고 기장의 짤막한 기내 방송이 들려왔다. 벨트 사인이 소등되었음에도 선뜻 자리에서 벗어나지 않던 손님들은 스피커 너머로 울려 퍼지는 기장의 목소리에 마음이 놓였는지, 보다 편안해진 표정으로 움직이며 각자의 시간을 보냈다.

좌석 벨트 표시등이 꺼지자마자 일사불란하게 갤리로 향한 캐빈승무원들은 지연된 서비스를 준비하느라 분주했고, 지은 또한 연달아 울리는 콜 버튼 소리에 갤리와 복도를 오가느라 정신없었다. 쟁반을 들고 한창 바쁘게 이리저리 이동하던 중, 지은의 눈에 한 손님의 반복된 행동이 들어왔다.

처음에는 관자놀이를 누르는 모습에 기압 차로 생기는 비행기 두통으로 불편함을 느낀다고 생각했지만, 계속되는 지압에 더해 얼굴색까지 점점 창백해지는 것만 같아 시선을 뗄 수 없었다. 잠시 지켜보던 지은이 손님께 가까이 다가가서 이야기를 붙였다.

"손님, 혹시 어디 불편하신 곳 있으십니까?"

"아… 그냥 머리가 좀 아프고 기운이 없네요. 근데 기내식은 언제 나오나요? 공지 사항 못 듣고 변경된 비행기 놓칠까 봐 불안해서 아까부터 아무것도 못 먹었거든요."

"아, 지금 기내식 서비스를 준비하는 중이므로 곧 제공될 예정입니다. 조금만 더 기다려주시겠습니까? 이외에 다른 불편하신 점은 없으십니까?"

"그럼 물 한 잔만 좀 가져다줄래요?"

지은은 손님과의 대화를 마치고 나서도 어딘가 개운하지 않아 사무장에게 간단히 보고했다. 다시 갤리로 들어가 종이컵에 물을 따르던 중, 문득 스쳐 지나가는 생각에 황급히 특별 기내식 주문 차트를 다시 한번 확인했다.

'DBML 주문하신 손님 중 저분이 계시는지 알아봐야겠다.'

곧이어 스페셜 밀 주문 차트 중 당뇨식을 주문한 명단에서 해당 손님을 발견한 지은이 급하게 쟁반을 채워 갤리를 떠났다. 그사이 손님의 얼굴은 더 새하얗게 질린 데다 이마에는 식은땀마저 번져가고 있어 마음이 급해졌다. 지은은 물과 반쯤 담긴 오렌지 주스, 사탕이 담긴 쟁반을 손에 들고 조심스럽게 말했다.

"손님, 실례지만 스페셜 밀을 주문하신 것과 관련하여 특별히 복용하고 계신 약이 있으신지 여쭤봐도 되겠습니까?"

"아… 얼마 전부터 당뇨약을 먹고 있어요. 그래서 우리 애가 비행기 표 예매할 때 따로 뭘 주문한 것 같더라고요. 그것 때문에 비행기에서 밥 먹고 바로 약 먹으려고 했는데, 갑작스러운 사고로 바뀐 스케줄을 정신없이 쫓아다니다 보니 잊어버렸네요."

"정확하지는 않지만 오랜 공복으로 인해 저혈당 증상이 있으신 건 아닐까 싶어서 여쭤봤습니다. 괜찮으시다면 말씀하셨던 물 대신 오렌지 주스와 사탕을 먼저 제공해 드려도 되겠습니까? 특별 기내식은 바로 준비해서 서비스 진행하도록 하겠습니다."

기운이 없어 느릿느릿 대답하던 손님은 지은의 목소리에 고개를 끄덕이며 오렌지 주스가 담긴 종이컵을 받아 들었다. 여분으로 챙겨간 사탕도 비어 있는 다른 손에 쥐여드리고 돌아선 지은이 사무장에게 상황을 보고한 다음, 해당 손님의 기내식을 챙기기 위해 바삐 움직였다. 혹시 모를 응급 상황에 대비해 사무장은 조용히 손님 주변을 서성이며 지켜보았고, 주스를 마신 지 얼마 지나지 않아 창백한 얼굴빛에 혈색이 돌아올 때쯤 기내식이 준비되면서 걱정을 덜어낼 수 있었다.

"저기요, 왜 저 사람만 먼저 기내식 주시는 거예요? 우리도 똑같이 배고픈데 누구는 주고, 누구는 나중에 주고 이렇게 손님 대놓고 차별해도 되는 거예요?"
"아… 죄송합니다, 손님. 특별 기내식을 신청하신 손님부터 순차적으로 제공하게 되어 있어 먼저 서비스하였습니다. 현재 기내식 준비 중이오니 잠시만 기다…"
"뭐야, 특별식 주문한 사람은 특별한 손님이라서 밥도 먼저 먹는다 이거야? 같은 클래스에, 같은 돈 내고 탔는데 이건 경우가 아니지. 가뜩이나 무슨 새 하나랑 부딪쳤다고 비행기 탔다, 내렸다 하느라 시간만 더 걸리는 통에 짜증 나 죽겠구먼."
오랜 기다림에 배고픔이 더해져 예민해진 손님이 지은을 향해 불만을 쏟아내었다. 손님의 항의로 다른 손님들의 웅성거림과 함께 이목이 집중되어 난처해졌지만, 옅은 미소로 당황스러움을 감추며 침착하게 이해를 구했다.
"불편을 드리게 되어 정말 죄송합니다, 손님. 뜻하지 않은 돌발 상황으로 인해 비행 스케줄이 지연된 점, 다시 한번 진심으로 사과드리겠습니다. 기내식은 준비되는 대로 곧 제공해 드리겠습니다. 조금만 더 너른 양해 부탁드립니다."

지은의 말이 끝난 뒤 곧이어 기내식 서비스가 시작되었고, 불쾌함을 표현했던 손님도 원하는 기내식을 고르며 일단락되었다. 비행 일정이 밀리는 바람에 제공되는 밀 서비스 또한 원래 시간보다 늦어진 터라 기내에는 손님들이 식사를 이어가는 소음만 이따금 들릴 뿐이었다.

기내식 서비스가 모두 마무리되고 갤리에 복귀한 지은도 뒤늦게 크루밀을 한입 먹으려던 순간, 복도를 뒤흔드는 어린아이의 울음소리가 들려왔다. 지은은 때늦은 식사 후 밀려오는 포만감을 즐기고 있을 손님들의 휴식 시간을 지켜드리고 싶은 마음에 급히 소리의 근원지를 찾아 바쁜 걸음을 내디뎠다.
"손님, 혹시 승무원의 도움이 필요하십니까?"
"아… 우리 아기 애착 인형이 안 보여서요. 우리 애가 졸릴 때면 잠투정이 좀 심한 편이라 재울 때 늘 가지고 다니는 그 인형이 꼭 필요하거든요. 분명 잘 챙겨 왔는데… 아까 지나다니시다가 딸기 우유색의 토끼 인형 하나 못 보셨나요?"
"핑크색 토끼 인형 말씀이십니까? 어… 우선 기내 분실물로 보관 중인 인형이 있는지 한번 확인해 보겠습니다."
갤리에 들어와 다른 승무원들에게 기내 유실물로 들어온 인형이 있는지 물어보았지만, 짝꿍을 잃어버린 무선 이어폰 한쪽과 핑크 립밤을 제외한 다른 물건은 없다는 대답이 돌아왔다. 복도 끄트머리에서는 졸린 아기가 보채는 소리와 이를 달래는 목소리가 이어지고 있었다. 계속되는 칭얼거림에 무슨 일인지 궁금해져 주위를 둘러보는 손님들이 조금씩 늘어가자 지은의 마음이 조급해져 갔다.

"확인해 본 결과, 현재까지는 기내 분실물로 인형이 들어오지 않았다고 합니다. 어쩌면 아직 발견되지 않은 것일 수도 있으니 저도 같이 관심 있게 찾아보겠습니다. 토끼 인형이 핑크색인 것 말고 생각나는 다른 특징은 없으십니까?"

"아, 인형이 하얀색 스웨터를 입고 있어요. 그리고 인형 이름이 토리라서 스웨터 가운데에 연두색으로 알파벳 T가 수놓아져 있거든요."

"이름이 수놓아진 스웨터까지 입고 있을 정도면 정말 많은 애정이 담긴 인형인 것 같습니다. 목적지에 도착하시기 전까지 최대한 살펴보겠습니다만, 혹시라도 찾지 못할 경우 별도로 안내해 드리겠습니다."

아이가 품에 안겨 토닥임을 받는 동안, 지은은 보호자를 대신해 소중한 친구를 찾아 나섰다. 복도부터 화장실, 다른 클래스까지 기내의 곳곳을 다니며 구석구석을 면밀히 살폈으나, 꼭꼭 숨어버린 토리의 모습은 보이지 않았다. 손님들의 발걸음이 닿을 수 있는 공간들을 모두 확인해 보았지만, 별다른 소득이 없는 것에 아쉬운 마음으로 발길을 돌려야 했다.

"손님, 기내를 최대한 살펴보았지만 말씀하셨던 토끼 인형은 발견하지 못했습니다. 여러 가능성을 고려하여 착륙 후 간사이국제공항이나 이전에 탑승하셨던 기내의 분실물로 접수된 인형이 있는지 확인해 보겠습니다."

실망한 기색이 역력한 눈빛을 마주하자 지은의 마음도 편치 않아졌다. 괜히 겸연쩍어진 지은이 팔을 뻗어 애꿎은 기내 선반을 누르며 잠금 상태를 확인하다 문득 떠오르는 생각에 질문을 건넸다.

"손님, 실례지만 기내로 가져오신 가방이나 소지품 안은 모두 확인해 보셨습니까?"

"그럼요, 가장 먼저 가방부터 확인했는걸요. 아… 어쩌면 모두 다 확인한 건 아닌 것 같아요. 면세점에서 샀던 물건들이 담긴 비닐 가방은 안 봤거든요. 근데 기내 선반에 올려놓을 거라서 아기 물건은 넣지 않았는데…"

"혹시 실례가 안 된다면 제가 선반에 보관하신 비닐 가방을 한번 내려봐 드려도 괜찮으시겠습니까?"

지은의 제안에 손님은 다소 의아한 표정을 지어 보였지만, 희박한 가능성이라도 붙잡고 싶은 마음에 고개를 끄덕였다.

곧이어 지은이 조심스레 기내 선반을 열고 곁에 선 손님이 가리키는 방향을 따라 손을 뻗어 움직였다. 뒤엉킨 짐들 사이를 헤치고 면세점 로고가 새겨진 비닐 가방을 집어 들자, 갑갑한 오버헤드 빈에서 빠져나온 불투명한 비닐 가방 위로 복슬복슬한 분홍색 귀가 삐죽 튀어나오며 반겨주었다.

"어, 찾았다! 이게 왜 여기 들어가 있지? 승무원님, 너무 감사해요~. 선반에 올려둔 짐부터 미리 확인해 볼걸… 너무 애써주셨는데 죄송해서 어쩌죠."

"저는 괜찮습니다, 그보다 인형을 잃어버리신 게 아니어서 정말 다행입니다."

지은이 편안해진 표정으로 싱긋 웃으며 보들보들한 핑크색 토끼 인형을 바라보았다. 토끼 인형이 입고 있는 흰 스웨터에는 연둣빛을 담은 새싹 모양의 이니셜이 새겨져 있었다. 지은은 인형이 숨어 있던 비닐 가방을 다시 기내 선반에 올리고 문을 닫으며 아기를 살폈다. 애타게 찾던 친구를 만난 덕분에 안정감을 되찾은 것인지 토끼 귀를 꼭 쥔 손과 달리 아기의 눈꺼풀의 움직임은 점점 느려졌다.

아기의 조막만 한 손에 커다란 귀를 잡히고도 따뜻하게 웃고 있는 토리와 눈이 마주친 지은의 머릿속에 비슷한 기억 하나가 스쳐 지나갔다. 파스텔 빛 색동저고리를 입고 있는 새하얀 곰돌이 인형이 토리처럼 지은을 향해 환한 미소를 짓고 있는 모습이었다. 갑자기 오버랩된 추억의 편린에 잠시 멍하니 서 있던 지은이 연달아 울리는 콜 버튼 소리에 다시 바삐 걸음을 옮겼다.

손님들의 요청을 마무리하고 갤리로 들어서는 지은을 본 선배가 따로 챙겨두었던 간식을 건네며 말했다.

"아까 크루밀 한 입도 못 먹지 않았어요? 배고플 텐데 간단하게 얼른 이거라도 좀 먹어요. 근데 무슨 인형이길래 그렇게 열심히 찾았어요? 지은 씨가 거의 기내 바닥까지 다 쓸고 다녔던 거 모르죠?"

"아, 제가 그랬어요? 애착 인형인데 아기가 엄청 아끼는 건가 보더라고요. 외할머니께서 직접 만들어 주신 커스텀 스웨터까지 인형이 입고 있다는 얘기를 들으니까 어떻게든 꼭 찾아줘야 할 것 같아서요. 아무래도 은연중에 어릴 적 생각이 떠올랐었나 봐요."

딸기 크림이 담긴 빵 과자를 베어 무는 지은을 향해 선배가 오렌지 주스를 건네며 비슷한 경험이 있는지 묻자, 다시 기억의 조각을 더듬어보며 말했다.

"너무 오래전 일이라 이제는 정확히 기억나지 않는데요, 저도 애착 인형이 있었던 것 같아서요. 아기 때부터 가지고 있었던 건지는 잘 모르겠지만, 한때는 가장 친한 친구였던 것 같은데 지금은 어디에 있는지 모르겠어요. 하얀색 곰 인형에 따뜻한 색의 한복을 입혀줬던 걸로 기억하거든요."

"한복이요? 바비 인형이 아니라 일반 봉제 인형에 따로 옷을 만들어 입히는 것도 이색적인데 한복이라니 진짜 특별한 인형이었나 봐요. 아, 그러고 보니 전에 지은 씨 인턴 승무원 끝나고 정규직 전환될 때 동기들이랑 같이 비행했던 선배님들께 매듭공예로 만든 열쇠고리 선물해 주지 않았어요? 그때 전해 듣기로는 할머니께서 손수 하나씩 만들어 주셨다고 했던 것 같은데."

"네, 맞아요~. 저희 외할머니께서 한복집을 하셨거든요. 그래서 감사한 마음을 작게나마 표현하고 싶은데 고민이라고 말씀드렸더니 저 대신 틈날 때마다 하나하나 만드신 모양이더라고요. 근데 선배님께서는 후배들도 많은데 그걸 어떻게

다 기억하셨어요? 감동이에요~."

"인턴 탈출 선물로 가방이나 아이디 카드 줄에 부착하는 배지는 종종 받아봤었는데, 한국적인 느낌이 물씬 풍기는 열쇠고리 선물은 처음이라서 인상 깊었거든요. 가벼운 데다 색감도 너무 예뻐서 가방에 달고 다닐 때마다 사람들이 많이 물어봤어요. 지금도 파우치에 달고 다니는걸요?"

"헉, 진짜요? 정말 너무 감사해요~. 실은 정성이 담긴 무언가를 선물해 드리고 싶은 마음이었는데 혹시라도 취향에 안 맞으시면 어떡하나 고민했었거든요."

지은은 왠지 모를 쑥스러움이 몰려와 괜히 아무렇지 않은 척 남은 과자를 몽땅 입안에 털어 넣었다. 평소 활기차고 붙임성 좋은 성격으로 누구와도 금세 친해져 어느새 주변 사람들을 두루두루 챙기는 지은이었지만, 가끔 부끄러움을 느낄 때면 수줍음쟁이가 되어 조용해지곤 했다. 부끄럼쟁이가 된 지은을 눈치챈 선배가 모르는 척 어색하지 않게 화제를 돌렸다.

"아, 근데 아까 DBML 신청하신 손님이 저혈당 증세 보이시는 건 어떻게 알아차렸어요? 제 주변에 당뇨 있으신 분이 없어서 잘 몰랐는데 저혈당 쇼크로 이어지게 되면 정말 큰일이라면서요?"

"어릴 때 외할머니 한복집에 오셨던 단골손님께서 비슷한 상황을 겪으신 적이 있었거든요. 크게 긴박한 상황은 아니었는데도 어린 마음에 내심 많이 놀랐었는지 그때 할머니께서 하셨던 행동들이 오래도록 기억에 남더라고요. 문득 그날이 떠올라서 계속 마음이 쓰였는데 스페셜 밀 주문 차트를 확인하고 나니 조금 더 확신이 생겨서 여쭤보게 됐어요."

지은은 대답하며 조각조각 스쳐 지나갔던 순간들을 돌이켜 보다 그동안 눈치채지 못했던 무언가를 깨달았다. 그날의 경험은 주변의 작은 관심으로도 커질 수 있는 위험을 줄일 수 있다는 걸 알려주었고, 남들에게 무관심했던 지은이 주위 사람들을 살피는 습관을 갖게 된 결정적인 계기가 되어 일상에 스며들었다.

지은은 단편적으로 생각나는 그날의 기억 속에서 외할머니의 말씀을 떠올려 보았지만, 이제는 많이 흐려지고 바래져 찰나의 모습만이 남아 있을 뿐이었다. 머릿속 목소리에 조금 더 귀를 기울이는 순간, 기내에 안내음이 울리더니 이내 착륙을 위한 좌석 벨트 표시등이 켜졌다. 표시등을 확인한 승무원들이 안전을 위해 기내를 점검하러 분주히 움직였고 지은도 서둘러 생각에서 빠져나와 그 행렬에 합류했다.

* * *

여느 때보다 길었던 비행이 안전하게 막을 내리고, 함께했던 손님들을 배웅한 크루들이 이제야 온전히 마음을 내려놓을 수 있었다. 갑작스레 마주했던 상황에 긴장했던 몸도 서서히 풀려가자 여기저기서 조용한 탄식이 흘러나왔다. 크루들 모두가 지친 목소리로 고생하셨다는 인사를 서로에게 건넸지만,

무사히 비행을 마쳤다는 안도감에 얼굴 가득 웃음이 번졌다.

밀려오는 피곤함을 애써 누르고 공항버스에 탄 지은은 안전벨트를 매자마자 잠에 빠져들었다. 졸음에 잠식된 정신은 이미 몽롱해져 흐려졌고 빠른 속도로 고속도로를 내달리느라 들려오던 버스의 소음도 점점 아득해져 갔다. 고갈되어 버린 체력으로 인해 내면 깊이 숨겨두었던 불안함이 슬그머니 새어 나오며 자신했던 마음가짐을 뒤흔들자, 왜 그토록 외할머니께서 아직 일어나지 않은 일들에도 가슴을 졸이셨는지 조금은 알 것 같았다.

얼마나 지났을까, 주변에서 짐을 챙기는 듯한 소리가 들려오더니 곧이어 버스가 느리게 멈춰 섰다. 잠이 덜 깬 탓에 멍한 얼굴로 정류장을 가늠하던 눈이 휘둥그레져 황급히 기사를 향해 외쳤다.

"기, 기사님. 잠시만요! 저도 내릴게요, 죄송합니다. 깜박 잠들어서 도착한 줄 몰랐어요."

자신으로 인해 지체된 시간에 죄송함을 전하며 버스에서 내려 정류장에 서자, 한여름 밤의 온기를 머금은 미풍이 포근하게 불어와 어깨를 다독이고 지나갔다. 지은은 잠시 멈춰서 부드러운 여름 바람에 남은 졸음을 모두 실어 보내고 한층 개운해진 느낌으로 다시 길을 나섰다.

지은의 걸음이 이끄는 대로 캐리어에 달린 바퀴가 뒤따라오며 규칙적으로 내딛는 발소리에 화음을 넣었다. 롤러코스터를 연달아 탄 것처럼 정신없었던 하루도 까만 밤하늘과 함께 저물어 가고 있었다. 밝게 뜬 달을 조명 삼아 잔잔한 밤공기를 느끼며 걷던 지은의 주머니에서 옅은 떨림이 퍼져 나와 걸음을 멈춰 세웠다.

"엄마~ 이제 퇴근하세요?"

'어, 방금 마지막 수업 끝나서 집에 가려고. 밖인가 보네, 지금 출근하는 중이야?'

"네? 저도 퇴근하는 중이에요, 그것도 원래 예정 시간보다 훨씬 더 늦었는데… 이럴 거면 왜 카톡으로 매번 비행 스케줄 남겨놓으라고 하셨어요, 딱히 관심도 없으실 거면서."

지은이 다시 집으로 향하면서 엄마의 무신경함에 불평하듯 볼멘소리를 내었다.

'얘는, 그것도 엄마의 관심이지. 그리고 너도 엄마 나이 되어 봐라, 일하면서 독립한 자식 스케줄까지 챙기기 어디 쉬운지.'

"엄마는 지금보다 젊었을 때도 그러셨거든요? 학원에 있는 다른 집 자식들 성적 먼저 챙기느라 정작 자기 딸은 남는 시간에 돌봤잖아요~. 하여튼 진짜로 내 걱정해 주는 사람, 우리 외할머니밖에 없어."

'뭐가 그래, 엄마 또 서운하게. 참, 말 나온 김에 외할머니께 전화 좀 자주 드리도록 해. 한복집 정리하신 이후로 혼자 집에만 주로 계시다 보니까 이것저것 걸리는 게 많아. 나중에 괜히 후회하지 말고 지은이 너도 시간 내서 챙겨드려, 응? 이제는 바깥 활동도 전보다 안 하셔서 그런지 끼니도 대충 때우

시거나 거르시는 것 같은 데다, 요즘 들어 부쩍 좀 깜박…'

길어지는 엄마의 전화에도 자신에 관한 이야기는 없는 것에 문득 서운함이 몰려와 이어지는 말을 끊고 지친 마음을 늘어놓았다.

"그렇지 않아도 어제 전화했어요, 근데 엄마는 내 걱정은 안 해요? 비행기가 예정되었던 시간을 훌쩍 넘겨서 도착했다는데 왜 늦어졌는지, 오늘 비행하면서 힘든 일은 없었는지, 아니면 하다못해 저녁은 먹었는지 물어봐 줄 수 있는 거잖아요."

'얘도 참, 넌 원래 혼자서도 잘하니까 믿어서 그랬지. 왜, 오늘 무슨 일 있었어?'

툴툴거리는 지은의 목소리에도 엄마는 대수롭지 않은 듯 반응하며 물어왔다. 고단한 몸에 무거워진 마음이 더해져 지은의 기분은 계속 가라앉았지만, 어디서부터 이야기를 꺼내야 할지 갈피를 잡지 못해 달싹이던 입술을 멈추고 별일 아닌 듯 말했다.

"그냥… 돌아오는 비행이 좀 힘들었는데, 또 막상 얘기하려고 떠올리니까 갑자기 별 탈 없이 안전하게 도착했다는 것만으로도 결과적으로는 괜찮았던 하루였지 않나 싶어요. 오늘따라 피곤한 데다 배고픔까지 더해져서 괜히 엄마한테 투정 부리고 싶었나 봐요.

참, 근데 엄마 혹시 제가 어릴 때 들고 다니던 곰 인형 기억나세요? 그 인형 위에 한복을 입혀줬던 것 같은데…"

'한복 입은 곰 인형? 글쎄… 너무 오래전이라 기억이 가물

가물하긴 한데 어떤 인형에 옷 입혀서 데리고 다녔던 것 같긴 하네. 나중에 외할머니께 한번 여쭤봐, 어쩌면 거기에 있을 수도 있겠다. 그것보다도 오늘 많이 피곤한 것 같은데 얼른 들어가서 맛있는 거 먹고 쉬도록 해. 아, 그리고 괜히 유튜브 보고 실험적으로 뭐 만들어 먹는다고 하지 말고 웬만하면 되도록 배달시키거나 레토르트로 챙겨 먹어. 너, 요리는 완전 젬병이더라.'

"아, 진짜 친엄마 맞아요? 외할머니도 그렇고 다른 집 엄마들은 다 건강 생각해서 인스턴트 줄이라고 잔소리하던데 우리 엄마는 정반대야 어쩜."

엄마의 돌직구에 투덜대다 보니 엉켜가던 지은의 마음도 조금씩 느슨해졌고, 엄마의 우선순위 속에서 알게 모르게 느껴왔던 정서적 거리감도 더 이상 새삼스럽지 않았다.

사람들 대부분은 상호 간의 관계에 있어 상대방과 같은 형태와 온도로 서로를 대하기에 어려움이 있었고, 그건 가족이라도 마찬가지였다. 가족이라는 이름이 주는 친밀감의 농도와 깊이 역시 모두 각기 다른 모양을 지닐 수밖에 없다는 것을 지은은 이미 알고 있었다.

통화하며 걷다 보니 어느덧 집에 다다랐고, 집 안으로 들어서자마자 기다렸다는 듯 풀썩 주저앉았다. 편안하고 아늑한 공간이 가져온 안정감에 긴장으로 경직되었던 몸이 순식간에 녹아내렸다. 이대로 모든 걸 다 뒤로한 채 마냥 눕고 싶은 마음이 간절했지만, 해야 할 일을 미룬 대가로 그에 덧붙여진 이자까지 결국에는 오롯이 자신의 몫이 될 것을 알기에 힘겹게 몸을 일으켰다.

"아… 우리 집에도 집을 지켜주는 요정이 있으면 좋겠다. 늦게 오는 날이면 환하게 불도 켜놓고, 때때로 맛있는 밥도 같이 챙겨 먹으면서 일상을 들어주면 참 좋을 텐데… 반려동물은 스케줄 근무 때문에 절대 불가능하니까 룸메이트를 알아봐야 하나. 근데 들쭉날쭉한 생활패턴 때문에 어쩌면 서로 더 불편하겠네."

지은이 허전한 마음을 채우고자 좁은 집 안의 이곳저곳을 환히 밝히며 습관적으로 중얼거렸다. 오늘따라 유난히 더 길었던 하루 일과로 방전되어 버린 몸과 커지는 공허함을 씻어내기 위해 움직였다. 조금은 부산스러운 지은의 행동을 붙잡은 건 예상치 못한 윤서의 메시지였다.

'지은 씨, 비행은 잘 다녀왔어요? 이런 얘기를 전해야 하나 고민하다가 바람과 달리 일이 점점 커지는 것 같아 걱정돼서요. 지난 뉴욕 비행 때 일이 한 여행 커뮤니티에 올라왔는데 사람들 반응이 반신반의라 얼마 못 가 잦아들 줄 알았더니 몇 시간 사이에 음성 파일로 된 동영상이 올라오면서 난리예요. 나린 씨, 어떡하죠?'

지은은 메시지를 읽어도 어떤 상황인지 가늠되지 않아 급하게 연결된 링크를 따라 들어갔다. 본문 하단에 추가된 까만 영상을 재생하자 나린의 목소리가 선명하게 들려왔다. 분명 스피커를 타고 흘러나온 목소리는 자기가 알고 있는 나린의 것이 확실했지만, 왠지 모르게 설명할 수 없는 묘한 이질감이 들어 찜찜했다.

'선배님, 이거 어딘가 이상한데 정확히 뭐가 이상한 건지 잘 모르겠어요. 나린 씨처럼 조심성 많은 사람이 저런 거친 워딩과 말투를 선택해서 말했을 리가 없거든요. 근데 화면에 얼굴은 안 나와도 영상 속 목소리는 또 나린 씨가 맞아서 어떤 게 진짜인지 판단이 안 서요.'
'그쵸? 그런 사람 아니라고 댓글이라도 달고 싶은데 감싸는 걸 보니 같은 승무원 아니냐고 오히려 반감을 사서 일이 더 커질까 봐 이도 저도 못 하고 있어요. 기내에 CCTV가 있는 것도 아니라서 객관적인 자료를 증빙할 길도 없는데 큰일이에요.'

평온했던 오전을 비웃는 듯 오후 내내 휘몰아치는 크고 작은 사건들로 지은의 머릿속은 난기류의 중심에 서 있는 것처럼 어지러웠다. 지금 당장 나린을 위해 해줄 수 있는 일이라고는 인터넷에 올라온 글이 공론화되어 크게 번지지 않기만을 기도하는 것밖에 없었다.

샤워기 물줄기에 엉킨 생각을 적셔 무거운 감정들과 거품에 담아 흘려보내고 나니 뒤늦은 허기가 몰려와 뱃속이 요동쳤다. 메뉴 고르기에 앞서 다음 날 스케줄을 먼저 확인해야 했기에 휴대폰 위를 오가는 손가락이 분주했다. 갑작스러운 비행 일정의 변동으로 자택 대기였던 내일의 스케줄은 데이 오프로 변경되어 있었고, 이를 확인한 지은은 꽤나 가벼워진 얼굴로 배달 앱을 켰다. 허해진 마음과 헛헛한 속을 데워줄 무언가가 절실했다.

하지만 메뉴 선택의 폭이 넓어진 만큼 고민의 시간 또한 점차 늘어가면서 맛있는 한 끼를 고르던 손이 조금씩 더뎌졌다. 곧이어 화면을 바라보던 눈동자의 초점이 차츰 흐려지는가 싶더니 밀려오는 노곤함에 점령당해 손쓸 새도 없이 깊은 잠에 빠져들었다. 무의식의 세계로 떠나기 전, 지은의 귓가에 외할머니의 걱정 어린 잔소리가 들려오는 것만 같았다.

'우와, 곰 인형 진짜 예쁘다~. 너랑 닮았어!'
'아니야, 나랑 안 닮았어! 난 하나도 안 통통한데?'
'그거 말고, 새하얗고 보들보들한 게 닮았어. 한복까지 입고 있으니까 꼭 네 동생 같아.'
'진짜? 사실은 동생이 있었으면 좋겠다고 해서 이거 우리 할머니가 만들어 주신 거야.'
'우와, 좋겠다~. 소중한 거니까 이름 지어줘! 지은이 동생 곰돌이니까… 지곰이 어때?'
'지곰이? 이상해. 근데 또 왠지 잘 어울리는 것 같기도 하…'
단꿈 속에서 헤매던 지은이 휴대폰 알람 소리에 놀라 잠에서 깨어났다. 어리둥절한 표정으로 부스스한 머리카락을 쓸어올리며 상황을 파악하던 얼굴에 점점 실망감이 번졌다.

"아, 어제 깜박 잊고 알람 시간 변경 안 했네. 꿀 같은 휴무라 배불리 먹고 늦게까지 자려고 했는데 밥도 못 먹고 늦잠도 못 자다니 이게 뭐야."

시무룩한 지은의 마음도 모른 채, 눈치 없이 힘차게 노래를 불러대는 알람을 끄고 정확한 시간을 눈에 담자 아쉬움은 더 커져갔다. 허탈한 표정으로 꿈을 떠올리던 지은은 오래전 기억인지 아니면 머릿속에서 만들어낸 환상인지 알 수 없는 꿈속의 대화에 미련이 남아 결국 다시 눈을 감았다. 컴컴한 배경에 하얀색 곰돌이 인형을 그리며 꿈이 이어지기를 집중하던 순간, 휴대폰에서 연달아 알림이 울렸다.

'띠리링-', '띠리링-'

메시지 알림 소리라 분명히 광고일 게 뻔한 상황이었지만, 혹시나 하는 궁금증에 몰입을 이어가기 어려웠다. 호기심에 굴복해 휴대폰을 열어보던 지은의 입에서 탄성이 터져 나왔다.

"아! 혹시나 했는데 역시나였잖아, 정말 광고 문자 타이밍 한번 절묘하네. 어, 잠깐만! 이게, 이게 지금 우리 집 앞에 와 있다고?"

김이 샌 눈빛으로 누워서 메시지를 하나씩 넘기던 눈이 갑자기 커지더니 얼른 일어나 자세를 고쳐 앉았다. 얼떨떨한 기분에 재차 메시지를 읽어 내려가던 지은이 문득 시선을 옮겨 휴대폰 최상단의 현재 시각을 확인하고는 곧장 자리를 떠났다.

'똑똑! 상쾌한 아침을 맞이한 오늘, 특별히 엄선된 싱싱한 재료들이 지금 현관 앞에 옹기종기 모여 윤지은 님과의 만남을 기다리고 있습니다. 다채로운 순간들이 가득 담긴 레시피로 함께여서 더 빛났던 찰나의 그날들을 다시 느껴보세요. 리마인드 기내식과 같이 떠나는 여행이라면 어디든 갈 수 있어요. 오직 단 한 사람만을 위해 마련된 커스텀 기내식 밀키트 속 생생함이 시들기 전에 지금 바로 비행을 떠나보세요!'

메시지에 쓰여 있던 대로 현관문 앞에는 하얀색 스티로폼 상자가 놓여 있었고, 그 위에 부착된 운송장 스티커에도 지은의 이름과 주소가 기재되어 있었기에 별다른 의심 없이 집 안으로 가지고 들어왔다. 아무런 예고도 없이 아침부터 불쑥 배송된 택배보다 더 신경이 쓰이는 것은 따로 있었다.
"요리는 자신 없는데… 그래도 밀키트니까 레시피만 성실히 따라가면 적당히는 완성되겠지?"
스티로폼 상자 속 아이스 팩에서 흘러나온 냉기를 헤치며 밀키트 상자를 집어 든 지은의 눈빛에 걱정이 가득했다. 우려 섞인 목소리로 주저하던 것과 달리 지은의 손은 바쁘게 밀키트 포장지를 풀어내고 있었다.
평소 아침을 잘 챙겨 먹지 않던 지은이었기에 첫 식사부터 고기를 먹는다는 게 조금은 무겁게 느껴져 중간중간 멈칫했지만, 아주 이른 시간도 아닌 데다 몇 끼니를 건너뛰었기 때문인지 고민은 그리 오래가지 않았다.

먹음직스러운 갈비찜이 그려진 종이띠를 풀어내고, 플라스틱 뚜껑을 열자 꼼꼼하게 밀봉된 재료들이 각자의 포장지 안에서 한데 모이기만을 기다리고 있었다. 딱 1인분으로 한 끼를 즐길 수 있는 양이 들어 있었지만, 고기부터 레시피에 나열했던 각종 채소와 동치미 국물까지 풍성하게 모두 그 속에 담겨 있었다. 지은은 기대했던 것보다 훨씬 더 다채롭고 완성도 높은 구성에 감탄사를 연발하다 동봉되어 있던 조리법을 읽어 내려갔다.

커스텀 기내식 밀키트로 먼저 즐겨보는 리마인드 기내식 : 동글부들 소갈비찜 완성법.
- 냄비에 재워진 갈비와 그 안의 육수까지 모두 넣고 센 불로 끓여주세요.
- 육수가 보글보글 끓어오르기 시작하면 함께 들어 있던 야채들을 차례대로 넣고 중불로 더 익혀주세요.
- 야채는 무와 당근 > 표고버섯과 파프리카 > 밤 그리고 대추 순으로 넣어주세요!
- 중불로 20분, 약불로 10분 정도 더 끓인 후 잠시 뚜껑을 닫고 뜸을 들여주세요.
- 마지막으로 마법의 양념을 한 바퀴 빙 둘러주면 맛있는 특제 갈비찜이 완성됩니다. 풍미를 한껏 끌어올려줄 양념을 첨가하면서 해당 요리와의 첫 추억을 떠올리시면 더욱 생생한 맛을 느껴보실 수 있습니다.

※ 달콤한 양념에 재워진 갈비는 신선하게 냉장 보관된 것으로 별도의 해동이 필요하지 않습니다. 완성된 갈비찜을 뜸 들이는 동안, 함께 들어 있던 즉석밥을 데워주세요. 기호에 따라 플라스틱 용기에 담긴 동치미를 냉동실에 잠시 넣어두시면 살얼음이 동동 띄워져 시원하고 산뜻한 맛을 더 오래 즐기실 수 있습니다.

밀키트로 바래져 간 소중한 마음과 익숙함에 놓쳐버린 순간들을 다시 되새겨 보세요. 곁에 있다는 것만으로도 위로와 힘이 되었던 그날들이 더 이상 멀어지지 않도록, 덤덤해져 버린 고마운 마음을 깨우는 리마인드 비행 되시길 바랍니다.

지은은 레시피를 순서대로 읽어 내려가며 틈틈이 종이에 기재된 재료가 들어 있는지 눈으로 확인해 보았다. 그러다 자신이 제출했던 내용에는 포함되어 않았던 양념을 발견하고 조금은 의아한 표정을 지었지만, 빠른 조리를 돕기 위해 어느 밀기트에니 들어 있는 소스라 여기며 금방 관심을 돌렸다.

서툰 솜씨가 걱정되었던 지은이 다시 한번 조리법을 숙지하고는 적당한 크기의 냄비를 찾아 수납장을 뒤적였다. 1인 가구인 데다 요리도 즐겨하지 않은 탓에 가지고 있는 냄비의 용량이 대부분 비슷비슷했다. 겨우 알맞은 크기를 찾아내 한번 헹궈낸 뒤, 순서에 따라 고기를 냄비로 옮겨 담으며 본격적으로 추억의 맛을 재현하기 위해 움직이기 시작했다.

냉장고 안에 있는 재료대로, 대충 느낌 가는 대로 레시피를 편집해 가며 요리하던 평소와 달리 착실하게 타이머까지 설정해 가며 한 줄씩 따라가다 보니 어느덧 완성이 코앞으로 다가왔다. 잠시 틈을 들이는 동안 전자레인지에 즉석밥을 데우고, 냉동실에 미리 넣어두었던 동치미 국물을 꺼내 식탁 위에 올려두었다.

지은은 휴대폰으로 시간을 체크하고 마지막까지 남겨져 있던 마법의 양념 포장지를 뜯어 풍성해진 냄비 속 갈비찜 위에 골고루 둘렀다. 레시피에 담긴 문구대로 갈비찜과의 첫 추억을 그려보았지만, 사진처럼 조각조각 잘린 기억의 한 컷들만 떠오르다 되감기를 반복할 뿐이었다. 그럼에도 양념에 붙여진 이름 때문인지 반짝이며 오묘한 색을 내는 양념 소스가 더해져 외할머니 손맛을 완벽히 표현해 낼 수 있을 것만 같은 기분에 휩싸였다.

긴장 속에 완성된 갈비찜을 그릇으로 옮겨 담는 지은의 코끝에 은은한 유자 향기가 퍼지자, 냄비에서 쏟아져 나오는 연기 속에 외할머니의 따스함이 느껴지는 듯했다. 마무리된 플레이팅은 외할머니께서 접시에 담아주시던 것과는 다르게 어딘가 엉성했지만, 그 안에 담긴 동글동글한 모양들의 조합과 빛깔만큼은 제법 닮은 모습을 하고 있었다.

"인정하고 싶지 않지만, 요리를 맛보는 것만 잘하고 만드는 데는 영 소질이 없는 곰손인데도 이 정도로 만들어 내다니 진짜 대박이다. 기내식만 만들 게 아니라 진지하게 밀키트 사업을 병행해도 괜찮을 것 같은데…"

생각보다 훨씬 완성도 있는 모습에 들뜬 지은은 갈비찜이 담긴 접시를 요리조리 돌려보며 흐뭇한 표정으로 중얼거렸다. 만족스러운 외형에 매료되어 눈을 떼지 못하던 지은의 등 뒤에서 전자레인지의 알림음이 재촉하듯 울렸고, 즉석밥까지 빠짐없이 챙겨 세팅을 마친 후에야 자리에 앉았다.

고기와 채소가 한데 어우러져 먹음직스러운 윤기가 흐르는 갈비찜 속에서 지은은 가장 먼저 알록달록한 색을 뽐내고 있는 파프리카를 골라 입맛을 돋우었다. 열에 물러져 아삭아삭한 식감은 덜했지만 씹을수록 입안 가득 파프리카의 은근한 단맛이 퍼지며 식욕을 깨웠다.

일과 잠에 쫓겨 밀려났던 배고픔이 눈을 뜨자, 본연의 깊은 맛을 느낄 새도 없이 집는 족족 뱃속으로 사라졌다. 식탁 위를 바쁘게 오가던 젓가락의 움직임이 안정을 찾아갈 때쯤, 부드러운 고기 육즙 사이로 상큼한 유자 향이 은은하게 번지며 젓가락의 독주를 멈춰 세웠다. 달콤한 양념 사이에서 피어난 산뜻함에 지은은 시야를 넓혀 찜을 이루고 있는 재료들을 하나씩 살폈다.

유자 향기가 더해진 부드러운 고기와 한 번에 쏙 분리되는 고기 뼈, 모서리가 모두 둥글게 깎인 채소들, 그리고 틀로 모양을 낸 당근과 고소한 잣이 띄워진 동치미 국물까지 무엇 하나 흠잡을 곳 없이 완벽했던 그 어느 날의 식사 그대로였다. 맛의 기억을 더듬던 지은의 머릿속으로 친숙한 목소리가 희미하게 스쳐 지나가자, 비로소 그 안에 깃든 다정함을 눈치챈 지은의 눈빛에 그리움이 어리며 오래전 그 순간으로 데려갔다.

'…때로는 둥글둥글한 게 더 단단할 때도 있단다.'

※ ※ ※

유치원을 마치고 집으로 돌아온 지은의 표정이 어딘가 시무룩했다. 주말에 있을 지은의 생일을 축하해 주기 위해 전주에서 미리 올라온 외할머니가 지은을 반겨주며 물었다.

"우리 강아지~ 유치원 잘 다녀왔어? 우리 지은이가 가장 좋아하는 갈비찜을 할머니가 만들어 왔거든, 조금 먹어볼래? 어… 근데 표정이 좀 어두운 것 같은데 무슨 고민 있어?"

서운함을 감추기 위해 고개를 푹 숙인 지은의 머리를 외할머니가 살며시 쓰다듬자, 내내 말없이 고개만 젓던 지은이 외할머니의 따뜻한 손길에 문득 서러움이 넘쳐 눈물을 펑펑 쏟아냈다. 애써 당황스러움을 감춘 외할머니가 괜찮다는 말과 함께 지은을 토닥이며 위로해 주었고, 이내 울음을 멈춘 지은을 향해 아무 말 없이 우유 한 컵을 건네주었다.

토마토가 된 얼굴에 빨간 토끼 눈을 한 지은이 우유 한 잔을 모두 마시고 나니 조금씩 진정을 되찾았고, 곁에 앉은 외할머니를 향해 훌쩍이며 천천히 얘기를 늘어놓았다.

"오, 오늘, 우리 반 현진이가 유치원 끝나고 자기 집에서 생일 파티한다고 했는데 나만 초대를 못 받았어요. 나는 맨날 끝나고 학원 가니까 초대해도 못 올 거라서 안 줬대요."

"아이고, 우리 강아지 많이 서운했겠네… 그럼 학원 가기 전까지만이라도 잠깐 다녀올래? 할머니가 데려다줄게. 아, 아니면 학원 선생님께 전화해서 오늘 하루만 학원 가지 말까?"

외할머니의 솔깃한 제안에 지은의 마음이 흔들렸지만, 곧 엄마와의 약속을 떠올리고 힘없이 고개를 도리도리 저었다.

"아니에요, 초대장도 못 받았고 학원 안 간다고 떼쓰지 않기로 엄마랑 약속했어요… 엄마가 약속은 꼭 지켜야 하는 거래요."

"아, 그러면 이번 주말에 지은이 생일이니까 친구들 불러서 우리도 생일 파티 할까? 어때?"

"안 돼요, 엄마는 매일 바쁘니까 주말에 쉬어야 해서… 그치만 나도 친구들이랑 생일 파티도 하고, 유치원 끝나고 놀이터에서 같이 놀고 싶은데. 흐어어엉…"

정해진 스케줄에 맞춰 일과를 보내느라 친구들과 따로 시간을 보낼 수 없어 생겨난 벽으로 속상함만 쌓여가던 지은의 마음이 한순간에 무너져 내렸다. 해외 출장이 잦은 아빠와 업무로 바쁜 엄마의 공백을 채우기 위한 최선의 선택이었다는 걸 알았지만, 지은의 허전한 마음을 오롯이 이해로 채워넣기에는 아직 너무 어렸다.

다른 또래 친구들과 달리 매일 분주한 스케줄에 쫓기며 지내는 외손녀가 마냥 안쓰러워 지켜보는 외할머니의 가슴이 아려왔다. 하지만 엄마가 퇴근하기 전까지 어린 지은이를 혼자 집에 둘 수 없어 생겨난 일정임을 알기에 외할머니는 그저 펑펑 울고 있는 지은을 품에 가득 안고 토닥여 주는 것밖에 할 수 있는 일이 없었다.

눈물로 맞이한 지은의 생일이 지난 지 한 달 정도 될 무렵 어느 날이었다. 환절기 시즌과 동시에 찾아온 계절 맞이 감기로 인해 유치원 친구들이 한 명씩 돌아가며 릴레이로 앓아누웠다. 독해진 바이러스는 여느 때와 달리 쉽게 떠날 생각을 하지 않았고, 그로 인해 같은 반에 결석하는 인원이 점차 늘어가고 있었다. 상황이 이렇다 보니 유치원 선생님들도 원내 청결 유지에 더 많은 관심을 기울였지만, 상대적으로 면역력이 약한 데다 함께하는 활동들이 많다 보니 전파를 완벽히 차단하는 데는 한계가 있었다.

확산이 지속되면서 가볍든 무겁든 모두 한 번씩 앓고 지나가야 하는 분위기마저 조성되자, 학원에서 많은 수험생을 대면하는 엄마는 점점 초조해져 갔다. 당장 수능을 목전에 두고 디데이를 세고 있던 터라, 긴장감에 더해진 불안함은 어린 딸에게 관심을 쏟기보다 당부를 먼저 건네게 했다.

"지은아, 엄마가 학원에서 가르치는 언니, 오빠들한테 지금 엄청 중요한 시기거든? 그러니까 절대로 감기 걸리면 안 돼, 알겠지? 유치원이랑 학원 다녀와서도 꼭 손이랑 발 잘 씻고 양치도 잊지 말고 하고, 엄마가 진짜 부탁할게."

지은의 두 손을 꼭 잡고 진지한 눈빛으로 말하는 엄마와 눈을 맞춘 지은이 다짐하듯 고개를 끄덕이며 약속했다. 유치원 문 앞에서 엄마와 인사를 나누고 반으로 들어가던 지은이 순간적으로 기침을 내뱉고 놀라 주위를 두리번거렸다. 엄마랑 약속한 지 고작 몇 분밖에 지나지 않았기에 덜컥 겁이 나 급하게 유치원 가방 주머니에 넣어둔 마스크를 꺼내어 쓰고 얼굴을 감췄다.

지은은 감기 예방으로 마스크를 쓴 것이라며 의심스러운 징후를 요리조리 숨기고는 평소와 다름없다는 듯 태연하게 움직였다. 하지만 마른 잔기침으로 시작된 증상은 무겁고 탁한 기침으로 점차 변해갔고, 이상 증세가 발현된 지 이틀째 되던 날부터는 열까지 오르면서 눈에 띄게 움직임이 줄어들었다. 어설픈 눈속임은 지은의 변화를 눈치챈 유치원 선생님이 엄마에게 연락하여 병원에 다녀오게 되면서 일단락되는 것 같았으나, 문제는 지금부터였다.

아빠는 한 달 동안 해외 출장으로 이미 지난주에 출국을 마친 상태였고, 엄마 또한 수능이 코앞인 상황이라 휴가를 내고 온종일 지은을 돌봐주기에는 어려움이 있었다. 뾰족한 대안을 찾지 못한 엄마가 결국 외할머니에게 도움을 청하게 되면서 지은은 당분간 외할머니댁에 머무르며 회복에 전념하기로 했다.

다음 날, 소아과에서 추가로 처방받아 온 약과 간단한 옷가지만을 대강 챙겨 들고 외할머니를 따라 전주로 향했다. 엄마,

아빠 그리고 아는 친구들도 하나 없는 낯선 곳에서 얼마간 지내야 한다는 점이 지은을 걱정스럽게 했지만, 언제나 내 편이 되어주는 외할머니가 곁에 있어 안심할 수 있었다.

몇 밤만 자고 나면 다가오는 주말에는 다시 집에 갈 수 있을 거란 기대로 늘어져 가는 시간을 열심히 앞으로 감아가며 손꼽아 기다린 것과 달리 감기는 쉽게 낫지 않았다. 오히려 기침이 더 심해져 밤낮 할 것 없이 괴롭히는 통에 잠도 푹 잘 수 없었고, 목에 가래까지 끓어 숨 쉬는 것마저 편치 않았다.

"할머니, 나 언제 우리 집에 갈 수 있어요? 엄마 보고 싶은데… 콜록콜록."

"밥도 잘 먹고, 약도 잘 챙겨 먹어서 얼른 나아야 엄마 보러 갈 수 있지~. 입맛 없더라도 한 숟갈만 더 먹고 약 먹자, 응?"

지은은 외할머니가 입술 앞으로 가져온 숟가락을 물끄러미 바라보다 힘겹게 입을 열고 마지막 한 입을 받아먹었다. 며칠째 약을 먹느라 입안은 쓴맛으로 가득했고, 자꾸 오르내리는 열 때문에 미각이 둔해져 모래알을 꼭꼭 씹어 삼키는 것만 같았다. 맛은 잘 느껴지지 않았지만, 식사를 마치고 나면 어김없이 또 약을 먹는 시간이 찾아왔기에 최대한 느리게 입안을 비워냈다. 다른 맛은 미미하게 느껴지는 데 비해 쓴맛은 왜 이렇게 뚜렷한지, 게다가 왜 점점 단맛도 짠맛도 마지막에는 모두 씁쓸한 맛이 되어 끝나는지 알 수 없었다.

길었던 식사가 끝나자 외할머니는 시럽과 가루약이 담긴 약 봉투를 가져왔고, 이어 숟가락에 가루약과 물약을 담아 곱게 개었다. 어린이를 위한 시럽이라며 나름대로 딸기 향과 맛을 내고 있었지만, 지은은 그 특유의 인공적인 느낌이 가루약과 섞여 배가되자 오히려 거부감이 들었다. 하지만 달리 피할 방법이 없어 입가 근처로 살며시 다가온 숟가락을 입안으로 가져간 뒤 눈을 질끈 감고 꿀꺽 삼켰다.

"아이고, 우리 강아지 약도 잘 먹네~. 우리 지은이가 좋아하는 만화영화 틀어줄 테니까 쉬면서 낮잠 자기 전까지 볼…"

"콜록콜록. 할머니 나 뱃속이…"

거센 기침 후에 말을 이어가던 지은이 대화를 끝맺지 못하고 속에 있던 것들을 밖으로 게워냈다. 먹은 지 얼마 지나지 않은 약의 쓴맛과 위산에 섞인 음식물의 시큼한 맛이 입안을 가득 채웠고, 입부터 배까지 어디로 연결되었는지 알 수 있을 정도로 모든 구간이 쓰리고 아팠다. 지은은 울렁거림이 시작되자마자 쏟아져 나온 토사물에 놀란 데다, 덜컥 겁이 나 눈물을 펑펑 쏟아내었다.

"아가, 아가 괜찮아. 많이 놀랐지, 괜찮아. 괜찮을 거야, 우리 애기 많이 아파서 어떡하지…"

뜻밖의 상황에 당황한 외할머니가 힘겹게 감정을 숨기며 울고 있는 지은을 토닥토닥 달래주었다. 한바탕 소동이 마무리되자 기운 없는 몸에 눈물까지 흘려 힘이 빠진 지은은 곧 잠이 들었고, 엉망이 된 주변을 정리하고 돌아온 외할머니가 걱정스러운 눈빛으로 지은의 이마에 해열 파스를 새로 붙여주었다.

잠에서 깬 지은을 데리고 근처 소아과를 찾으려던 외할머니의 계획은 주사가 무섭다며 떼를 쓰는 지은에 의해 물거품이 되었고, 그 대신 죽과 약을 잘 챙겨 먹겠다는 약속으로 오늘 밤을 보내기로 하였다. 하지만 밤새 기침을 동반한 구토가 이어지다 배앓이 증세까지 보이면서 날이 밝는 대로 병원을 찾았다.

"감기 증상을 보인 지 일주일 정도라고 하셨죠? 지금 청진기로 들어보면 호흡 소리가 좋지 않아서요, 어쩌면 감기보다는 폐렴일지도 모르겠네요. 제가 소견서를 써드릴 테니 조금 더 큰 병원에 가서서 검사받아 보시는 게 좋을 것 같습니다."

지은은 직접 걸음을 뗄 기운조차 없어 외할머니의 등에 업힌 채로 택시를 타고 가장 가까운 종합병원으로 향했다. 진료 후 혈액 검사를 마치고 얼마간 입원해야 하는 병동으로 자리를 옮겼다. 외할머니는 녹초가 되어 시들거리는 지은을 안고 환자복으로 갈아입혔고, 얼마 지나지 않아 다시 엑스레이를 촬영하러 움직여야만 했다.

"할머니… 죄송해요. 나 때문에 할머니만 힘들어서 어떡해요? 나만 안 아팠으면 엄마도, 할머니도 다 편했을 텐데… 이제부터는 걸어갈게요."

"괜찮아, 할머니는 하나도 안 힘들어. 우리 강아지가 아파서 더 힘들지… 그리고 원래 생명이 깃들어 있는 모든 것들은 성장하는 동안 아프기도 하고 흔들리면서 자라는 법이야. 그래서 도움이 필요한 순간 서로서로 지켜주고 힘이 되어주기 위해 함께하는 거란다, 그러니까 괜히 미안해하지 않았으면 좋겠어. 그럼, 여기서부터는 우리 서로 편하게 갈 수 있도록 할머니가 휠체어 가지고 올 테니까 그거 타고 가자. 어디 가지 말고 잠깐 기다릴 수 있지?"

소아병동용 휠체어를 가지고 돌아온 외할머니 곁에는 다른 할머니와 지은의 또래로 보이는 아이가 나란히 서 있었다.

"지은아, 인사드려. 여기 외할머니 친구, 전에 할머니 한복집 근처에 있는 전통찻집 갔던 적 있지? 거기 찻집 할머니셔."

"안, 안녕하세요…"

"아이고, 지은이 오랜만이네~. 근데 하필 이렇게 병원에서 다시 만나게 되어서 아쉽네, 여기는 할머니 손주 도영이야. 얘도 폐렴 때문에 엊그제 입원하게 되었거든, 옆 병실인 것 같던데 여기서 지내는 동안 잘 부탁해."

지은은 어색함에 고개를 끄덕이며 작은 목소리로 겨우 대답하고는 외할머니를 따라 촬영실로 이동했다. 휠체어에 앉아 새침한 표정으로 살며시 뒤를 돌아보지, 멀어지는 지은과 눈이 마주친 도영이 다정하게 웃으며 손을 흔들어 주었다.

엑스레이를 찍고 돌아오는 길, 서서히 긴장이 풀리면서 몰려오는 피곤함에 어느샌가 까무룩 잠이 들었다. 곤히 잠들었던 지은이 병실 침대 위에서 뒤척이다 한쪽 손등에 연결된 수액 줄이 침대 난간에 걸려 깨어났고, 곧이어 고개를 돌려가며 외할머니를 찾았지만 보이지 않아 점차 울상이 되어갔다. 울먹이는 목소리가 커질 무렵, 병실 침대 바로 곁에 놓인 간이 침대에서 소리가 들려왔다.

"어, 일어났다! 한복 할머니는 잠깐 집에 가셨어, 여기 있는 동안 필요한 물건들 챙겨 오실 거래. 금방 오실 거니까 걱정하지 마, 지은아. 한복 할머니 오실 때까지 나랑 우리 할머니랑 같이 있자."

낯을 가리는 지은을 눈치챈 도영이 스스럼없이 편하게 먼저 다가와 이것저것 물어보자, 질문에 대답하면서 전보다 마음이 편안해져 이야기를 이어갔다.

"지금 색칠하고 있는 그거는 뭐야?"

"아, 이거? 내가 제일 좋아하는 캐릭터인데 완전 귀엽지, 너는 이 중에서 누구 좋아해?"

"아… 나는 이 캐릭터들 잘 몰라. 이거 방송하는 시간에 항상 학원에 있어서 친구들이 말하는 것만 듣고 TV로 본 적은 없거든…"

"정말? 그럼 내가 하나씩 소개해 주면 되겠다! 나중에 우리 병실로 놀러 와, 이거 인형이랑 다른 블록도 있어. 같이 가지고 놀자, 마음에 드는 거 있으면 내가 몇 개 빌려줄게!"

유치원과 학원, 그리고 집으로 매일 정해진 시간에 맞춰 약속한 공간에 있기를 반복하느라, 또래 친구들과 자주 어울려 놀지 못했던 지은에게 예기치 않은 곳에서 만나게 된 도영은 선물과 같았다.

틀에 고정된 스케줄을 바쁘게 쫓아다니지 않고 유연하게 시간을 즐기며 치료에 전념한 덕분인지 지은을 괴롭히던 증상은 느린 듯 꾸준히 호전되어 갔다. 하루에도 몇 번씩 서로의 병실을 오가며 시간을 보내던 어느 날, 도영이와 같은 병실에 있는 친구의 생일 파티가 열렸다.

"지은아, 오늘 지우 생일이라서 조금 있다가 생일 파티 할 거래. 너도 같이 가자!"

"어? 근데… 나는 초대 못 받았는걸? 그리고 지우랑도 별로 안 친한데…"

"이럴 때 가서 같이 과자도 먹고 놀다가 친해지는 거지~. 내가 심심하지 않게 챙겨줄게!"

계속되는 설득에 마음을 바꾼 지은이 도영을 따라나섰다. 초대받지 못한 손님의 등장이 그다지 달갑지 않으리라 생각해 잔뜩 긴장한 채로 쭈뼛거리며 다가가자, 재잘거리던 목소리들이 잦아들더니 이목이 집중되었다.

"지우야, 생일 축하해~. 파티에 축하해 주는 사람이 많으면 더 좋을 것 같아서 내가 지은이도 데리고 왔어, 괜찮지?"

"응, 축하해 주러 와줘서 고마워~."

다행히 모여 있는 친구들 모두가 환하게 웃으며 반겨주어 불안했던 마음이 서서히 분위기에 녹아 들어갔다. 같은 병실에 있는 친구들 위주로 모인 자리인 만큼 정해진 식단에서 자유롭지 못했기에 조촐하게 파이 과자로 작은 탑을 쌓아 만든 미니 케이크와 몇 가지 과자, 그리고 음료수가 전부였다. 하지만 특별한 날에 축하를 건네며 다 같이 달콤함을 나눈다는 것만으로도 신나는 일이 되어 즐거웠다.

생일 축하 노래를 부른 뒤 간식을 나눠 먹는 순간이 오자 지은의 행동이 눈에 띄게 느려졌다. 여러 가지 맛을 골라가며 손을 뻗는 친구들에 비해 음료수도 마시지 않은 채, 조용히 가까이에 놓인 과자 하나만을 조금씩 집어 먹는 모습에 도영이 물었다.

"지은이 너는 이 과자를 제일 좋아해? 왜 다른 건 안 먹어? 그리고 이 음료수 안 좋아해?"

쏟아지는 질문 폭탄에 다른 친구들도 지은을 향해 관심이 쏠렸고, 집중된 시선에 난처해진 지은이 주저하며 대답했다.

"아… 사실은 토요일, 일요일에만 음료수 마시기로 엄마랑 약속했거든. 그리고 과자 먹을 때도 1봉지만 열어서 먹기로 했는데 이것저것 먹다 보면 어떻게 1봉지인지 모를 것 같아서…"

"그럼 엄마 모르게 먹으면 괜찮지 않을까? 우리가 비밀로 해줄게! 그리고 이거는 콜라 같은 게 아니라 물이랑 비슷한 음료수라서 의사 선생님이 마시라고 하셨대."

지우의 말에도 계속 망설이는 지은의 모습에 무언가를 고민하던 도영이 목소리를 내었다.

"아! 그럼 우리 과자들을 모두 하나로 섞어서 먹으면 어때? 비빔밥처럼 여러 가지 맛이 모이면 또 다른 맛이 나올 수도 있잖아. 그리고 커다란 한 봉지도 결국은 한 봉지니까 엄마랑 한 약속을 지킨 게 아닐까?"

"어? 그러면 음료수도 주말에 먹을 거를 미리 먹은 걸로 하면 되겠다!"

꼬마 솔로몬들이 내놓은 재치들이 모여 힘을 실어주었고, 그 덕분에 마음의 짐을 덜어낸 지은도 밝게 웃으며 친구들과의 시간에 마음껏 빠져들 수 있었다.

지은이 생일 파티에 참석한 사이, 잠시 한복집에 다녀온 외할머니가 주인공이었던 지우와 친구들에게 나눠줄 조그만 동전 지갑을 정리하며 지은의 이야기를 들었다.

"…어, 그래서 도영이가 과자로 비빔밥 만들어서 먹었는데 맛이 엄청 웃겼어요. 그리고 지우는 물 같은 음료수를 여기 와서 너무 많이 마셔서 나중에 집에 가면 절대 안 먹을 거래요."

방긋방긋 웃으며 생일 파티에서 있었던 일들을 작은 입으로 쉴 새 없이 늘어놓는 지은을 따뜻하게 바라보던 외할머니가 질문을 던졌다.

"지우가 그동안 이온 음료를 많이 마셨나 보네, 근데 도영이는 어떻게 과자를 한데 섞어보는 그런 재미나 생각을 한 거래?"

오랜만에 친구들과 시간을 보내느라 들뜬 마음은 새로 생긴 비밀에 대한 경계심을 느슨하게 했고, 그 틈으로 스며든 외할머니의 질문에 많은 것들을 털어놓고야 말았다. 뒤늦게 알아차린 지은이 놀라 외할머니 얼굴을 살폈을 때는 이미 표정이 굳어가고 있었다. 엄마와의 약속을 어긴 것도 모자라 얄

은수를 써서 숨기려고까지 했다는 사실이 드러난 상황에서 외할머니의 처분만을 기다릴 수밖에 없었다.
이윽고 예상 밖의 부드러운 목소리가 지은의 마음을 두드렸다.
"지은아. 할머니는 우리 강아지가 무슨 일이 있어도 엄마와의 약속을 잘 지켜내는 그런 바르기만 한 어린이가 되기보다, 주어진 상황에 따라 유연하게 선택하고 결정할 줄 아는 사람으로 성장했으면 좋겠어."
지은이 외할머니의 메시지를 온전히 이해하지 못한 표정으로 바라보자, 외할머니가 조금 더 쉬운 말로 이야기를 덧붙였다.
"음… 누군가와의 약속을 지키는 건 너무나 중요하고 당연한 일이지. 그런데 때로는 그 약속을 하게 된 이유에 대해 조금 더 넓게 생각해 보고 행동해도 괜찮다고 생각해. 그러니까… 오늘 도영이랑 친구들이 했던 것처럼 둥글둥글하게 말이야."
"둥글둥글하게요?"
"응, 중심을 지키면서도 허락되는 선 안에서 자유롭게 흔들리는 오뚝이처럼 둥글둥글하게. 아마도 할머니 생각에는 엄마가 우리 강아지한테 그 약속을 하자고 했던 건, 지은이가 과자랑 음료수를 많이 마시고 나면 평소보다 밥을 더 잘 먹지 않아서 그랬을 거야. 그리고 그 약속을 지키는 동안, 하고 싶은 대로 뭐든 마음대로 하는 것보다 원하는 걸 적당히 참고 기다릴 줄도 아는 법을 알려주고 싶었던 것 같아."

나긋나긋하게 퍼지는 목소리에 차분히 귀 기울이는 모습을 보고, 외할머니가 지은의 머리를 쓰다듬으며 말을 이어갔다.

"그런데 엄마가 고등학생 언니, 오빠들이랑 많이 생활하다 보니 그 눈높이에 맞춰서 얘기를 전하는 바람에 우리 강아지한테 제대로 된 이유를 설명해 줘야 한다는 걸 놓친 것 같네. 여기서 치료하는 동안만이라도 우리 강아지가 원하는 대로 되도록 편하게 쉬면서 뭐든지 골고루 먹고 건강 챙기도록 하자. 대신 얼른 나아서 퇴원하면 지은이가 제일 좋아하는 갈비찜 만들어 줄게, 어때?"

다정한 외할머니의 제안에 지은이 환하게 웃으며 고개를 끄덕였다.

체력이 약해져 있던 탓에 회복이 더뎌 꼬박 며칠을 더 병원에서 보낸 후에야 퇴원할 수 있었다. 그 사이 수능 시험이 마무리되어 시간을 낸 엄마가 주말에 외할머니댁으로 지은을 데리러 오기로 했다. 오랜만에 엄마를 만난다는 설렘에 가지고 왔던 짐을 챙기느라 이리저리 방을 옮겨 다니는 걸음이 분주했다.

지은의 퇴원을 축하하기 위해 주방에서 특선 요리를 준비하던 외할머니가 콧노래를 흥얼거리는 지은을 향해 물었다.

"드디어 집에 가게 되어서 그렇게 좋아? 할머니는 우리 강아지랑 헤어진다고 생각하니까 좀 서운한걸?"

"집에 가는 것도 좋지만, 엄마 볼 수 있어서 더 좋아요! 근데… 집에 가고 나면 이제 외할머니랑 도영이는 자주 만날 수 없으니까 그건 너무 슬퍼요. 참, 할머니 바쁘신데도 챙겨주시고 보살펴 주셔서 감사합니다~. 나중에 커서 할머니 아프시면 내가 꼭 옆에서 간호해 드릴게요!"

어느샌가 쪼르르 다가와 곁에선 지은이 외할머니의 허리를 꼭 껴안으며 말하자, 외할머니가 행복한 표정을 지어 보이다 안쓰러운 목소리로 답했다.

"우리 강아지, 마음만으로도 고마워. 그리고 다른 친구들은 대부분 엄마가 돌봐주는데 그 자리를 할머니가 대신해서 미안해. 엄마가 지은이를 사랑하는 것 못지않게 지금 하는 일도 너무 좋아하기 때문에 중요한 순간을 완벽히 마무리하고 싶었나 봐. 서운하더라도 우리 강아지가 엄마를 좀 이해해 줄 수 있을까?"

"어… 알겠어요. 지내는 동안 엄마가 보고 싶기도 했지만, 할머니랑 같이 있어서 좋았던 점이 더 많았으니까 괜찮아요. 근데 할머니, 엄마처럼 엄청 좋아하는 일을 찾으려면 어떻게 해야 해요?"

"음… 할머니 생각에는 내가 어떤 사람인지 알면 좋아하는 걸 찾아가는 게 더 쉬울 것 같은데. 그러니까… 아, 세탁기나 에어컨 사면 함께 오는 사용설명서 있지? 거기 보면 어디에 어떻게 사용하는지, 무엇을 하면 위험한지 쓰여 있잖아. 그런 것처럼 '나'라는 사람이 어떨 때 기쁜지, 어떤 건 어려워하는지 알아가면서 나에 대한 설명서를 한 줄씩 꾸준히 채워가다 보면 좋아하는 일을 찾는 데 조금은 가까워지지 않을까?"

외할머니의 말을 듣고 곰곰이 생각하던 지은이 다시 질문을 던졌다.

"그럼… 무슨 일들을 하면 빈칸을 많이 채워 넣을 수 있어요?"

"아무래도 무엇보다 가장 정확한 건 경험이지. 직접 부딪쳐서 가끔은 넘어져도 보고, 또 안 된다고 생각했던 걸 극복해 내기도 하면서 범위를 알아가다 보면 쓰고 싶은 말이 많아지거든. 하지만 한 사람이 모든 경험을 다 해볼 수는 없잖아, 그래서 사람들이 책을 읽고 대신 경험한 것들로 한 줄을 채워넣기도 하는 거야. 그리고 마지막으로 제일 중요한 게 있어."

"제일 중요한 거요?"

"바로, 틀림과 다름의 차이를 구별해 낼 줄 아는 거야. 가끔은 다른 사람을 통해서 내 모습을 알게 되는 경우가 있는데 나와 생각이 같지 않다고 해서 그게 꼭 틀린 것만은 아니거든, 어쩌면 그냥 다른 것뿐이지. 그럴 때 서로가 다를 수 있다는 걸 기억하면서 열린 마음을 갖는다면, 누구에게든 배울 수 있어. 몰랐던 새로운 방향을 깨달아 가며 내 생각과 맞춰가다 보면 더 많은 것들을 써 내려갈 수 있는 거지."

"누구라도요? 그럼 어린이한테도 배울 수 있어요?"

"당연하지~ 할머니는 우리 지은이랑 있으면서 이미 많은 것들을 배웠는걸? 우리 강아지가 할머니한테 어린이의 눈으로 본 세상을 들려줄 때면 회색빛으로 흐렸던 하늘을 밀어내고 무지개가 뜨는 것처럼 갑자기 여러 빛깔의 아름다움을 느끼게 돼."

"어, 지금 이 채소들처럼요?"

장난기가 가득한 지은의 목소리를 따라 돌린 시선 끝에는 갈비찜을 위해 손질해 둔 재료들이 각각 종류별로 모여 본연의 색을 뽐내고 있었다. 귀여운 동심에 물든 외할머니가 빙그레 웃으며 고개를 끄덕이더니 지은에게 말했다.

"지은아, 여기 놓인 재료들의 끝을 왜 다 둥그렇게 만들었는지 알아?"

"어… 동글동글해야 더 맛있어서요? 아! 한입에 먹으라고 작게 만드신 거죠?"

"음… 우리 강아지를 위해서 작게 만든 것도 있지만, 모서리를 둥글게 깎아서 마무리한 이유는 쉽게 부서지지 말라고 그런 거야."

"어? 네모난 게 더 튼튼하지 않아요? 뾰족한 부분이 있는 게 더 강하잖아요."

"언뜻 보면 그럴 것 같지? 근데 이렇게 모난 부분이 없어야 오히려 더 오래 모양을 유지할 수 있거든. 사람도 같아, 빈틈없이 반듯한 것보다 조금은 둥글둥글한 게 때로는 더 단단한 법이거든. 그래서 할머니는 우리 지은이가 느슨한 듯 여유가 있지만 마음만큼은 씩씩하게 중심을 잘 잡을 줄 아는 그런 사람이 되었으면 좋겠어."

이후 완성된 소갈비찜 속 야채들은 외할머니의 말씀처럼 쉽사리 물러진 곳 없이 각자의 모습을 유지하고 있었고, 각기 다른 맛과 색을 내던 재료들은 양념과 어우러져 조화를 이루었다.

여느 때처럼 갈비찜에서 고기만 쏙쏙 골라 먹던 지은이 주저하다 파프리카를 집어 들었다. 평소 풀 맛이 난다며 파프리카를 싫어했지만, 외할머니의 이야기를 들어서인지 오늘만큼은 다른 맛이 날 것만 같았다. 적당히 흐물흐물해진 식감과 달큼한 갈비 양념이 더해진 파프리카가 입안에 퍼지며 새롭게 맛의 세계를 넓혀가자, 지은은 외할머니를 따라 더 많은 것들을 알아가고 싶어졌다.

식사를 마친 지은이 자신의 짐을 챙기는 엄마에게 외할머니댁에서 조금 더 머무르고 싶다고 얘기했고, 예상외로 단호히 거절하는 엄마를 외할머니가 설득한 덕분에 의견을 관철할 수 있었다. 이후 '며칠만 더'를 반복하며 자꾸만 유예 기간이 길어지자 지쳐버린 엄마는 지은의 뜻대로 초등학교 입학 전까지 외할머니댁에 머무르며 새로운 유치원에 다니는 것을 허락했고, 도영이와의 시간도 조금 더 흘러갈 수 있게 되었다.

※ ※ ※

지은은 갈비찜에 남은 마지막 고기 한 점을 천천히 음미한 뒤, 플라스틱 컵에 담긴 동치미 국물을 모두 비워냈다. 새콤달콤한 국물이 입안의 기름기를 씻어낸 듯 산뜻함을 남기고 사라지자, 덩달아 기분까지 개운해진 느낌이었다.

그리웠던 맛으로 잊고 지냈던 어린 시절의 기억을 다시 꺼내 보면서 외할머니와 함께한 시간으로 얼마나 많은 것들이 바뀌었는지 새삼 깨달았다. 지난날 외할머니 곁에 남아 주위를 맴돌며 단조로운 일상을 뒤흔들었던 지은은 이제 홀로 서는 법을 안다며 조금씩 귀를 닫고 교만해져 갔음을 알아차렸다. 어린 지은의 질문이라면 무엇이든 몇 번이고 차근차근 알려주던 외할머니와 달리, 바쁘고 피곤하다는 핑계로 외할머니의 물음을 귀찮아했던 일들이 떠올라 지은의 마음을 더 무겁게 했다.

외할머니와의 시간에 온전히 진심을 쏟지 않았던 순간들을 후회하며 앞으로 보내게 될 시간 속에서는 지금껏 받았던 사랑을 조금이나마 되돌려드리리라 다짐했다. 익숙함 속에 무뎌지고 시간에 파묻혀 잃어버린 마음들이 하나씩 옹기종기 모여들어 홀린 듯 지은을 이끌었다. 어떤 이야기를 먼저 꺼낼지 고민하며 저장된 단축 번호를 길게 눌렀지만, 기대했던 친근한 목소리 대신 알고 있는 낯선 목소리만이 되돌아올 뿐이었다.

'고객님의 전화기가 꺼져 있어, 음성사서함으로 연결됩니다. 연결된 후에는…'

의아해진 지은이 어딘가 불안한 기분에 휩싸여 엄마에게 전화를 걸었고, 몇 번의 신호음이 이어진 후에서야 마침내 연결될 수 있었다.

"엄마, 어제랑 오늘 중에 외할머니와 통화하신 적 있어요? 할머니 휴대폰이 꺼져 있어서요…"

'외할머니? 글쎄… 나도 어제, 오늘은 통화 안 했던 것 같은데? 아마 할머니 또 깜박 잊고 휴대폰 충전 안 해두신 모양이야. 실은… 할머니께서 요즘 들어 부쩍 깜빡깜빡 잊어버리시는 일들이 잦아지셔서 괜찮은 요양원이나 합리적인 실버타운을 좀 알아봐 달라고 하셨거든.'

"실버타운이요? 아니… 예전부터 할머니는 혼자 자유롭게 사시는 게 좋다고 늘 그러셨잖아요. 근데 갑자기 왜… 할머니께서 뭘 얼마나 잊어버리시길래요?"

'아직 특별히 어떤 진단받으신 건 아닌데 그래도 전보다 건망증이 심해지신 것 같아서 왠지 더 걱정되시나 봐. 그도 그럴 게 한복집 정리하신 다음부터 댁에 주로 혼자 계시다 보니 얼굴 보고 자주 대화를 나눌 사람도 없고, 본인 하나만을 위해서 밥하시는 것도 번거로우셨는지 자주 끼니를 거르시거나 간단한 걸로 대충 때우시며 지내시면서 체력이 많이 약해지신 모양이야.'

지은은 예상치 못했던 외할머니의 소식에 머리가 멍해져 한동안 말을 잇지 못했다. 통화를 할 때마다 외손녀 걱정뿐이던 외할머니는 정작 자기 자신을 제대로 돌보지 않았고, 뒤늦게 그 사실을 알게 된 지은의 마음은 한없이 먹먹해져 갔다.

한참 감춰둔 이야기를 이어가던 엄마가 수화기 맞은편의 고요함에 지은을 부르자, 엄마의 외침에 생각에서 빠져나온 지은이 급히 통화를 마무리하고 정신없이 외출 준비를 시작했다. 디지털 기기 너머로 오고 가는 몇 마디 말 대신 직접 눈으로 확인해야만 요동치는 마음을 진정시킬 수 있을 것 같았다.

 얼마간을 달려 고속버스터미널에 도착하자 익숙한 광경이 지은을 맞이했다. 어딘가 조금은 변한 듯한 느낌도 있었지만 그래도 아직은 여전한 기억 속 모습에 반가움을 느끼며 걸음을 옮겼다. 장마가 끝난 뒤 본격적으로 시작된 무더위에 내리쬐는 햇빛이 따갑도록 강렬했고, 오랜 기다림의 끝에 마주한 여름을 즐기는 듯 매미는 세차게 울어대고 있었다.
 터미널을 빠져나와 몇 발짝 떼지 않았는데도 높은 온도에 순식간에 땀이 맺혔다. 지은은 승강장에 대기 중인 택시에 올라타 에어컨 바람으로 열을 식혀내고 나서야 무작정 이곳에 달려온 이유를 떠올렸다. 전화가 연결되지 않아 생기는 답답함은 곧 갖가지 부정적인 상상을 불러왔고 그 무엇보다 확실한 방법을 찾게 했다. 맞은편 입장이 되어보니 지은을 향한 외할머니의 걱정이 왜 나날이 늘어갔던 것인지 조금은 알 것도 같았다.
 여전히 멈춰 있는 상황 속에 지은의 휴대폰 화면을 가득 메운 상대방 연락처 아래로 닿지 못한 불안함만이 차곡차곡 쌓여가고 있었다.

지은의 외할머니는 전주 한옥마을에서 전통 한복집을 운영하였다. 한옥마을이 전국적으로 유명해지기 전부터 그곳에서 꽤 오랫동안 자리를 지켜왔지만, 갑자기 전주의 관광명소로 주목받기 시작하면서 퓨전 한복 대여 전문점들이 많이 생겨나 점점 입지가 좁아져 갔다. 거기에 코로나 시국으로 인한 침체까지 더해져 결국 길었던 바느질에 매듭을 지을 수밖에 없었다. 멈춰 선 바늘은 외할머니 시간의 흐름을 느리게 붙잡는 듯싶더니 이제는 일상마저 흩트리는 중이었다.

목적지에 도착한 택시가 서서히 멈춰서자 지은이 생각에서 빠져나왔다. 횡단보도에서 신호가 바뀌길 기다리는 동안 스쳐 지나가는 자동차들 사이로 건너편 건물을 바라보며 그 위에 기억 속 장면들을 덧붙여 보기를 반복했다. 한때 외할머니의 삶을 수놓던 공간은 많은 사람들의 하루를 충전해 주는 프랜차이즈 커피전문점이 되어 새로운 만남을 이어가고 있었다. 지은은 허전해지는 마음을 애써 털어내며 친숙한 길을 따라 걸음을 재촉했다.

외할머니댁 초인종의 노랫소리가 모두 끝날 때까지 열리지 않는 문에 초조해진 지은이 다시 벨을 누르며 대문을 두드리기 시작했고, 손에 힘이 더해지는 순간 집 안에서 인기척이 들려왔다.

'올 사람이 없을 텐데 누구지… 누구세요?'

옅은 목소리가 흘러나오며 슬며시 열리는 문에 마음이 놓인 지은이 불퉁한 목소리로 걱정을 쏟아내었다.

"할머니, 휴대폰을 꺼놓으시면 어떡해요. 계속 연락이 안 돼서 얼마나 놀랐는지 아세요? 오죽하면 제가 여기까지… 어, 누구…세요?"

지은은 외할머니 대신 등장한 뜻밖의 인물에 당황하면서도 어디에서 본 것 같은 낯익은 얼굴을 찬찬히 바라보았다. 문을 열어준 사람 역시 고개를 갸우뚱거리며 지은을 눈에 담더니 곧이어 반가운 목소리로 말을 걸어왔다.

"혹시 지은이니? 어머, 벌써 이렇게 많이 컸네~. 지나가다 마주치면 못 알아보겠다. 나 찻집 할머니야, 도영이네 할머니. 너 어렸을 때 우리 도영이랑도 많이 놀고 그랬는데 기억나니?"

"네? 아, 안녕하세요… 너무 오랜만에 뵈어서… 근데 할머니께서는 저 어떻게 알아보셨어요?"

"그거야 너희 외할머니가 지은이 네 자랑을 얼마나 많이 하셨다고. 볼 때마다 사진 보여줬던 게 오늘 드디어 빛을 발하네, 외손녀가 비행기 스튜어디스라며 얼마나 좋아하시던지."

"아… 정말요? 저는 지금껏 외할머니께서 저 스튜어디스 하는 거 별로 안 좋아하시는 줄 알았거든요."

"아무래도 시간까지 다른 모르는 나라에 뚝 떨어져 있다고 생각되면 나이 든 어른들 입장에서는 더 걱정되는 법이니까. 나는 우리 도영이가 커피숍 연다고 여기서 서울만 갔는데도 한동안 걱정됐는데 외할머니는 더하시겠지. 아이고 참, 외할머니 만나러 왔지? 나도 연락이 안 돼서 잠깐 들렀다 가는 길이었는데, 외할머니 안에 계시니까 얼른 들어가 봐."

찻집 할머니와 인사를 나누고 집 안으로 들어선 지은이 외할머니를 부르며 찾았고, 들려오는 지은의 목소리에 놀란 외할머니가 뛰어나오며 반겨주었다.

"꼭 우리 강아지 목소… 응? 지은이 네가 연락도 없이 어떻게 왔어? 오늘은 비행기 안 타?"

"할머니가 전화를 안 받으셔서 여기까지 왔잖아요… 할머니 어디 아프신 건 아닌지 얼마나 걱정했는데요, 휴대폰은 왜 계속 꺼져 있어요? 설마 어디 고장 났어요?"

"아니, 그런 건 아니고… 충전하는 줄을 계속 찾고 있는데 안 보이길래 나중에 큰 마트 가면 사려고 했지. 특별히 전화 올 곳도 없어서 느긋하게 생각했더니 우리 강아지가 이렇게까지 걱정할 줄 알았으면 택시라도 타고 다녀올 걸 그랬네."

"할머니, 충전기는 대형마트 말고 이 근처 편의점에도 팔아요. 아니면 급한 대로 보조배터리로라도 충전하셨으면…"

지은은 아무 일도 없다는 사실에 안도하면서도 불안한 나머지 외할머니를 향해 툴툴거리며 잔소리를 늘어놓다 문득 방 안을 둘러보고 말끝을 흐렸다. 지나온 외할머니의 시간만큼 손때가 묻은 가구들과 요즘 유행하는 디자인과는 거리가 먼 가전제품, 그리고 빛나던 찰나의 순간을 담은 빛바랜 사진까지. 물건들 대부분이 시간을 거슬러 과거에 머무르고 있었다. 희미해져 가는 추억들만이 잠들어 있는 공간에 누군가 알려주지 않은 새로운 일상 아이템이 있을 리가 없었다.

지은은 자기 삶을 채우는 데 급급해 가끔 던져오는 외할머니의 궁금증이 단순한 호기심이 아닌 도움이 필요하다는 신호였음을 미처 알아차리지 못했다. 자신의 무신경한 반응에 외할머니 혼자 외로움을 떨쳐내셨을 날들이 떠올라 목이 꽉 막혀왔고, 자책 섞인 답답함을 씻어내기 위해 차가운 물을 찾아 주방으로 향했다. 냉장고를 열자마자 마주한 텅 비어버린 공간과 그 사이에서 흘러나오는 냉기가 유난히 더 차가워 순식간에 마음마저 시리게 만들었다. 눈치채지 못했던 외할머니의 공허함과 맞닥뜨린 순간, 걷잡을 수 없는 무력감이 지은을 향해 몰려왔고 귓가에는 전화기 너머의 엄마 목소리가 울리며 머릿속을 어지럽혔다.

그냥 이대로 새로운 거취에 대한 외할머니의 결정을 받아들여야만 하는지, 다른 대안은 없는 것인지 생각하면 할수록 더 아득해져만 가는 기분이었다. 물론 전문적인 시설에서 제공하는 체계적인 관리와 다채로운 돌봄 시스템으로 얻을 수 있는 안정감을 마냥 도외시할 수는 없었다. 하지만 가족들이 언제든 편히 오고 가며 자유롭게 시간을 공유하던 일상은 분명 앞으로 다른 모습을 하게 될 것이었다. 조금은 이기적인 마음에 괜한 욕심이 더해지자 무엇이 진정으로 외할머니를 위하는 선택인지 판단하기 어려웠다.

커지는 막막함을 떨쳐내기 위해 차가운 물을 벌컥벌컥 마시던 지은의 눈에 사진 한 장이 들어오며 시선을 사로잡았다. 붙박이처럼 늘 냉장고 문 위에 자리하던 액자 속 사진에는 어린 지은이 친구들과 모여 파티를 즐기는 모습이 담겨 있었고, 그 곁에는 지금껏 잊고 지냈던 오랜 친구도 함께였다.

냉장고에서 자석 액자를 떼어내 외할머니에게 가져간 지은이 다소 들뜬 목소리로 물었다.

"할머니, 이거 기억나세요? 여기 사진 속 곰 인형이요, 제 거 맞죠? 이 곰돌이 지금 어디 있어요?"

"응? 아… 그, 지곰이 말하는구나. 그 인형 지은이 네가 서울로 되돌아갈 때 도영이 주고 가지 않았었니? 네 동생이라며 그렇게 애지중지하던 걸 선뜻 선물하길래 나중에 집에 가서 혹시라도 후회하지는 않을지 할머니가 며칠 동안 얼마나 걱정했었다고."

외할머니의 말씀에 사진을 빤히 들여다보며 그날의 기억을 더듬어 보았지만 별다른 단서를 더 얻어내지는 못했다. 그저 친구들 모두가 사탕을 엮어 만든 색색의 목걸이를 하나씩 목에 걸고 즐거워하는 모습만 가득 담겨 여전히 그 순간을 이어주고 있었다.

사진 속 순수한 웃음이 옮은 듯 지은은 자기도 모르게 덩달아 미소를 지으며 액자를 원래 자리로 가져갔다. 자석 액자의 자성이 냉장고에 이끌려 소리를 내며 달라붙자, 지은의 머릿속에서도 어느 한순간이 번뜩이다 사라졌다.

'누군가와 함께하며 마음을 쓴다는 건 내 것을 나누는 게 아니라, 오히려 또 다른 마음들이 더해져 더 풍성해지는 거란다.'

파티의 사탕 목걸이가 달콤함의 위안 대신 누군가의 위기를 구하는 데 쓰였던 그 어느 날, 어린 지은에게 스며들었던 외할머니의 말씀은 긴 시간 잠든 듯 곁에 머물다 서서히 깨어나고 있었다. 중심을 잡지 못하고 흔들리던 마음도 이제야 마침내 다음 걸음의 내디딜 방향을 정한 것 같았다.

이와 더불어 난항을 겪고 있는 사건의 실마리도 의외의 곳에서 모습을 드러내는 듯 보였다. 지은은 액자 속 사진에서 알 수 없는 기시감을 느끼고 다시 한번 찬찬히 들여다보며 중얼거렸다.
"이런 사탕 목걸이랑 비슷한 걸 본 것 같은데… 어디서 봤더라?"
그 순간, 반짝이는 오색 크리스털 장식의 팔찌 하나가 머릿속을 스쳐 지나가며 흔들렸다.
기내에는 사생활 보호를 위해 CCTV가 없었지만, 그렇다고 촬영이 불허되는 것은 아니었다.
"객실에 보안카메라는 없지만… 대신 다른 게 있었네. 내가 왜 그 생각을 못 했지?"

달콤쌉쌀
생초콜릿

깊어가는 여름밤, 가볍게 근처 공원으로 라이딩을 다녀오던 정훈이 집 근처에 다다르자 조금씩 속도를 줄였다. 자전거를 정리한 뒤, 집으로 올라가던 길에 무심코 지나친 우편 보관함 위로 삐져나온 우편물을 보고 걸음을 멈췄다.
"어, 우리 집으로 온 거였네? 누가 보낸 거지?"
우편물을 뽑아 들고 보낸 사람을 확인하던 정훈의 표정에 물음표가 가득하더니 이어 무언가를 떠올리고 얼굴빛이 점차 흐려져 갔다. 1년 만에 자신을 찾아온 두 장의 편지는 같은 주소를 찾아온 것과 달리 받는 사람에 기재된 이름은 서로 달랐다. 정훈은 자신에게 왔지만 열어볼 용기가 나지 않는 편지와 이제는 전해줄 수 없는 나머지 편지를 든 채로 한참을 그 자리에 머물렀다.
1년 전, 여행지에서 우연히 만나게 된 느린 우체통을 보고 서현은 미래의 서로에게 메시지를 전하자는 제안을 했었다. 마음만 있다면 언제 어디서든 연결될 수 있는 시대에 1년이 지난 뒤에야 받을 수 있는 편지라니. 정훈은 짧은 기간의 타임캡슐을 예약해 두고, 그사이 바라는 모습대로 일상을 채워

가며 그리던 미래에 다가간다는 묘한 설렘에 휩싸여 서현의 말을 선뜻 받아들였다. 그리고 그렇게 약속되었던 1년이 지나 그날의 추억이 찾아왔지만, 정작 지금 정훈의 곁에는 서현이 없었다.

지난 8년 동안 그 누구보다도 가까운 사이로 지냈던 두 사람은 인연의 방향을 결정하는 말 한마디에 남보다도 더 먼 사이가 되어 어느새 3개월이 지나가고 있었다. 정훈은 불쑥 찾아온 느린 편지를 핑계 삼아 서현의 인스타그램을 몰래 엿보던 중, 방금 피드에 올라온 새 게시물을 확인하고 표정이 차갑게 굳어갔다.

오늘부터 새로운 시작, D+1. #고마워 #행복하자 #럽스타그램

사진 속에는 꽃다발을 한 아름 안고 있는 서현의 모습, 그리고 초콜릿과 샴페인이 담긴 상자가 화면을 가득 채우고 있었다. 거기에 그 아래로 연이어진 의미심장한 글귀와 해시태그는 정훈을 더 혼란스럽게 했다.

긴 시간 동안 서로의 일상을 공유해 온 만큼 언제나 같은 온도와 거리로 둘 사이를 유지하기란 어려웠고, 여느 연인들처럼 중간중간 헤어짐의 위기를 겪으며 극복하기를 반복했다. 그때마다 그 시기를 슬기롭게 잘 넘겨왔던 두 사람이었기

에 이번에 마주하게 된 의견 차이도 결국에는 잘 조율해 낼 수 있을 거라는 막연한 믿음을 가지고 있었다. 어쩌면 지난 추억과 시간에 기대어 서현의 방황이 잠깐의 흔들림으로 지나가 주기를 간절히 바랐을지도 모른다.

전과 달라진 상황 속에서 만나게 된 감정의 소용돌이 역시 잠시 쉬어가기로 한 시간 속에서 조금씩 가라앉아 다시 잔잔해지리라 생각했다. 하지만 그런 정훈의 예상을 비웃기라도 하는 듯, 무거웠던 마지막 안녕의 끝은 완전한 이별이었음을 오늘에서야 비로소 알게 되었다.

정훈은 끝까지 모른 척하고 싶었던 자신의 결별을 확인받자 머리를 세게 얻어맞은 것처럼 정신이 멍해져 한동안 하염없이 업로드된 사진만 바라보았다. 아무런 대책 없이 맞닥뜨리게 된 허망함과 상실감을 어찌할 줄 몰라 슬픈 헛웃음만을 지어 보이던 중, 알림음과 더불어 열린 창 위로 항공사 앱 알림 팝업이 떠올랐다.

데이 오프였음에도 회사 앱으로 온 메시지였기에 업무와 연관된 내용일 가능성이 컸지만, 사진에 갇혀 멈춰선 관심을 돌릴 수 있는 일이라면 무엇이든 상관없었다.

'부사무장님, 주니어 윤지은 승무원입니다~. 늦은 밤 실례지만 요번 뉴욕 비행 때…'

지은이 보낸 DM은 조심스럽게 시작된 서론과 달리 벙커에서 나눠주었던 초코바를 보답하고 싶다는 일상적인 내용이었다. 다소 경직된 상태로 메시지를 읽어 내려가던 정훈이 평범하면서도 섬세한 배려에 긴장이 풀려 편하게 답을 이어가기 위해 그날의 기억을 떠올렸다.

교대 후 소화해 내야 하는 일정을 머릿속으로 재점검한 뒤 벙커에서 잠을 청했지만, 떠오르는 생각에 뒤척이다 결국 주머니에서 초콜릿을 꺼내 들었다. 오래전 임용고시를 준비할 때부터 먹기 시작한 초콜릿은 어느 틈에 습관으로 굳어져 수험 생활을 접은 이후에도 종종 찾게 되었다. 유난히 힘들었던 날 초콜릿으로 위로받았던 기억들 때문인지 정훈은 그다지 단 것을 좋아하지 않음에도 초콜릿류 과자만큼은 놓을 수가 없었다.

예전과 다른 점이 있다면, 지친 마음과 집중력에 도움이 되길 바라며 하나씩 먹었던 게 이제는 바닥난 체력과 공허함을 채우기 위함으로 그 목적이 바뀌었다는 것뿐이었다.

초콜릿 한 조각을 입안에 넣고 살며시 눈을 감으니, 번져가는 달콤함에 몸과 마음이 서서히 노곤해지는 듯한 기분에 사로잡혔다. 정신이 아득해지며 안정적인 수면 상태로 접어들어 갈 무렵, 갑자기 발생한 작은 소동으로 인해 잠이 모두 달아나 버리고 말았다.

잠시 소란스러웠던 주변이 정리되자, 신입 크루는 느슨해진 긴장감 사이로 때늦은 배고픔이 몰려와 안절부절못했고,

정훈은 주머니에 남아 있던 초코 과자를 슬그머니 건넸다. 이에 주니어 크루도 붙임성 있게 나머지 초코바를 받아 가면서 뒤늦은 허기를 달랬다. 먹지 못한 크루밀에 대한 아쉬움은 미련으로 이어져 어두운 벙커 안에서 별 대신 음식을 헤아리게 만들었고, 이야기는 흘러 흘러 추억 속 맛에 다다랐다.

어슴푸레한 공간이 주는 적당한 익명성에 깊은 밤하늘 구름 위에서 느끼는 고요함이 더해져 감성을 자극했다. 봉인이 풀린 감수성은 어느 순간 추억들을 되새기며 마음속에 오래도록 간직해왔던 맛을 다시 한번 떠올리도록 부추기는 듯했다. 대체기의 간접 조명이 유난히 희미했던 탓일까, 아니면 조명의 조도만큼이나 아련해져 버린 순간 때문일까. 벙커 침대에 비스듬히 누워 도란도란한 목소리로 이야기를 나누던 정훈은 자신도 모르게 누르고 있던 마음을 조금씩 꺼내어 보였다.

크루가 얘기해 준 이색적인 밀키트는 소원해진 관계와 불투명한 미래를 전환해 줄 선물 같은 기회처럼 느껴졌고, 전에 없이 이벤트에 자꾸만 관심이 갔다. 수많은 시간이 흐른 지금도 어제 일처럼 생생하게 떠오르는 그날을 마지막으로, 다시는 맛보지 못해 더 그리운 기억 속 그 맛은 벙커를 벗어난 후에도 한참 동안 정훈의 머릿속을 떠나지 않았다.

생각에서 빠져나온 정훈이 지은의 DM을 다시 눈에 담고는 혼잣말로 답을 내었다.

"우연히 들른 편의점에서 2+1으로 행사하던 걸 산 거여서 나도 무슨 초코바였는지 정확히 기억이 잘 나지 않는데… 처음부터 다시 돌려받을 생각으로 나눠준 것도 아니었으니까 그냥 괜찮다고 해야겠다. 아, 그러고 보니 아까 확인하지 않은 DM이 하나 더 있었던 것 같은데… 그건 언제 왔던 거지?"

정훈은 문득 떠오른 또 하나의 알림이 마음에 걸려 답장을 보내려던 창을 닫고, 빨간색 불빛이 들어온 DM을 눌러 열었다. 낯선 아이디가 보내온 메시지에는 기내식 밀키트 이벤트를 소개하는 내용과 해당 링크를 첨부한 주소만 기재되어 있었다.

이번 메시지에는 그 흔한 짤막한 자기소개조차 없이 바로 본론을 담고 있었기에 정훈은 홍보를 위해 회사에서 보낸 전체 알림이라고만 생각하며 대강 읽어 내려갔다. 적당히 내용을 파악하고 창을 닫으려던 순간, 뉴욕 비행 중 벙커 속에서 들려왔던 목소리 하나가 정훈의 손가락을 붙잡았.

'…이벤트에 참여하실 수 있는 링크를 사내 다이렉트 메시지로 여기 계신 네 분께 보내드릴게요.'

연약한 간접 조명 불빛 사이로 희미한 실루엣만 보이며 서 있던 크루의 모습 위로 벙커에서의 마지막 대화들이 더해져 빠르게 스쳐 지나갔고, 메시지의 발신자가 회사가 아니었음을 그제야 눈치챌 수 있었다.

정훈은 어떤 형태로든 둘 사이가 시작되었던 그 초콜릿의 맛을 한 번만 더 맛볼 수 있다면 흔들리는 서현의 마음을 돌릴 해답을 찾아낼 수 있을 것만 같았다. 막연함 속에 자라난 헛된 희망은 점점 부풀어 허황된 기대로 번져갔지만, 이제는 펼쳐놓았던 모든 가능성을 접어야 했다.

그럼에도 남겨진 감정은 결정된 이별을 받아들이지 못하고 길었던 추억을 한순간에 없었던 일처럼 모두 지워낼 수 없다며 미련하게 고집을 부렸다. 시들어 버린 마음을 계속 붙들고 있어봤자 결국 아무것도 달라질 수 없다는 걸 알고 있었지만, 별일 아닌 것처럼 아무렇지 않게 끊어낼 자신이 없었다.

"단 한 번만이라도 좋으니까 마지막으로 서현이가 만들어 줬었던 그 생초콜릿 먹고 싶다. 오늘처럼 이렇게 막막하던 날에 큰 위로가 되어줬었는데… 시작과 끝이 같을 수 없다는 걸 알고 있는데도 자꾸 욕심이 나네. 이젠 정말 미련을 버려야 하는데 어떡하면 좋아."

이름을 떠올리는 것만으로도 명치 끝이 꽉 막힌 듯 답답해져 오는 탓에 한숨을 크게 내쉬어 마음을 짓누르고 있는 감정들을 날려 보냈다. 털어내려 애쓸수록 더 쌓여가는 고민에 지친 정훈은 조급한 생각을 버리고, 곁에 있는 사람들에게 집중하기로 했다. 뒤늦게나마 벙커 속 크루에게 DM으로 고마움을 전하며 지은에게도 잊지 않고 답장을 보냈다.

궁금증을 빨리 덜어주고 싶어 DM 대신 보냈던 카톡은 제 역할을 톡톡히 해냈는지 금세 메시지가 되돌아왔다. 벙커에서 함께했던 크루들을 기억하고 모두에게 링크를 보내주어 부담 갖지 않고 이벤트에 참여할 예정이라는 지은의 이야기에 정훈의 마음도 한쪽으로 기울어져 갔다.

밀키트로나마 재현된 그 맛을 느끼고 나면 왠지 연연한 마음도, 미련한 기다림도 모두 정리해 나갈 수 있을 것만 같은 생각에 사로잡혔다. 구차한 핑계일지도 모르지만, 결말이 정해져 버린 지금 어떠한 것이라도 좋으니 자신의 생각을 바꿔줄 계기가 필요했다.

허전한 마음에 정훈이 습관처럼 휴대폰 속 사진첩을 열자, 여러 추억 사이사이에 스며들어 있던 서현이 존재감을 드러내며 떠올랐다. 오늘부로 비워내야 할 파일이 되어버린 사진들을 한 장씩 넘기다 하릴없이 오래전 기억 속으로 빠져들어 갔다.

대학교 졸업반으로 임용고시 준비가 한창일 무렵, 복잡한 생각들로 불안해져 마음마저 이리저리 흔들리는 날이면 어김없이 정훈의 자리에 메모가 붙은 초콜릿이 놓여 있었다. 가끔은 구하려던 알짜배기 기출 문제 요약집이나 수업 실연 노하우가 담긴 자료가 깜짝 선물로 초콜릿과 나란히 정훈을 기다리고 있던 날도 있었다.

불확실함을 견뎌내야 하는 수험 생활 동안 자신감을 잃다 못해 자존감마저 갉아먹는 날이 주기적으로 찾아왔고, 그때마다 나 자신보다도 더 내 편이 되어 응원해 준 누군가의 힘 덕분에 다시 한번 기운을 내곤 했었다.

격려를 담은 초콜릿은 즐겨 앉는 강의실 자리뿐만 아니라

고시반 책상 위에도 종종 올려져 있었기 때문에 정훈은 초코요정이 자신과 같은 과 학생이거나 임용고시를 준비하는 고시반 학우이지 않을까 추측했다. 어쩌면 자신처럼 두 가지 모두 해당하는 교집합을 가지고 있을지도 몰랐다. 주변인들을 한 명씩 떠올리고, 누구일까 추리하며 단조로운 일상에 작은 생기를 불어넣던 일과는 1년이 다 되어서야 조금씩 가닥을 잡아나가는 듯했다.

정훈이 알아챈 여러 단서가 누군가를 특정하여 가리킬 무렵, 특별한 수제 생초콜릿을 끝으로 늘 궁금했던 마니토의 정체가 밝혀지면서 꽤 길었던 달달한 레이스는 새로운 막으로 넘어갔다.

고마움에서 비롯된 마음은 호감이 되었고, 스며든 관심은 자연스레 마음을 키워갔다. 하지만 부드러운 밀크초콜릿에서 시작한 사이는 다크초콜릿의 씁쌀함만을 남기며 지나온 시간에 녹아 본연의 형태를 잃어가고 있었다.

정훈은 갤러리 앱에 담긴 사진들 위를 맴돌며 몇 번이고 삭제 버튼을 향해 손가락을 뻗었지만, 결국 버튼을 누르지 못하고 창을 닫았다. 대신 DM 속 링크를 눌러 이벤트 창을 열고 조금은 비장한 표정으로 그 안의 내용을 빠짐없이 읽어 내려갔다.

처음 밀키트에 관한 정보를 접했을 때와 달리 돌리고 싶은 마음의 대상은 바뀌게 되었지만, 그날의 그 맛을 마지막으로 느껴보고 싶은 감정은 여전히 그대로였다. 시선을 돌려 시계를 확인한 정훈이 내일 비행 스케줄을 떠올리며 시간을 가늠해 보았다. 자정을 넘나드는 홍콩 퀵턴 비행으로 체력 소모가 클 것으로 예상되었지만, 늦은 오후 출근이었기에 조금 더 여유를 부려보기로 했다.

기억 속 초콜릿에 관한 것이라면 그 누구보다도 늘어놓고 싶은 이야기가 많은 정훈이었지만, 맛과 추억을 글로써 두서 있게 전달해야 한다는 점이 부담되었다. 게다가 아무리 익명성이 보장된다고 해도 사내 이벤트였기에 어디서부터 어디까지 솔직해도 괜찮을지 고민스러웠다. 정훈은 빈 화면 위에 글자를 썼다 지우기를 여러 번 반복한 끝에 인상 깊었던 순간들이 이끄는 대로 흘러가듯 기억을 써 내려갔다.

추천 메뉴 : 응원과 위로의 생초콜릿.

메뉴에 관한 이야기 : 대학교에서 영어교육을 전공했던 저는 여느 사범대생들과 다르지 않게 정석 루트를 따라 자연스레 임용고시를 준비했습니다. 모국어가 아닌 다른 언어로 더 큰 세상과 소통하는 즐거움을 알려주고 싶었고, 거기에 방학 때마다 초등 영어 캠프 보조 강사를 했던 경험이 더해져 선생님이라는 직업에 확신을 갖게 되었습니다.

하지만 기대했던 임용에서 최종 탈락하자 진로에 대한 자신감은 실망감과 불안함에 휩싸여 주변에서 던져온 목소리에 이리저리 흔들렸습니다. 모든 것을 쏟아부었던 날들의 종착지는 냉정했고, 그 사이에서 방향마저 잃어버린 탓에 어디로 가야 하는지 결정하지 못하고 멈춰 있는 날들이 계속되었습니다.

그러던 어느 날, 언제부턴가 잊을 만하면 한 번씩 제자리에 놓아두고 가던 초코 과자에 저만 아는 특별함이 쌓이기 시작했습니다. 이전까지 제 이름만 적혀 있던 메모에 격려를 담은 메시지가 한 줄씩 추가되는가 싶더니, 수업 실연이나 중요한 시험을 앞둔 상황에는 상자 속에 손수 만든 생초콜릿이 담겨 있곤 했습니다. 나 자신도 본인을 믿지 못해 휘청거리던 순간들 속에서 이름조차 알지 못하는 타인이 전해준 믿음은 정처 없이 표류 중인 마음을 붙잡을 수 있는 부표가 되었습니다.

글로벌 인재 양성에 이바지하고 싶었던 첫 꿈은 결국 아쉽게도 항로를 변경하게 되었지만, 그 과감한 선택 덕분에 지금의 제가 세계 곳곳을 누비며 다양한 손님들과 소통을 이어갈 수 있었습니다. 이제는 오래 꿈처럼 아득해져 버린 기억 속에서 떠올리는 것만으로 여전히 용기를 주는 그 맛을 다시 한번 느끼고 싶어 응모하게 되었습니다.

자신감의 묘약 같았던 추억의 생초콜릿은 수제로 만들어졌기 때문인지 시중에 판매하는 생초콜릿과는 다르게 반듯하고 균일한 모양을 지니지 않았던 것으로 기억합니다. 마무리로 뿌리는 코코아 파우더로도 미처 가려지지 못했던 서툰 모양은 만든이의 꾸밈없는 마음이 표현된 것만 같아 오히려 더 정감있게 느껴졌습니다. 이후 시간이 지날수록 노하우가 쌓인 것인지 점점 더 고른 모습을 갖춰갔지만, 여전히 제 머릿속에서만큼은 진심을 처음 마주했던 그 순간의 모양으로 남아 있습니다.

마니토의 생초콜릿 위에는 굉장히 입자가 고운 코코아 파우더가 얇게 입혀져 있어 한 조각을 입에 넣자마자 초콜릿 한 겹이 사르르 녹으며 일시적으로 마른 단맛을 퍼트렸습니다. 그리고 연이어 꾸덕꾸덕한 표면이 온기에 조금씩 녹아내리면서 눅진한 달콤함이 입안 가득 번졌습니다. 따뜻한 기운에 물러진 초코를 씹을 때마다 생초콜릿 특유의 쫀득쫀득한 식감에서 달고 부드러운 맛이 났던 것을 보면 다크초콜릿보다는 밀크초콜릿을 사용하지 않았을까 생각됩니다.

특히, 가장 인상적이었던 부분은 생초콜릿이 사라진 뒤의 끝맛이 굉장히 깔끔했다는 것입니다. 대게 초콜릿을 먹고 나면 카카오의 배합에 따라 마지막에 은은한 쓴맛이 감돌거나, 단맛이 남기고 간 약간의 텁텁함을 느끼곤 했는데 그 생초콜릿만큼은 달랐습니다.

누군가를 위한 마음이 담긴 음식에서는 이런 맛이 나는 걸까 하는 궁금증과 설렘을 처음 알게 해주었던 그 맛은 슬프게도 추억으로만 남겨진 채 더 이상 맛볼 수 없게 되었습니다. 이번 기내식 이벤트의 밀키트를 끝으로 수많은 날들에 새겨져 있던 소중했던 사람과 그때의 감정을 이제는 모두 놓아주려 합니다. 생초콜릿의 힘을 빌려 못다 한 마음들은 남김없이 녹여내고, 좋았던 기억들은 향기로 흩날려 보내며 미처 건네지 못했던 작별 인사를 하고 싶습니다.

오랜 시간이 흘러도 제게 늘 특별한 맛으로 기억되었던 생초콜릿이 앞으로는 손님들의 시간 속에 진하게 남아 루나 에어와 함께했던 여정을 오래도록 간직하게 해주었으면 좋겠습니다.

정훈은 지난 순간들을 회상하며 떠오른 그리움을 담아 정성껏 글로 옮겼다. 예상했던 것보다 더 많은 이야기들을 늘어놓는 바람에 시간은 벌써 자정을 넘어가고 있었다. 장시간 동안 한 자세로 앉아 스마트폰의 작은 화면만을 응시한 탓에 건조해진 눈을 깜박이며 이리저리 고개를 돌려 뭉친 근육을 풀어냈다.

사내 이벤트의 본래 취지는 손님들께 기내식으로 제공하고 싶은 맛을 소개하는 것이었기에 정훈은 자신이 작성한 내용이 주제에서 벗어난 것은 아닌지 마음에 걸렸다. 제출한 글의 주된 초점이 기내식의 완성도보다는 배송되는 밀키트로 사사로운 욕심을 채우는 데 맞춰진 것만 같아 고민스러웠다.

"변해버린 상황이 문제라면 문제인 거지, 어찌 되었든 생초콜릿에는 잊지 못할 추억이 깃들어 있으니까 죄가 없지 않을까?"

나직한 목소리로 혼잣말을 이어가던 정훈이 어두워진 휴대폰 화면에 비친 쓸쓸한 표정을 보고 한숨을 크게 내쉬었다. 긴 숨이 흩어지고 난 뒤 무방비한 찰나를 비집고 들어온 그날의 기억은 정훈을 또다시 이별의 순간으로 데려다 놓았다.

기나긴 수험 생활을 끝내고 임용고시에 종지부를 찍게 된 서현은 최종 합격자 발표를 확인한 날부터 연락이 뜸해지기 시작했다. 오랜 기간 꿈을 향해 달려왔던 시간만큼 참고 미뤄두었던 일들 또한 많았다는 걸 알고 있었기에 정훈은 공유하지 못한 시간의 아쉬움을 기꺼이 이해할 수 있었다. 하지만 임용 발령 후 이어진 여러 교육과 워크숍, 거기에 첫 학기의 시작이 쉴 새 없이 맞물리면서 만남은커녕 짧은 통화조차 하기 어려웠다.

그렇게 각자의 생활에 몰두하며 지내다 보니 어느새 몇 달이 지나갔고, 서현의 학교 중간고사 마무리를 기회 삼아 겨우 얼굴을 마주할 수 있었다.

"그동안 잘 지냈어? 오랜만에 만나서 그런지 괜히 어색하네, 학교는 많이 적응했고? 이렇게나 바빠질 줄 알았으면 그냥 조금 더 여유 있을 때 가까운 곳으로 여행이라도 다녀올 걸 그랬다, 그치?"

"이럴 줄 알았나, 뭐. 학교는 애들도 그렇고 같이 일하시는 선생님들도 모두 괜찮은 것 같아. 아직 배워야 할 것들이 많은 내가 문제지."

"앞으로 하나씩 채워나가면 되지, 이제 시작이잖아. 그보다 있지… 조만간 부모님께 인사드리러 가도 될까? 편하신 시간이 언제인지 여쭤보…"

"자, 잠깐만. 아니, 누구 부모님? 우리 부모님? 갑자기 오빠가 우리 엄마, 아빠한테 왜 인사를 드리러 와?"

시종일관 다소 시큰둥한 얼굴을 하고 있던 서현이 정훈의 말에 싸늘한 표정을 지으며 되물었다. 차가운 말투와 순식간에 얼어붙은 분위기에 당황한 정훈이 애써 침착하게 목소리를 이어갔다.

"어… 우리가 지금까지 만나온 시간들도 있고… 앞으로 함께할 더 먼 미래를 그려보면 어떨까 싶어서. 서현이 네가 너무 부담스러…"

"아니, 그러니까 먼 미래에도 왜 우리가 함께일 거라고 생각하는 건데. 뭐, 8년 정도 만났으면 꼭 다 결혼해야 하는 거야? 그리고 나 이제 겨우 합격했는데 벌써 무슨 결혼이야."

"서현아, 어… 너 지금 하고 싶은 일들, 해야 하는 일들 많은 거 나도 잘 알지. 그래서 뭐 지금 당장 몇 달 후에 결혼하자는 게 아니라, 그냥 서로의 부모님께 정식으로 먼저 인사드리고 천천히 하나씩 생각해 보자는 의미였어. 너 예전부터 임용만 되면 꼭 결혼하자고 그랬…"

맞은편에 앉은 서현의 안색이 점점 굳어가는가 싶더니 답답하다는 듯 앞에 놓인 물을 거침없이 들이켜고는 정훈의 말을 가로챘다.

"오빠, 그때는 그랬었지. 선택은 오빠가 한 거였지만, 어쨌든 나 때문에 오빠 임용고시 포기했던 거였잖아. 내가 둘 다 불안하게 시험 준비하지 말고 한 사람은 취업하면 좋겠다고 해서. 그리고 생각에도 없던 항공사 지원했던 것도 내가 유학 가면 자주 못 봐서 불안하다고 승무원 해보는 건 어떠냐고 해서 간 거였잖아. 난 항상 오빠의 선택에 내가 1순위였다는 게 고맙고 미안하면서도, 한편으로는 좀 부담스러웠어. 그래서 결혼 얘기했던 거야."

쏟아지는 서현의 말에 정신없이 할 말을 고르는 정훈을 보며 서현이 이야기를 이어갔다.

"근데, 고맙고 미안한 마음만으로 결혼할 수는 없는 거니까. 그리고 오빠, 나 이제는 선생님이잖아. 그것도 불안정한 기간제 교사가 아니라 정식으로 임용고시 합격한 공립 학교 선생님. 이 말은 이제 내가 선이든 소개팅이든 앞으로 어디서 누구를 만나도 오빠 스펙 이상의 사람을 만날 수 있다는 걸 의미해, 무슨 얘기인지 알지?"

"서현아… 너, 왜 그래… 너 나 좋아했잖아, 우리가 같이 보냈던 시간들 모두 진심이었잖아. 나만 있으면 된다고… 그래서 우리 다시 만난 거잖아. 결혼 얘기 안 할 테니까 차라리 서운한 게 있으면 이러지 말고 그냥 얘기해, 응?"

"그거야, 오빠만큼 날 아껴주고 좋아해 줬던 사람이 없었으니까 그랬지. 근데 이제 그런 것들보다 조건 좋고 날 빛나게 해줄 사람이 필요한 시점 같아, 오빠 말대로 결혼까지 갈 상대라면 더더욱. 그리고 오빠, 나 이기적인 애라는 거 대충 알았잖아. 몇 년 전에 고작 임용 1차 통과했다고 최종 결과 나오기도 전에 선이랑 소개팅 끊임없이 나가고, 유학 갔던 곳에서도 외롭다고 썸 탔던 게 나잖아. 그러면서도 오빠 여사친들은 다 끊어놓은 사람이 나였는데, 뭘 새삼스럽게 그래."

"함께했던 모든 시간들이 이렇게 한순간에 쉽게 끝난다고…? 정말 어느 드라마 대사처럼 추억은 아무런 힘이 없는 거구나, 지금 우리처럼."

"하… 나라고 마냥 마음이 편한 건 아니야. 나도 이런 말 하는 거 편치 않아, 그렇지만 언젠가는 해야 할 말이니까. 지금 당장 너무 힘들 것 같으면 우리 잠시 시간을 갖는 걸로 하자, 진지하게 서로에 대해 더 생각해 보면서. 그리고… 그동안 정말 고마웠어, 이건 진심이야."

정훈은 손에 쥔 휴대폰 위로 굴러떨어진 물방울에 놀라 생각에서 빠져나왔다. 열이 오른 볼 위로 그려진 길을 따라 눈물방울이 계속 선을 덧칠했다. 눈물이 떨어지면서 화면을 두드리는 바람에 잠금 화면 속 서현은 웃으면서 울게 되었고, 멍하니 그 모습을 바라보던 정훈이 속삭였다.

"네가 정말 미운데… 도저히 네가 싫어지지 않아. 나 어떡하지, 서현아?"

* * *

새벽 감성에 젖어 머릿속에 떠다니는 생각들을 쓰고 지우다 겨우 잠이 들었기 때문인지 눈가의 부기가 좀처럼 가라앉지 않았다. 퉁퉁 부어버린 눈 때문에 시야가 평소보다 좁아져 본의 아니게 움직임이 둔해졌다. 출근 전까지 아직 여유가 있었기에 마음을 놓았던 것도 잠시, 거울 속에 비친 모습을 확인하고는 급하게 검색창을 열었다.

생활의 지혜를 모아놓은 공간의 조언을 따라 냉동실에 넣어두었던 아이스팩으로 눈 주위를 냉찜질하며 퍼지는 차가운 냉기로 정신을 가다듬었다. 내 손을 떠나버린 상황에 얽매여 있는 것보다 내 선에서 결정할 수 있는 부분에 집중해야 할 순간이었다.

'손님 여러분, 안녕하십니까? 갤럭시 얼라이언스 루나 에어라인 177편의 탑승을 환영합니다. 홍콩 국제공항까지 비행시간은 3시간 45분이 걸릴 것으로 예상하며…'

무사히 눈의 부기를 가라앉힌 정훈이 이륙 전 기내 안내방송에 맞춰 복도를 걸어 다니며 최종 기내 점검을 시작했다. 여유로운 미소를 띤 표정과 달리 눈은 바쁘게 이곳저곳을 확인하며 마지막까지 긴장을 늦추지 않았다.

비즈니스 클래스를 지나 갤리로 향하던 중, 어딘가 편치 않은 듯한 표정의 손님과 눈이 마주쳤다. 어색한 모습에 정훈이 목적지를 바꿔 걸음을 옮기려고 하자 손님은 초조한 표정을 감추며 급하게 손사래를 쳤다. 정훈이 잠시 망설이는 사이 기내에 좌석 벨트 사인이 울려 퍼졌고, 손님의 좌석 번호만 눈에 담은 채 제자리로 돌아가야만 했다.

안전하게 이륙 후, 벨트 사인이 꺼지자 정훈은 갤리로 이동해 조금 전 그 좌석 번호를 손님 명단에서 찾았다. 해당 명단에는 스페셜 밀 주문 내역이나 기내 면세품 사전 구매 대신 기내 케이크 서비스가 예약되어 있었다. 특별 케이크 서비스 이벤트는 비행 전 객실 브리핑 시간에 이미 숙지한 부분이었기에 무엇이 그토록 손님을 긴장하게 만들었는지 알 것 같았다.

마음을 놓고 기내식 서비스 준비에 돌입할 무렵, 갤리의 커튼 너머에서 낮고 조심스러운 목소리가 들려왔다. 정신없이 분주한 크루들을 대신해 커튼 밖으로 나간 정훈이 아까 그 손님과 마주하게 되었다.

"손님, 도움이 필요하십니까?"

"아… 저… 오늘 케이크 서비스 신청한 사람인데요, 깜박하고 시간 지정을 안 한 것 같아서요. 혹시 기내식 서비스 다 끝나고 마지막에 케이크 받아볼 수 있을까요?"

"아, 물론입니다. 그럼 해당 클래스의 기내식 서비스가 모두 종료된 이후 주문하셨던 케이크 서비스 진행하도록 하겠습니다. 함께 곁들이실 음료는 어떤 걸로 준비해 드릴까요?"

"어… 음료는 레드 와인으로 주세요. 그리고 서비스 준비해 주실 때 이 토퍼 장식을 케이크 위에 같이 올려주실 수 있을까요?"

"네, 준비된 케이크 장식과 어울리는 곳에 올려 서비스 제공해 드리도록 하겠습니다."

비즈니스 클래스의 기내식 서비스가 종료된 후, 정훈은 예정된 기내 서비스를 챙기기 위해 움직였다. 조심스레 작은 종이상자를 열어 케이크를 꺼내 들자, 생크림 위에 부드러운 초콜릿 파우더가 살포시 내려앉은 초코케이크가 달콤함을 뽐내며 모습을 드러냈다.

정훈은 쟁반에 케이크를 담아낸 뒤 손님께 미리 받아두었던 케이크 토퍼 포장을 열어 찢어지지 않게 조심조심 당겼다. 토퍼 장식은 불투명한 지퍼백에 담겨 있어 꺼내는 순간이 되어서야 메시지를 확인할 수 있었다.

Will you marry me?

멋들어진 필기체로 금빛 글귀를 담은 토퍼가 조명에 반사되어 눈부시도록 반짝였다. 알 수 없는 벅찬 느낌에 휩싸여 가슴이 꽉 막힌 듯 답답해진 정훈은 잠시 글귀를 바라보다 곧 케이크 중앙에 정성스레 토퍼를 꽂아 넣고 와인잔을 준비했다. 토퍼의 금빛 반짝이에 부딪힌 조명 빛이 케이크 위에 자리한 파베 초콜릿 조각들을 더욱 달콤하게 보이도록 만들었다.

밀 서비스가 마무리된 후 어두워진 조명의 색과 조도로 기내의 분위기가 한층 더 은은해지자, 정훈은 핀 조명이 켜진 좌석을 향해 살며시 다가가 감미로운 마음을 전했다. 손님이 기획한 비밀스러운 작전은 당사자를 놀라게 하는 데 성공했고, 태블릿 PC에 담긴 영상에 이어 프러포즈 반지가 등장하면서 이벤트는 해피엔딩으로 막을 내렸다.

홍콩까지의 첫 번째 비행이 안전하게 끝나고 얼마 후 인천행 비행이 다시 시작되었지만, 정훈의 마음은 여전히 어슴푸레한 기내를 핑크빛으로 밝히던 그 좌석에 머물러 있었다.

인천과 홍콩을 당일 왕복으로 오가는 퀵턴 비행 스케줄을 모두 마치고 나자 시간은 어느덧 새벽을 넘어 아침이 밝아 있었다. 한여름의 더위가 절정인 시기라 그런지 아직 이른 시간임에도 강한 햇빛은 아스팔트 예열에 한창이었다. 정훈은 커다란 공항 유리창에 비친 맑게 갠 하늘을 감상하다 시계탑이 가리키는 시간을 확인하고 서둘러 걸음을 옮겼다.

혼잡한 출근 시간대를 피해 여유롭게 퇴근길을 마무리하며 자동차 기어를 P에 놓았다. 조수석에 두었던 짐을 손에 들고 운전석 문을 열려고 하는 순간, 자동차 내비게이션 디스플레이 위로 문자메시지 알림이 떠올랐다. 정훈은 저장되지 않은 번호로 온 메시지가 괜히 궁금해져 보기 버튼을 눌렀다.

'똑똑! 눈부신 햇살처럼 강렬했지만, 이제는 아련해져 버린 순간을 담아낸 상자가 방금 이정훈 님께 배송 완료되었습니다. 지나버린 시간 속에 스며든 잊지 못할 그 맛을 리마인드 기내식으로 다시 한 번 느끼면서 달콤함 속에 감춰둔 진한 마음의 진짜 주인공을 찾아보세요. 첫 순간부터 세상에 단 하나뿐인 당신을 위해 그렸던 맛, 이번엔 그 진심을 따라가 보는 건 어떨까요? 바로 지금, 커스텀 기내식 밀키트와 함께 아름다운 마무리와 새로운 시작을 여는 비행을 떠나보세요!'

생각보다 긴 내용에 당황한 정훈이 느리게 스크롤바를 위아래로 옮겨가며 메시지를 눈에 담고는 멍한 표정으로 조용히 말했다.

"진한 마음의 진짜 주인공이라면… 누구를 말하는 거지? 밀키트니까 직접 만드는 사람, 그렇다면 주인공은 받는 사람 말고 주는 사람의 관점을 뜻하는 걸까?"

연이어 계속된 비행에서 밀려오는 피로감과 나른함 때문인지 문장을 읽어도 그 안에 담긴 의미가 머릿속에 들어오지 않았다. 그저 주요해 보이는 단어들 위주로 입력되고 있는 듯한 느낌에 멀뚱멀뚱 화면을 응시하다 배송 완료라는 문구에 빠르게 주차장을 벗어났다.

조급해진 마음은 운행 중인 엘리베이터를 미처 기다리지 못해 계단으로 뛰어가게 했고, 걸음을 재촉한 끝에 현관문 앞에 놓인 스티로폼 상자를 마주하게 되었다. 순백의 상자는 정훈이 급하게 달려올 것을 예상한 것처럼 시원한 냉기를 뿜어

내며 열기를 조금이나마 식혀주었다. 차가운 기운에 이끌려 상자를 들어 올린 정훈이 운송장에 기재된 이름을 확인하며 집 안으로 들어갔다.

비행을 간 사이 혹시라도 소나기가 올까 싶어 창문을 모두 닫아놓았던 터라 집 안은 덥고 습한 기운으로 가득했다. 금세 땀범벅이 된 정훈이 무의식적으로 상자를 더 꼭 끌어안으며 에어컨 리모컨을 찾아 헤매었다. 곧이어 에어컨 바람으로 더위를 밀어내자 몽롱했던 정신이 조금씩 또렷해지는 기분이 들었다.

"아, 이제 좀 살 것 같네. 여름이 해마다 갈수록 더 더워지는 것 같은데 앞으로 남은 더위가 어디까지 가려나."

쾌적해진 공기를 느끼며 한동안 우두커니 앉아 있던 정훈은 배송된 밀키트 상자를 기억해 내고 조심스레 열어보았다. 상자의 네모난 모양을 따라 둘린 테이프의 끝자락을 잡고 뜯어내자, 살짝 열린 틈 사이로 드라이아이스의 새하얀 연기가 조금씩 새어 나오며 차가움을 더했다.

투명 테이프를 모두 떼어내고 가벼운 뚜껑을 들어 올리자마자 상자 안에 갇혀 있던 기체가 한꺼번에 쏟아지며 신비스러운 분위기를 자아냈다. 연기가 주변으로 모두 흩어지면서 옅어진 냉기 사이로 생초콜릿이 프린트된 종이상자가 모습을 드러냈다. 정훈은 드라이아이스에 손이 닿지 않도록 주의하며 살며시 밀키트 상자를 꺼내 올렸다.

"진짜로 생초콜릿 밀키트네. 초콜릿은 먹어보기만 했지, 만들어 본 적은 없는데 모양이라도 비슷하게 완성할 수 있으려나…"

기대 반 걱정 반으로 종이상자를 연 다음, 그 안에 담긴 레시피를 자세히 읽어보며 기재되어 있는 재료들이 빠지지 않고 들어 있는지 살폈다. 대략적인 조리 순서를 익히고 소요 시간을 가늠해 보던 중 갑자기 불어난 시간에 계획을 변경해야만 했다.

"아, 초콜릿을 굳히는 데 필요한 시간이 있구나… 하긴, 고체 상태로 만들려면 당연한 건데 지금껏 한 번도 생각해 본 적이 없어서 그런지 괜히 생소하네."

정훈은 새로운 경험이 가져온 신선함과 맛에 대한 궁금증으로 피곤함도 잊은 채 초콜릿 만들기에 빠져들었다. 결국 밀키트에 대한 호기심은 야간 비행의 고단함을 이겨내고 주방에 서게 했다.

가벼운 복장으로 옷을 갈아입고 다시 부엌으로 돌아와 조리대에 초콜릿 재료들을 늘어놓았다. 간편하게 갖춰진 밀키트로 얼른 생초콜릿을 만들어 두고 초콜릿이 형태를 갖추는 동안 미뤄두었던 일들을 할 작정이었다. 정훈은 미리 숙지해 두었던 조리법을 재차 읽어가며 손을 움직였다.

커스텀 기내식 밀키트로 먼저 느껴보는 리마인드 기내식 : 달콤살살 생초콜릿 제작법.

- 전자레인지 용기에 초콜릿과 멸균 팩에 담긴 특제 휘핑크림을 넣고 가볍게 저어주세요.

- 용기를 전자레인지에 넣고 30초~1분 정도 녹여주시고, 초콜릿이 덜 녹은 부분이 있는 경우 10초 정도 추가로 녹여주세요. (700W는 1분, 1000W는 30초 이상 권장)

- 초콜릿이 모두 녹았다면, 그 위에 조각 버터를 넣고 전체적으로 잘 섞어주세요.

- 동봉된 굳힘 틀에 랩을 씌워준 다음 그 위로 초콜릿을 부어 평평하게 만들어 주세요. 그다음 추가로 밀봉하여 냉장실에서 2~3시간 정도 차갑게 굳혀 주세요. (굳히는 시간이 길수록 더 단단한 초콜릿을 맛볼 수 있습니다.)

- 권장 시간을 채운 뒤, 굳힘 틀 속의 랩을 들어 올려 단단해진 초콜릿을 꺼내고 균일하게 잘라주세요.

- 마지막으로 마법의 파우더를 체에 담아 생초콜릿 위에 골고루 뿌려주시면 완성입니다. 파우더를 올리실 때, 생초콜릿과의 기억을 담아 마무리하시면 추억의 맛에 더욱더 가까워질 수 있습니다.

※ 밀키트의 레시피를 따라가며 맛으로 녹여낸 마음을 느껴보세요. 달콤함 속에 감춰진 진심이 더 늦지 않고 제대로 전해지길 바랍니다. 무심코 놓쳐버린 단서의 조각들이 더해져 가려진 마음이 제자리를 찾아가는 리마인드 비행이 되시기를…

정훈은 레시피의 마지막 문장이 어쩐지 마음에 걸려 눈을 뗄 수 없었다. 응모할 때 제출했던 내용을 바탕으로 테마에 맞춰 작성된 문구일 테지만 어딘가 의미심장한 느낌이 들어 대수롭지 않게 흘려보내기 어려웠다.

"달콤함 속에 감춰진 진심, 놓쳐버린 단서의 조각… 그러고 보니 아까 메시지에도 이런 비슷한 말이 있었는데, 진심의 진짜 주인공이었던가? 근데 이게 다 뭘 의미하는 거지…"

마디마다 알 수 없는 무거움이 어려 있는 탓에 문장을 몇 번이고 곱씹어 보다 이내 해독을 포기하고 초콜릿 만들기에 빠져들었다. 조리법에 기재된 대로 전자레인지 사용이 가능한 그릇을 찾아 그 안에 초콜릿과 휘핑크림을 한데 넣고 실리콘 주걱으로 살살 뒤섞으며 고르게 만들기 시작했다.

추억 속에 각인된 맛을 느낄 수 있는 것도 오늘이 마지막이라고 생각하니 사소한 것도 그냥 지나칠 수 없어 전자레인지의 출력까지 꼼꼼히 확인하며 조리를 이어갔다. 경험이나 노하우가 특별히 없는 경우에는 설명서를 따라 그대로 움직이는 게 성공 확률을 높이는 가장 확실한 방법이었다.

착실하게 순서를 따라 다음 단계로 넘어가기를 반복하던 정훈의 얼굴에 갑자기 긴장감이 감돌았다. 잘 녹인 초콜릿과 버터를 섞은 반죽을 틀에 일정하게 부어놓아야 굳혔을 때 깔끔한 모양으로 완성될 것 같아 온 신경을 집중했다. 반죽이 들어 있는 틀을 이리저리 흔들기도 하고 두드리듯 가볍게 내리치면서 적당한 모양새를 갖춰내는 데 성공하자, 재빨리 틀

위로 랩을 씌워 냉장고로 향했다.

기다림은 때때로 무언가에 집중할수록 그리고 그 마음이 간절해질수록 오히려 시간을 더디게 만드는 얄미운 심술을 부리곤 했다. 정훈은 기다리는 시간이 지루해지지 않고 마지막까지 기분 좋은 떨림만으로 가득하길 바라며 일부러 바쁘게 몸을 움직였다.

밀키트 재료들이 들어 있던 포장지를 치우고 이어 조리대에 널브러져 있는 주걱과 그릇을 정리하며 벽에 걸린 시계를 의식하지 않으려 애썼다. 하지만 무의식적으로 계속되는 곁눈질에 결국 시계가 걸려 있지 않은 공간에 자신을 밀어 넣고 시간을 때우기로 했다. 째깍대는 초침 소리를 대신해 샤워기 물줄기로 얼룩진 이곳저곳을 닦아낸 뒤, 땀범벅이 된 자신까지 모두 씻어내고 나니 눈꺼풀이 천근만근으로 무거워졌다.

샤워 뒤 밀려오는 노곤함과 개운함, 거기에 살랑이듯 불어오는 에어컨의 무풍이 더해지자 정훈은 속수무책으로 잠에 빠져들었다. 잠들지 않기 위해 했던 행동들이 도리어 숙면을 불러온 아이러니한 상황이 되었다.

소파 위에서 까무룩 잠이 들었던 정훈이 유리창을 두드리는 소리에 뒤척거리다 눈을 떴다. 잠깐 잠든 사이 대지 위에 있는 모든 것들을 녹일 것처럼 쨍쨍하던 햇빛은 온데간데없고 우중충한 먹구름이 잔뜩 몰려와 굵은 빗줄기를 쉴 새 없이 쏟아내고 있었다. 난데없이 흐려진 날씨 탓에 시간을 가늠할 수 없어 휴대폰 화면을 켜자, 잠금 화면의 환한 불빛 너머로 시계가 나타났다.

"뭐야, 벌써 시간이 이렇게 됐어? 살짝 졸았다고 생각했는데 완전 푹 잤나 보네."

정훈은 졸음이 묻어나는 낮은 목소리를 내며 잠긴 목을 가다듬다 초콜릿을 기억해 내고 냉장고로 뛰어갔다.

계획했던 것보다 조금 더 시간이 지났기 때문인지 초콜릿은 정훈의 생각보다 단단한 느낌으로 굳어 있었다. 조리대를 정리하며 치워두었던 레시피를 다시 가져와 굳힘 틀 곁에 두고 다음 단계로 넘어갔다.

"초콜릿은 뭐, 이 정도면 처음치고 비교적 잘 자른 것 같으니까 패스. 마지막으로 마법의 파우더를 체에… 잠깐, 집에 체가 있었나?"

최종 마무리를 목전에 두고 체를 찾아 급히 주방 선반과 서랍을 뒤적이던 움직임이 어느 순간 느려지는가 싶더니 체와 닮은 채반을 손에 들고 고민에 빠졌다. 채반의 망이 체처럼 촘촘하지는 않았지만 다른 대안이 없었기에 그나마 비슷한 조리 도구를 활용하기로 했다.

한 손에는 스테인리스 채반을 그리고 나머지 한 손에는 마법의 파우더를 쥔 정훈이 큰 숨을 내뱉었다. 남들이 보기에는 그저 수제 초콜릿 하나를 만드는 것일지 몰라도 정훈에게는 특별했던 한 사람과 그 시절을 함께했던 자신까지 모든 추억과의 작별이었다.

정훈은 엄숙한 표정을 지으며 생초콜릿과의 기억들 중 하나를 꺼내어 마법의 파우더와 같이 걸러내었다. 체를 대신한 채반을 손으로 두드리자, 따뜻한 색감의 가루가 먼지처럼 흩날리며 그 너머에 익숙한 누군가의 얼굴을 그리는 듯했다. 정훈이 피어오르는 생김새를 눈여겨 살피느라 잠시 시선을 뺏긴 동안 진한 초콜릿 위로 고운 코코아 파우더 입자들이 살포시 내려앉으며 생초콜릿을 완성해 갔다. 채반을 거쳐 한층 더 부드러워진 파우더가 초콜릿을 감싸안으며 제법 그럴싸한 모습을 갖춰내자 맛에 대한 기대도 한껏 부풀었다.

　완성된 생초콜릿을 들고 식탁에 앉은 정훈이 떨리는 손으로 초콜릿 한 조각을 조심스레 입에 넣었다. 따뜻한 체온에 코코아 파우더가 사르르 녹아내리며 한순간에 사라지더니 쫄깃하면서도 크리미한 단맛이 입안 가득 번져갔다. 정훈은 혀끝에서부터 온몸으로 퍼져가는 달콤함을 천천히 음미하다 그리던 맛이 이끄는 대로 기억을 따라갔다.

　　　　　　　　　＊　＊　＊

　도서관에서 고시반 스터디실로 향하던 길, 등 뒤에서 누군가 부르는 목소리에 걸음을 멈춰 세웠다.
　"저기, 오빠. 잠깐만요, 정훈 오빠!"
　"어? 안녕, 근데 혹시 나 부른 거 맞아?"
　"네. 오빠, 도서관에서 나오시는 거, 보고 쫓아왔는데 걸음,

진짜 빠르시네요."

고개를 끄덕이며 숨을 고르느라 상대방의 말소리가 끊겼다 이어지기를 반복했다. 정훈은 오다가다 몇 번 마주치면서 가벼운 인사를 나눴던 얼굴을 알아보면서도 이름이 기억나지 않아 난감해졌다. 먼저 솔직하게 이야기하고 사과할지 아니면 나중에 곁에 있던 동기에게 넌지시 물어볼지 고민하는 사이 어색한 적막을 깨고 목소리가 이어졌다.

"저 수아 언니랑 같이 수업 듣는 같은 과 후배 박서현이에요. 전에 인사는 몇 번 드렸었는데 기억하세요? 선배님, 수아 언니랑 동기시라고…"

"아, 어, 기억하지. 수아랑 같이 있을 때 몇 번 봤던 것 같은데… 근데 나는 왜 불렀어?"

"아… 그… 오빠 전에 교생 실습 가셨던 학교 어떠셨는지 궁금해서요. 수아 언니 말로는 모교였던 중앙고로 가셨다던데 저도 거기 나왔거든요. 그래서 실습 학교 정할 때 참고할까 하는데 시간 괜찮으시면 저 이것저것 좀 물어봐도 돼요?"

서현의 말에 어리둥절해진 정훈이 당황스러움을 감추며 조심스레 말했다.

"저기… 나는 남고 나왔거든. 그래서 내가 갔던 중앙고등학교는 남학교인데…"

"네? 아… 중앙고가 남고였구나. 그럼 제가 커피 살 테니까 남학교는 어땠는지 알려주세요."

그날을 기점으로 정훈과 서현은 얼굴만 알고 지내던 사이에서 이야기를 나누는 사이가 되었다. 붙임성이 좋았던 서현은 오랜 시간을 공유해 온 것처럼 스스럼없이 상대를 대했기에 어느새 수아만큼이나 편하게 말을 나눌 수 있었다.

서로에 대한 세 사람의 친밀도가 각기 달라지는 동안에도 정훈의 마니토는 좀처럼 거리를 좁혀오지 않아 쉽사리 정체를 알아낼 수 없었다. 정훈은 메모지에 꾹꾹 눌러쓴 진심 어린 응원의 메시지가 담고 있는 마음이 무엇인지 궁금했던 처음과 달리 한결같은 고마운 믿음에 조금이나마 보답하고 싶어졌다.

임용고시 2차 시험까지 치러내고 최종 결과만을 기다리느라 마음이 초조하면서도 한편으로는 긴장이 풀려 느슨해지던 어느 날이었다. 여느 때와 다름없이 학교 고시반에 출석 도장을 찍으러 온 정훈은 독서실에서 나오는 서현과 마주쳤다.

"아, 깜짝이야. 오빠, 안녕, 안녕하세요? 시험 끝났는데 오늘도 나오셨네요?"

"응, 아무래도 합격자 발표가 난 건 아니라서 그런지 후련하면서도 불안해서 차라리 그냥 독서실에 있는 게 마음이 편할 것 같아 나왔어. 근데 너 왜 이렇게 놀라?"

"네? 어… 오빠 시험 끝났다길래 당분간 고시반 독서실에는 안 오실 줄 알았거든요. 참, 저는 그럼 약속이 있어서 이만 가볼게요. 다음에 봬요."

정훈은 평소와 다르게 어딘가 허둥대는 서현의 모습에 의

아함을 느꼈지만, 곧 대수롭지 않게 여기며 자리로 향했다. 시험에 집중하느라 미처 정리하지 못한 책상 한쪽에는 책과 연습장이 제멋대로 꽂혀 있던 탓에 높이가 들쭉날쭉했고, 눈길이 닿는 곳마다 덕지덕지 붙여놓은 포스트잇에는 밤하늘보다 더 많은 별들이 수놓아져 있었다.

어디서부터 손을 대야 할지 감이 잡히지 않아 난감해진 정훈은 잠시 동안 그저 멍하니 너저분한 상태를 바라보다 손길이 닿는 가장 가까운 곳부터 정돈해 나갔다. 늘어놓은 펜들을 한곳에 모아두고, 텅 빈 종이컵과 뜯어진 초코바 포장지를 손에 집어 드는 것만으로도 어수선했던 책상에 여유가 생겨났다. 조금씩 생겨난 공간에 힘입어 본격적인 정리를 위해 자리에 앉는 순간, 책상 안쪽에 놓인 무언가를 발견하고 손을 뻗었다.

정훈의 손가락 사이로 싱그러운 초록 색종이로 접힌 네잎클로버가 고개를 내밀었고, 클로버와 같이 붙어 있던 여린 연둣빛 종이가 반으로 접힌 채로 정훈을 맞이했다. 알 수 없는 반가움과 묘한 떨림에 휩싸인 정훈이 주위를 둘러보며 조심스레 쪽지를 펼치자, 그 안에 숨어 있던 코팅된 네잎클로버가 기다렸다는 듯 흔들리며 반겨주었다.

네잎클로버는 하나의 잎마다 모두 뜻이 있대요. 첫 번째 잎은 희망, 두 번째 잎은 사랑, 세 번째 잎은 행복, 그리고 네 번째 잎은 행운. 희망에서 시작된 일을 사랑하게 되고, 그 일로 누구보다 행복을 느끼는 당신에게 마지막까지 행운이 함께하길 빌게요. 다 잘될 거예요!

마니토가 남기고 간 응원의 메시지를 읽어가던 정훈의 입가에 편안한 미소가 번져가다 불현듯 떠오른 생각으로 인해 표정이 굳어갔다. 오늘따라 당황하던 얼굴과 어색했던 행동이 마음에 걸려 상대가 지나쳐 간 출입문을 바라보았지만, 그 어떤 실마리도 찾을 수 없었다.

정훈은 뜻밖의 인물이 초코 요정일 가능성에 대해 이리저리 고민해 보다 자의식 과잉이 빚어낸 말도 안 되는 일이라며 결론을 내고 관심을 접었다. 그리고 얼마 뒤 쉽게 단언했던 일은 새로운 국면을 맞이하게 되었다.

갑작스럽게 온 연락으로 무작정 집을 나선 정훈은 전혀 예상치 못했던 상황에 어안이 벙벙했다. 우선, 오늘이 자신에게 특별한 날이었음을 알게 된 순간부터가 시작이었다.

"오빠, 생일 축하해요! 가장 먼저 생일 축하해 주고 싶어서 실례를 무릅쓰고 일단 무턱대고 연락했는데, 얼굴 보고 직접 축하해 준 사람은 제가 처음 맞죠? 여기 선물이요."

"어? 아… 오늘이 생일이구나. 설 연휴 전에 최종 발표가 있어서 그것만 생각하느라 잊고 있었어. 축하해 줘서 고마워, 게다가 선물까지. 근데 오늘 내 생일인 건 어떻게 알았어?"

"다 아는 방법이 있죠~. 실은… 그것보다 오빠한테 오늘 꼭

해야 할 말이 있어서 왔어요. 이렇게 갑작스럽게 얘기하고 싶지 않았는데 앞으로 기회가 없을까 봐 겁이 나서요. 그동안 오빠 자리에 초콜릿 두고 간 사람, 저예요."

서현의 폭탄 발언에 정훈은 머릿속으로 적절한 대답을 골랐지만, 당황한 나머지 의미 없는 감탄사만을 연발하며 어색하게 서 있을 뿐이었다. 서현은 고장 나버린 정훈을 대신해 자신이 건넸던 선물을 풀어 증명하듯 내보였다.

"어, 어? 이건…"

"봐요, 진짜 저 맞죠? 지금껏 뒤에서 응원할 수 있다는 것만으로도 좋았는데 앞으로는 직접 전해주고 싶어서 어렵게 용기 냈어요. 오빠, 좋아해요."

서현이 열어 보여준 상자 안에는 따뜻한 색감의 부드러운 생초콜릿을 배경으로 연둣빛 녹차 초콜릿이 정중앙에 돋보이게 놓여 있었다. 파릇파릇한 새싹을 닮은 하트 모양 초콜릿이 모여 네잎클로버를 이루고 있는 모습 위로 얼마 전 자리에 놓여 있던 선물이 겹쳐 보였다.

연이어 쏟아진 서현의 고백들에 얼떨떨해진 정훈이 떨리는 목소리로 대답했다.

"어… 일단 여태껏 응원해 줘서 정말 고마워. 마니토가 서현이 너일 줄은 몰라서 그런지 나 너무 당황했나 봐, 무슨 말을 어떻게 해야 할지 모르겠어. 나는…"

"수아 언니인 줄 알았죠? 괜찮아요, 그렇게 생각했을 수 있어요. 그동안 고시반 출입증 없었을 때는 제가 수아 언니한테 부탁했거든요. 저 대신 오빠 자리에 몰래 놓아달라고. 처음엔 마음이 어떤 형태로든 그냥 전해질 수만 있다면 아무래도 상관없었어요. 분명 나인 걸 몰라줘도 괜찮았는데… 더는 계속 멀리서 숨어 있고 싶지 않아졌어요."

서현은 입술을 달싹이며 머뭇거리는 정훈을 바라보다 담담히 말을 이어갔다.

"오빠 귀찮게 안 할게요. 딱 한 달만. 아니, 임용 최종 결과 나올 때까지만이라도 저랑 만나보면 안 돼요? 후회 없이 미련 남지 않게 도망치지 않고 내 마음 전하고 싶어요. 이후에도 오빠 마음이 변하지 않는다면 깨끗하게 물러설게요."

거침없는 서현의 직진으로 순식간에 마음의 거리가 가까워진 탓에 정훈은 정신이 하나도 없었다. 오랜 시간 동안 켜켜이 쌓아 올린 서현의 마음을 그저 고마움과 호감만으로 덥석 받아도 되는지 고민스러웠다. 하지만 이어진 서현의 이야기에 정훈도 한 걸음을 내딛기로 결심했고, 그렇게 좁혀진 사이는 약속했던 시간을 훌쩍 뛰어넘고도 오래도록 같은 곳을 향해 나아갔다.

∗ ∗ ∗

정훈은 생초콜릿이 입안 가득 단맛을 퍼트리며 남김없이 모두 녹아내린 후에야 추억에서 빠져나왔다. 기억이 미화된 건지 아니면 달라진 상황 때문인 건지 몰라도 전과 다르게 초콜릿이 사라진 뒤 씁쓸한 맛만 남아 곁을 맴돌았다. 어쩌면 이미 변해버린 마음을 미련스럽게 붙들고 있는 자신을 향한 서글픔이 담겨 왜곡된 맛을 내는 것인지도 몰랐다.

홀로 이별을 마주할 용기가 나지 않아 의지해 보려고 했던 초콜릿이 기대와 다른 맛을 가져오자 실망한 정훈이 허탈하게 웃으며 닿지 않을 말을 건넸다.

"최선을 다한다고 했는데… 어디가 문제였을까. 조금만 더 신경을 썼더라면 결과가 달랐을까? 이제는 돌이킬 수 없는데 아쉬움에 자꾸만 뒤돌아보게 돼."

헛헛함에 초콜릿을 연달아 입속에 넣고 혀끝으로 굴리며 달콤 쌉싸름한 맛을 덧칠하던 중 시선의 끝에 무언가 닿았다. 감당하기 어려운 상실감에 휩싸이던 날, 차마 열어볼 엄두가 나지 않아 숨기듯 꽂아두었던 동일한 디자인의 편지들이었다.

봉투의 정체를 알아차린 정훈이 몇 번의 망설임 끝에서야 느리게 온 편지들을 손에 쥐었다.

"지나온 시간만큼 글씨체도 알게 모르게 많이 달라졌었네, 한결같다는 게 생각보다 더 쉽지 않은 일이구나."

정훈은 각자의 필체가 한곳을 향하던 마지막 순간을 그리는 듯, 종이 위에 새겨진 글자들을 매만지다 봉투 하나를 열어 그 어느 날의 그들을 엿보았다.

서현에게 보냈던 자신의 편지에는 지금껏 그래온 것처럼 앞으로도 곁에서 나란히 걸어갈 나날들에 대한 계획과 진심을 담은 약속들이 담겨 있었다. 그러나 1년 사이에 짝을 잃어버려 반쪽이 된 이야기는 미완결로 남아 꿈꾸던 결말을 남김없이 접어야 했다. 정훈은 착잡해지는 마음을 힘겹게 달래며 몇 번의 고민 끝에서야 서현의 편지를 펼쳐보았다.

남몰래 마음을 전하지 않아도 되는 사이가 되면서부터 서현은 전처럼 손 편지를 건네는 일이 없었다. 그 때문인지 오랜만에 마주하는 손 글씨 하나에도 자신을 위해주던 지난날들이 떠올라 또다시 가슴이 떨려왔다. 하지만 자신과는 전혀 다른 이야기를 담고 있는 편지를 읽고 나서야 비로소 서현의 마음이 줄곧 자신과는 다른 방향으로 내딛고 있었음을 확인할 수 있었다.

"전부터 네가 그리는 미래에는 내가 없었구나… 바보같이 그런 줄도 모르고 매 순간 그날을 되돌아보며 후회했었는데. 이렇게라도 알게 되어서 다행이다, 이제는 더 이상 그 자리에서 하염없이 널 기다리지 않아도 될 테니까."

정훈은 손가락으로 편지지에 새겨진 글자들을 따라가며 다시 한번 눈에 담고는 편지를 하나로 접어 식탁 위에 올려두었다. 그리고 결연한 표정으로 휴대폰 갤러리를 열어 서현과의 추억을 하나씩 지워나갔다. 사진첩의 최근 파일이 줄어들면서 자연스레 시간을 거슬러 올라갔고, 앳된 얼굴의 두 사람이 전부 사라질 때까지 같은 움직임이 반복되었다.

마지막으로 인스타그램 앱을 켜고 서현의 최근 피드 속 밝은 얼굴을 바라보며 나지막한 목소리로 혼자만의 작별 인사를 건넸다.

"지난날들 동안 함께해 줘서 고마웠어, 서로여서 좋았던 순간들만 간직할게. 부디 행복했으면 좋겠다."

곧이어 본인 계정으로 돌아와 관련된 게시물들을 정리하는가 싶더니 돌연 방향을 바꾸어 계정 삭제 버튼을 눌렀다. 계정에는 서현과의 추억뿐만 아니라 드물게나마 인상 깊었던 비행 기록들도 담겨 있었기에 약간의 아쉬움도 있었지만, 처음부터 서현의 권유로 시작했던 활동이라 그런지 미련은 크게 남지 않았다.

휴대폰 메모리에 상당한 지분을 가지고 있던 인물이 사라지면서 생겨난 여유 공간만큼 정훈의 가슴 속도 뻥 뚫린 것만 같았다. 그리운 기억이 머물다 간 자리를 당장 무언가로 채울 수 없음을 알면서도 허전한 마음을 어찌하지 못해 남은 초콜릿을 무작정 입에 욱여넣었다. 무턱대고 급하게 입안을 채운 탓인지 뭉쳐있던 코코아 파우더 일부가 흩어지며 마른기침이 연이어 쏟아져 나왔다. '콜록콜록-'

당황한 정훈이 테이블 위에 놓인 머그잔을 잡았지만, 쉴 새 없이 튀어나오는 기침에 손이 미끄러져 안에 담겨 있던 물이 몽땅 엎질러지고야 말았다. 순식간에 덮친 물결로 식탁 위에 놓인 물건들은 빠르게 젖어들어 갔고 곁에 놓아두었던 손 편지도 예외가 될 수는 없었다.

기침이 잦아들어 물에 잠긴 편지를 조심스레 펼치자, 이미 잔뜩 번져버린 잉크로 얼룩진 글자들이 희미해져 가고 있었다. 정훈은 드문드문 사라져 버린 글씨가 남긴 빈칸의 단어들을 가늠해 보다 이내 쏟아진 물 위에 편지를 띄웠다. 물기를 머금어 무거워진 종이가 가라앉으며 편지에 새겼던 마음을 녹여내듯 지워갔다.

물에 섞여 묽어진 잉크처럼 언젠가 자신의 마음도 모두 투명해지기를, 그리고 다시 새로운 이야기를 써 내려갈 수 있기를 바라며 빛바랜 감정들을 흘려보냈다.

달빛의
조각들

전주에서 외할머니와 시간을 보내고 집으로 돌아오는 길, 여행 커뮤니티의 댓글 창을 열어본 지은이 급하게 어디론가 메시지를 보냈다. 작은 불씨가 저절로 사그라들기를 바라기엔 불꽃이 점점 거세지고 있었다. 불길이 걷잡을 수 없이 번지기 전에 진화하기 위해서는 정확한 사실과 여러 가능성을 하나로 모아야 했다.

'실은 뉴욕 비행 끝나고 불만 레터가 접수되었다는 공지를 받았거든요. 그래도 인터넷에 글까지 쓰실 정도로 언짢으신 줄은 몰랐는데… 올라온 녹음 파일 때문이라도 믿기 힘드실 수 있겠지만, 저는 절대로 그 손님께 그렇게 말씀드리지 않았어요. 이대로 가다가는 경위서만으로 끝나지 않을 것 같은데 제가 앞으로 뭘 어떻게 해야 할지 너무 무섭고 혼란스러워요.'

나린의 답장에 무언가 확신하게 된 지은이 자신의 계획을 전했다. 의견이 분분하던 커뮤니티의 댓글 반응은 음성 파일에 의해 빠르게 한쪽으로 치우쳐 꼬리에 꼬리를 물고 몸집을 불려가고 있었다. 이 속도라면 사건이 기사화되는 건 시간문제였기에 서둘러야 했다.

나린과 윤서는 승무원 동기들 단톡방에 여행 유튜버와 항공 유튜버 중 최근 뉴욕 비행과 관련된 영상을 본 적이 있는지 물어보고 연관 검색을 이어갔다. 지은 또한 인스타그램과 블로그를 중점으로 뉴욕 비행 기내식 소개 포스팅을 일일이 살펴보았고, 아울러 머릿속에서 아른거리는 팔찌의 이미지를 찾아 나섰다.

지은은 유명 브랜드를 기점으로 색색의 크리스탈 스톤이 엮인 팔찌가 판매될 만한 곳이라면 어떤 소품숍이든 넘나들며 범위를 좁혀갔다. 드디어 비슷한 느낌의 팔찌를 발견하고 나린과 윤서에게 이미지를 공유하려던 찰나, 동기들 단톡방 알림이 쉴 새 없이 울려댔다.

'방금 기사 뜬 거 봤어요? 이거 우리 항공사 말하는 거 맞죠?'
'이어진 후속 기사에는 벌써 회사명까지 떴던데요? 여행 커뮤니티에 올라온 글이 일파만파 퍼지면서 몇 달 전 비상 슬라이드 개폐로 램프리턴 했던 일까지 오르내리며 자극적인 기사들이 계속 나오고 있어요.'
'이번 일은 회사 이미지에 타격이 커서 조용히 넘어가지 않을 것 같던데 어떡해요.'
'녹음 파일에 나온 사람이 인턴 승무원이라던데 혹시 누구래요?'

지은은 암담한 내용만 가득한 메시지에 마음이 답답해져 채팅창에 글자를 썼다 지우기를 반복했다. 하지만 사건의 해명보다 명백한 증거를 찾는 게 우선이었기에 최근 업로드된 뉴욕 비행 브이로그가 있다면 알려달라는 말을 끝으로 대화창을 닫았다. 나린에게 주어진 시간이 얼마 남지 않은 듯했다.

뉴욕 비행과 연관된 컨텐츠에서 답을 찾지 못한 윤서가 검색 영역을 확장했다. 뉴욕 여행기를 담은 영상을 기반으로 탐색을 이어가던 중, 스치듯 지나간 반짝이는 액세서리에 비디오를 멈춰 세웠다. 지은이 공유했던 사진 속 팔찌의 모양과 흡사한 디자인이 바로 그 안에 있었다.

윤서는 화제의 수수께끼를 풀어줄 자그마한 열쇠라도 손에 쥔 기분에 주체할 수 없는 떨림이 몰려와 가슴이 두방망이질 쳤다. 지은과 나린에게 반가운 소식을 알리기에 앞서 귀국 비행이 담긴 기록이 있는지 업로드 내역을 확인하고 넘어가야 했다.

'오늘끼지 올라온 영상에는 귀국 비행이 포함되지 않았더라고요. 그래도 팔찌는 확실한 것 같죠?'

'네, 제가 기억하는 디자인이랑 동일한 제품이 맞는 것 같아요. 밀서비스 할 때 손목에 착용하고 계신 모습이 너무 예뻐서 인상 깊었거든요. 그리고 그 손님께서 작은 캠으로 기내식을 촬영하고 계신 걸 봤기 때문에 아마 그분이시지 않을까 싶어요. 문제는 기내 영상

부분이 안 올라와서 확인이 어렵다는 건데… 아직 편집 중이실 수도 있으니까 기재된 주소로 제가 한번 DM 드려볼게요.'

'저… 선배님. 그 손님께 다이렉트 메시지 보내는 건 제가 할게요. 아무래도 사건의 당사자가 직접 부탁드리는 게 맞는 것 같아요. 그리고 혹시라도 저 때문에 선배님들께 피해가 가게 되는 건 아닌지 걱정되기도 하고요… 저로 비롯된 일이니까 겁나더라도 피하지 않고 당당히 부딪쳐 볼게요. 선배님들 아니었으면 저 혼자 엄두도 못 냈을 거예요… 정말 감사합니다.'

소용돌이에 휘말려 잔뜩 움츠러들었던 나린은 흔들림 속에서 자신을 향해 내밀어진 손을 잡고 중심을 잡아갔다. 감당하기 버거운 돌풍이 몰아치는 순간에도 자신을 믿어주는 사람만 있다면 쉽게 꺾이지 않고 다시 나아갈 수 있었다.

나린은 떨리는 손으로 진심을 담아 해당 크리에이터에게 메시지를 남겼고, 긴박한 상황을 눈치챈 듯 얼마 지나지 않아 답장이 돌아왔다.

여행 유튜버는 귀국편 영상을 편집하던 도중, 디저트를 먹으며 기내식 총평을 이어가는 부분에 불만을 표하는 손님의 고성이 녹음된 것을 확인했다고 했다. 하지만 영상의 취지와 맞지 않는 데다 컴플레인 내용이 포함되면 불편해질 사람들이 있을 것 같아 그 부분을 잘라내고 게시하려던 차에 기사를 접했다며 말을 이었다.

'당연히 승객의 행동을 꼬집는 기사라고 생각했는데 정반대의 내용을 담고 있는 점이 이상해서 저도 음성 파일 찾아 들어봤거든요. 근데… 제 영상에 남겨진 것과 다른 부분이 많아서 당황했어요. 둘 중 하나는 진짜가 아니라는 건데… 이걸 알고도 가만히 있는 게 맞는 건지 고민되더라고요.'

긍정적인 답변에 힘을 얻은 나린이 진실을 알릴 수 있도록 도움을 요청했다. 유튜버도 여러 정황을 통해 나린의 억울함에 공감했지만, 그렇다고 부탁을 선뜻 수락하기엔 뒷일을 고려해 보지 않을 수 없었다. 게시된 관련 기사의 조회수 단위가 실시간으로 바뀔 정도로 관심이 집중된 만큼 진실 공방을 넘어 법정 싸움으로까지 번질 수 있는 민감한 사안이기 때문이었다. 그러나 커뮤니티에 올라온 음성 파일은 일부 구간만 편집된 것에 비해, 유튜버 영상에는 문제의 전후 사정이 더 길게 담겨 있었기에 사실을 입증하는 데 어느 정도 승산이 있을 것으로 예상되었다.

기내식 촬영 너머에서 들려온 목소리로 나린은 감춰졌던 사실을 알리며 누명을 벗고, 유튜버는 결정적 제보가 담긴 영상으로 자신의 채널을 더 알릴 수 있을 것이었다. 서로가 윈윈인 선택을 주저하며 고르지 않을 이유가 없었다. 고민 끝에 마음을 정한 유튜버가 답했다.

'문제의 목소리가 담긴 구간을 쇼츠 영상으로 업로드해서 반응을 본 뒤, 이어서 전체적인 영상을 올릴게요. 우선, 쇼츠 영상 올리고 나서 그 커뮤니티까지 흘러 들어갈 수 있게 주변에 널리 공유해 주세요.'

얼마 지나지 않아 유튜버의 계정에 새로운 쇼츠 영상이 게시되었다는 알림이 떴다. 나린은 해당 클립 영상을 윤서와 지은에게 보냈고, 두 사람 역시 동기 단톡방과 SNS 계정에 공유하면서 힘을 실었다. 드디어 반격의 서막이 올랐다.

화면 가득 기내식 메뉴에 초점이 맞춰진 짤막한 영상은 배경에 더해진 목소리로 인해 순식간에 조회수가 급증했다. 화젯거리는 새로 추가된 정반대의 실체에 뜨거워지고 있었고, 그건 쇼츠 영상에 달린 댓글도 마찬가지였다. 녹음 파일과 클립 영상에 담긴 목소리의 진위여부를 두고 갑론을박이 이어지며 각종 추측성 이야기들로 댓글 창이 불타고 있었다.

유튜버의 바람대로 짧은 영상은 그리 오래 지나지 않아 처음 논란이 불거졌던 커뮤니티에 도달하며 기사화되었다. 한쪽으로 치우쳤던 의견이 팽팽하게 맞설 무렵, 유튜버가 긴 영상을 추가로 공개하면서 균형이 무너져 내리며 거세게 기울어 갔다. 승무원의 갑질로 시작된 기사는 AI 음성 복제와 신종 딥페이크가 더해진 주제로 번져갔고, 작성자는 반전된 상황과 악화된 분위기에 당황했는지 급기야 커뮤니티의 글을 삭제하기에 이르렀다.

하지만 사태의 심각성을 파악한 회사의 판단으로 사건은

또 다른 국면을 맞이하게 되었다.

회사는 녹음 파일과 동영상 속 음성 내용이 달랐던 점을 들어 범죄 혐의성을 밝히고자 수사를 의뢰했다. 이후, 경찰 조사를 통해 녹음 파일의 일부 구간이 AI 음성 편집 프로그램으로 조작된 정황이 밝혀지면서 항공사는 커뮤니티 글쓴이를 허위사실 유포에 의한 명예훼손 혐의로 고소하기에 이르렀다.

누군가를 향한 미움의 불씨는 결국 자기 자신에게로 옮겨 붙어 거세게 타오르다 삽시간에 사그라들어 재로 변해갔다. 이로써 모든 일이 제자리를 찾아가는 듯 보였다.

며칠 후, 나린은 참고인 조사를 받으라는 수사관의 연락을 받고 경찰청 입구에 다다랐다. 죄인이 된 것처럼 두근대는 가슴을 진정시키며 멈춰선 걸음을 한 발짝 떼려는 순간, 가쁜 숨을 몰아쉬는 누군가가 나린의 곁에 멈춰 섰다.

"왜, 왜 이렇게 연락을 안 받아요. 벌써 조사 시작한 줄 알았잖아요."

"아… 어디서 유출되었는지 기자님들한테 자꾸 인터뷰 연락이 와서 모르는 번호는 못 받겠더라고요. 근데 부사무장님께서는 여기 어떻게 오셨어요?"

"어제 비행 마치고 윤서 씨한테 얘기 들었어요. 별일은 없겠지만 그래도 혼자 가기 무서울 것 같아서 왔어요. 그리고 동영상에는 제 목소리도 들어 있는 데다가 저도 그 손님을 응대했으니까 넓게 보면 사건의 관계인에 해당하는 사람 같아서요."

 불안함에 굳은 표정으로 수사과에 들어선 두 사람이 양해를 구하고 나란히 앉아 질문에 응했다. 담당 수사관의 물음에 따라 기내에서 벌어진 사건을 기점으로 한 사람씩 차분히 그날의 상황을 진술했다. 둘의 이야기를 들은 수사관은 사진 한 장을 보여주며 해당 인물을 알고 있는지 물었다.

 "어… 아니요, 잘 모르겠는데요. 어딘가 낯이 익은 것도 같지만, 모르는 분이에요."

 "저도 잘 모르겠습니다. 기내에서 마찰이 있었던 손님과는 생김새부터 연령대, 성별까지 공통된 부분이 없는 것 같은데요. 이분은 누구시죠? 혹시 커뮤니티에 글 올린 사람인가요?"

 "그럼 회사에 불만 레터 쓴 것도 이 사람이에요?"

 예상 밖의 인물에 당혹스러워진 두 사람이 사진을 가리키며 묻자, 수사관이 진정시키며 말했다.

 "일단 피의자가 커뮤니티 작성자라는 건 밝혀졌는데 불만 레터 쪽은 조금 더 조사를 해봐야 할 것 같습니다. 컴플레인 레터에 기재된 인적 사항이 피의자와 다르지만, IP주소가 동일하게 잡혀서 둘 사이의 연관성을 배제하기는 어렵다는 게 현재 판단입니다."

 조사가 막바지에 이르고 나린과 정훈의 긴장이 풀려가던 무렵, 격앙된 목소리가 울려 퍼지며 수사과를 뒤흔들었다. 날카로운 소리는 두 사람에게로 가까워지는가 싶더니 곧 나린을 붙잡고 매달렸다.

"왜, 왜 너만 이렇게 다 쉬워? 나보다 더 잘난 것도 없는데… 너만 아니었어도 그 자리는 원래 내 거였어, 나는 떨어지고 너는 붙었다는 게 억울해서 홧김에 그저 글 하나 끄적인 거였는데… 근데 결과적으로 이렇게 된 데에는 너도 어느 정도 책임이 있으니까 일 더 키우지 말고 적당히 이쯤에서 합의서 작성해 줘. 제발."

조금 전 사진 속에서 본 인물이 나린에게 떼를 쓰며 울부짖자, 수사관은 피의자를 조사실로 분리하며 말했다.

"고소를 한 건 항공사지, 저분이 아니에요. 그리고 본인 때문에 피해를 본 사람한테 이러시면 안 되죠."

"합의를 해줄 수 없다면 적어도 탄원서만이라도 써줄 수 있는 거잖아요. 저는 앞으로 어떡하라고요. 나 밀어내고 잘 지내는 게 얄미워서 그냥 살짝 골탕 먹이려던 것뿐이란 말이에요. 그리고 저는 쟤 때문에 떨어졌지만, 쟤는 저 때문에 잘리지는 않았잖아요. 막말로 직접적인 손해를 입은 것도 아닌데… 제가 미안하다고 사과할 테니까 여기서 끝낼 수 있게 회사에 잘 말해달라고 해주세요, 네?"

사건의 피의자는 나린에게 저지른 일에 대한 사죄보다 마지막까지 자신의 안위를 먼저 걱정하는 모습을 보여 주변 사람들을 벙찌게 했다. 애꿎은 누군가를 진흙탕 속에 밀어 넣고자 했다면 본인은 그 속에 파묻힐 만큼의 대가를 치러야 한다는 걸 몰랐던 모양이었다.

얼빠진 표정으로 겨우 경찰청을 빠져나온 나린을 위로하며 정훈이 말했다.

"실은 윤서 씨가 아무래도 처음 커뮤니티에 올라온 글이 뭔가 이상하다며 참고인 조사 때 동행해 줄 수 있는지 물어봤었거든요. 일반적인 손님들은 항공사 승무원의 직급을 한눈에 알아보시기 어려우실 텐데 콕 집어서 인턴 승무원이라고 올린 대목이 내내 마음에 걸린다고요. 오늘 같이 와서 확인해보길 잘했네요, 다 끝났으니까 걱정하지 말아요."

그리고 이어진 피의자 조사를 통해 사건의 전말이 드러났다. 경찰에 따르면 피의자는 항공사 1차 면접에서 나린과 같은 조였던 인물로 면접 당시 자신이 뽑히리라 생각했지만, 예상과 다른 결과를 받게 되면서 극심한 슬럼프에 시달렸다고 했다. 그러다 모든 마음을 내려놓으러 갔던 여행의 귀국길에 승무원이 된 나린을 마주치게 되자, 분노와 질투심이 들끓어 앞자리 승객의 컴플레인을 이용하기로 결심했다고 한다.

이에 동생 아이디를 빌려 불만 레터를 작성했고, 조작된 음성 파일을 유명 여행 커뮤니티에 올려 인턴 승무원의 불손한 태도를 공론화시킨다면 추후에 있을 정규직 심사에서 불이익을 줄 수 있을 것 같았다고 진술했다. 단 한 명이라도 더 탈락시켜 신입 승무원의 티오가 늘어난다면, 다음번 면접에서는 자신이 입사할 수 있을 거라고 믿어 이 같은 일을 저질렀다며 자백했다.

승무원의 횡포라며 삽시간에 수십 개의 관련 기사가 배포

되었던 것과 달리, 해명 기사 보도는 그 절반에도 미치지 못했다. 그럼에도 나린은 가슴에 맺혔던 응어리가 풀리는 기분에 여태껏 꾹꾹 눌러왔던 울음을 이제야 마음 놓고 소리 내어 터뜨릴 수 있었다.

＊ ＊ ＊

쾌청한 날씨와 구름 한 점 없는 파란 하늘이 끝도 없이 펼쳐진 가을, 나린이 영지와의 비행을 마치고 돌아온 뒤에도 예년과 다르게 더운 열기가 한창이었다. 그나마 햇빛의 기운이 세지 않은 아침, 저녁 시간대에 불어오는 바람은 제법 가을의 선선함을 담아 계절의 변화를 느낄 수 있게 해주었다.

긴장과 떨림으로만 가득했던 비행도 기분 좋은 설렘으로 바뀌어 갈 만큼 성장한 나린이 인턴 승무원으로 일한 지도 어느덧 1년이 다 되어가고 있었다. 곧 있을 정규직 진급 심사를 앞두고 유난히 마음이 복잡해지는 날이면 뒤척이다 잠을 설치기 일쑤였다.

"나린 씨는 필요한 영어 점수도 미리 준비해 뒀다면서요. 정규직 전환되는 거 크게 걱정 안 해도 될 것 같지만, 그래도 마음이 쓰이면 기내 방송문 연습해 보는 건 어때요? 아, 혹시 전에 불만 레터 받은 것 때문에 걱정돼서 그래요? 동일인의 소행이란 게 밝혀져서 그 건까지 사실관계 파악되었으니까 괜찮을 거예요. 이럴 게 아니라, 차라리 몸을 움직이면서 다른 생각을 덜어내는 것도 좋을 것 같은데. 혹시 강아지 좋아해요?"

나린의 고민을 들은 지은이 해결책을 제시했고, 그 결과 난 생처음 유기견 보호센터를 방문하게 되었다.

"저기… 안녕하세요, 봉사활동 오전반 예약한 서나린인데요. 보호센터 방문은 오늘이 처음이라서 그런데 어떤 것부터 시작하면 좋을지 알려주실 수 있을까요?"
"네, 안녕하세요? 예약하신 다른 분이 아직 안 오셔서요, 도착하시면 간단하게 오늘 일정 설명해 드리고 같이 이동할게요. 준비해 오신 마스크랑 장갑 먼저 착용하고 계시면 될 것 같아요. 활동하기 편한 옷 맞으시죠?"

나린이 고개를 끄덕이며 장갑을 착용하던 중, 방진복을 갖춰 입은 누군가가 대기실로 들어왔다. 그리고 익숙하다는 듯 센터 선생님과 인사를 나누더니 마스크로 얼굴을 감추고 나린의 곁에 섰다.

"우선 강아지들이 머무는 곳 청소부터 시작할게요, 이쪽으로 오시겠어요?"

센터 선생님의 안내에 따라 견사로 향한 나린은 다른 봉사자와 선생님들의 행동을 살피며 함께 움직였다. 청소를 마친 뒤 강아지들 식사 배식이 이어졌고, 이후 그릇 설거지와 물그릇을 채워주는 일들이 계속되었다. 유기견 센터 봉사활동은 처음이었기에 많은 것들이 서툴러 종종걸음으로 쫓아다니느라 고단하기도 했지만, 자신의 눈길과 손길 하나에도 꼬리를 흔들며 반겨주는 강아지들에게 둘러싸여 미소가 떠나지 않았다.

근처 공원에서의 강아지 산책을 끝으로 오전반 봉사활동이 마무리되면서 들고 갔던 배변 봉투 가방을 센터에 반납했다. 정신없이 몸을 움직이는 동안 마음을 짓누르던 고민이 하나 둘씩 떨어져 나갔기 때문인지 복잡했던 기분이 한결 후련해졌다. 그러나 개운함을 온전히 만끽하기보다 일정을 모두 소화해 냈다는 안도감으로 긴장이 풀려 센터 의자에 온몸을 내맡기듯 힘없이 주저앉았다. 몰려드는 피로감에 손쓸 틈도 없이 잠식되어 갈 무렵, 어디선가 나른한 친절이 다가왔다.

"저기⋯ 괜찮으시면 이거 하나 드시겠어요?"

들려오는 목소리에 고개를 돌리자 방진복을 들고 있는 한 사람이 나린에게 에너지바를 건네며 말을 이어갔다.

"저렇게 조그만 솜뭉치 같은 녀석들인데 어디서 그런 기운들이 솟아나는지 봉사활동 끝날 무렵이면 저는 늘 체력이 바닥이라서요. 그래서 언제부턴가 여기 오는 날이면 강아지 간식뿐만 아니라 사람 간식도 챙겨 오게 됐거든요, 괜찮으시면 하나 드세요."

"아⋯ 감사합니다."

상대방은 잠시 머뭇대다 과자를 건네받는 나린을 보고 웃으며 눈인사를 건네더니 센터 벽에 붙어 있는 QR코드를 휴대폰으로 찍고 멀어져 갔다. 나린은 선물로 받은 에너지바를 먹으며 멍하니 작아지는 뒷모습을 바라보았다. 기력을 모두 쏟아낸 후 맛보는 과자에 누군가의 배려가 더해진 덕분인지 그 어느 때보다도 달콤했던 한 조각이었다.

며칠 뒤, 간단한 필기시험과 면접을 끝으로 주니어 승무원이 되기 위한 모든 관문을 거쳤다. 정확한 결과 발표는 조금 더 기다려야 했지만 매 순간 최선을 다해 임했기에 후회는 남지 않았다. 어쩌면 마음 깊은 곳에 자리한 걱정의 늪에서 자신을 꺼내 올리는 여러 방법 중 한 가지를 체득한 이후, 마음을 정화해 온 덕분인지도 몰랐다.

그리고 비행 스케줄이 변경된 어느 날, 또다시 찾은 유기견 보호센터에서 나린은 방진복을 입고 있는 사람과 재차 마주치게 되었다.

"저… 안녕하세요, 저희 구면이죠? 지난번에 에너지바 챙겨주셔서 정말 감사했습니다, 그날 너무 지쳐서 제대로 인사를 못 드렸던 것 같아서요."

나린이 어색함을 무릅쓰고 쭈뼛거리면서도 먼저 다가가 말을 걸자, 상대방도 반갑게 맞아주었고 잠시 대화가 이어졌다. 그다음 이어진 견사 청소와 강아지 산책으로 연이어 시간을 공유하다 보니 이야기가 계속되었고, 나이와 거주지 등 서로의 공통점을 발견하면서 어느새 가까워져 갔다.

"여기 센터 봉사활동 하신 지는 오래되셨나요? 방진복까지 갖춰 입고 오셔서 활동하시는 모습이 굉장히 능숙해 보여서요."

"아… 동기 언니 추천으로 사내 봉사 동아리에 들어오면서 여기 처음 왔었는데, 너무 좋아서 동아리 활동 말고도 종종 오다 보니 햇수로는 벌써 한 3년 정도 된 것 같아요. 일하는 곳이 스케줄 근무하는 곳이라 밤낮이 자주 바뀌면서 면역력이 저하됐는지 어느 순간 강아지 털 알레르기가 생기는 바람에 방진복을 입게 됐어요. 알레르기도 귀염둥이들을 이길 수는 없더라고요."

"어? 저도 회사 선배님께서 알려주셔서 오게 됐어요, 마음이 복잡할 때 차라리 몸을 움직이면 괜찮아진다고 하셨거든요. 지금까지 여유가 없어서 회사에 동아리가 있는 줄은 몰랐는데 이번 기회에 한번 찾아봐야겠어요."

공원 산책을 마치고 센터로 돌아가는 길, 나란히 걷고 있던 두 사람의 뱃속에서 비슷한 소리가 연달아 들려왔다. '꼬르륵-.'

"저기, 시간 괜찮으시면 끝나고 점심 같이 드시겠어요?"

"네? 좋아요, 혹시 분식도 즐겨 드시나요? 이 주변에 떡볶이 진짜 맛있는 곳 있거든요."

떡볶이라는 단어에 나린이 눈을 반짝이며 홀린 듯 연신 고개를 끄덕였고, 그 모습에 같은 속도로 걸음을 내딛던 상대방이 웃음을 터뜨렸다.

가지고 갔던 소지품을 반납하고 센터 사무실에 들어와 옷매무새를 점검하는 나린의 뒤로 목소리가 들려왔다.

"잠깐만요, 저 이거 하나만 찍고 정리할게요."

나린이 테이프 클리너로 옷에 붙은 강아지 털을 떼어내다 고개를 돌렸고, 지난번처럼 벽에 붙은 포스터 속 QR코드를 촬영하는 모습에 궁금증을 참지 못하고 물었다.
"실례가 안 된다면 저 QR코드가 뭔지 물어봐도 될까요? 전에도 찍으시는 것 같던데…"
"아, 이거요? 우리 회사 앱으로 해당 코드를 찍으면 봉사활동 시간이 자동으로 기록되거든요. 이 시간을 포인트로 환산해서 적립한 다음, 일정액에 도달하면 회사에서 제휴 맺은 기관으로 필요한 물품들을 기부해 주는 시스템이에요. 물티슈부터 세제, 사료 등 여러 가지요."
"기업에서 사내 동아리 지원을 이렇게까지 적극적으로 해 주는지 몰랐어요."
"일종의 사회 공헌 활동인데 마음 나눔 지원 사업이라는 이름으로 여러 단체와 연계되어 있더라고요. 그래서 여기 유기견 센터뿐만 아니라 복지관이나 경로원, 그리고 아동복지시설 등 관심과 사랑이 필요한 웬만한 곳들은 대부분 연결되어 있어요. 봉사 동아리 직원들이 흔쾌히 시간을 내어준 것만으로도 고마운 일이라서 필요한 물품만큼은 회사가 후원하겠다는 취지래요. 어떤 시스템인지 궁금하시면 한번 보실래요?"
나린을 향해 불쑥 건네진 휴대폰 화면 위로 그동안의 봉사 이력이 줄줄이 나열되어 있었고, 온기에 온정이 더해진 시간들이 모여 또 다른 따스함을 전할 준비를 하고 있었다. 처음 보는 시스템이 신기해 한창 구경에 빠져 있던 중, 나린의 손끝에 'top' 버튼이 스치면서 화면이 거슬러 올라갔고 그와 동시에 펼쳐진 내용에 놀란 눈으로 상대방을 바라보았다.
"저기… 아까 얘기했던 동기 언니분 성함이 혹시 윤지은인가요?"
"어? 맞아요, 어떻게 알았어요? 잠깐, 그럼 회사 선배님이라고 하셨던 분이 지은 언니예요?"
나린의 들뜬 반응으로 서로의 교집합을 확인한 두 사람이 한층 가까워져 다음 목적지로 발걸음을 옮겼다. 뜻밖의 반가움에 급히 집어넣은 휴대폰의 앱이 종료되지 않아, 화면 위로 회사 로고와 짤막한 인적 사항이 떠오른 채 어두운 주머니 속을 밝혔다.
루나 에어라인 문라이트 주니어 캐빈 이지원.

　　　　　＊　＊　＊

"거기서 우연히 만났던 사람이 지원이었다고요? 둘이 인연이었나 보네~. 지원이도 애가 참 착하고 괜찮거든요, 동갑이니까 친하게 잘 지내봐요. 내 스케줄이요? 오늘 오프여서 조금 있다가 외할머니랑 인스타 빵집 나들이 가보려고요. 평일이니까 주말보다는 웨이팅이 길지 않을 것 같아서요."
지은이 나린과 통화를 마치고 본격적인 외출 준비에 나섰다. 지난번 휴대폰 배터리 사건으로 전주 외할머니댁을 다녀온 이후로 얼마간의 설득 끝에 외할머니를 집으로 모셔 올 수 있었다. 예전과 달리 지은에게 짐만 될 거라며 완강히 거절하는 외할머니의 마음을 돌리기 위해 임시 룸메이트로 함께 지내보기로 한 지도 벌써 두 달이 넘어가는 중이었다.
"할머니~ 준비 다 하셨어요? 이곳저곳 걸어 다니셔야 하니까 신발 편한 거 신으셔야 해요."
"아니, 무슨 빵 하나 먹는데 어디까지 가려고 그래~."
"에이~ 요즘 인기 있는 거 하나씩은 해보셔야죠. 그래도 명색이 젊은이랑 같이 생활하는데 유행에 뒤처질 수 없지 않겠어요? 그리고 전에 그 빵 드셔보고 싶으시다고 하셨잖아요~."
"그거야 그냥 지나가는 말로 그랬지, 아무 데서나 다 파는 줄 알았으니까. 할머니 때문에 괜히 멀리까지 나가지 않아도 돼, 모처럼 휴일인데 너도 집에서 좀 쉬어야지."
곁에 가까이 있어도 여전히 자신의 걱정이 우선인 외할머니 때문에 속상해진 지은이 일부러 서운한 표정을 과장되게 지어 보이며 어릴 적 기억들을 더듬어 늘어놓았다.
"제가 할머니랑 오랜만에 바깥 구경하고 싶어서 그래요. 그리고 할머니께서 저를 어떻게 키워주셨는데요, 어릴 때 저녁밥 다 준비됐는데도 TV에 나오는 회전초밥 먹어보고 싶다고 하니까 바로 백화점에 데려가 사주셨어요. 그뿐인 줄 아세요? 저 데리고 다니다가 목마르다고 하면 제가 제일 좋아하던 빵집 밀크셰이크 매번 손에 들려주셨던 분이 할머니셨어요."
지은의 이야기에 놀란 외할머니의 눈가가 촉촉해질 무렵 지은이 마지막 쐐기를 박았다.

"그렇게 사랑으로, 정성으로 돌봐주신 덕분에 이렇게 잘 자랐는데 할머니께 빵 하나도 마음대로 대접하지 못하게 하시니 저 너무 서운해요."

지은은 어린 자신을 더 넓은 세상으로 이끌어 주셨던 외할머니께 한집에서 지내는 동안만이라도 새로운 즐거움을 선물해 드리고 싶었다. 그 마음을 눈치챈 외할머니의 움직임으로 두 사람은 오랜만에 집 근처를 벗어났다.

외할머니 손을 꼭 잡고 호기롭게 앞장서던 것도 잠시, 우여곡절 끝에 도착한 인기 제과점 주변은 생각보다 너무 한산했다. 평일 낮 시간대임을 감안하더라도 약간의 기다림이 필요할 것이라는 예상과 달리 이상하리만치 빵집을 오가는 사람이 아무도 없었다. 점점 커지는 불안감을 안고 가게 앞에 가까이 다가선 뒤에야 마침내 그 이유를 알 수 있었다.

개인적인 사정으로 오늘 임시 휴무입니다. 죄송합니다.

출입문에 붙은 공지를 몇 번이고 다시 읽고도 믿을 수 없어 제과점 인스타그램에 들어가자, 불과 5분 전 올라온 피드에도 같은 내용이 담겨 게시되어 있었다. 한껏 기대했던 만큼 실망 또한 크게 다가와 눈에 띄게 시무룩해진 지은이 말했다.
"할머니, 여기 진짜로 오늘 쉬는 날인가 봐요. 일부러 시간 내서 멀리까지 왔는데 어쩌죠…"

"그럼 아껴뒀다가 다음에 다시 오면 되지, 괜찮아. 대신 지나쳐 온 길에 있던 카페에 가보는 건 어떠니? 사람들이 그렇게 북적이는 것 같지는 않았지만, 볶은 커피 원두 향이랑 은은하게 달큰한 차향이 어우러져 잠깐 스쳐 지나는 동안에도 향기가 참 좋더라."

"오는 길에 그런 곳이 있었어요? 전 아무것도 못 느꼈는데…"

"줄곧 앞만 보고 곧장 걸어갔으니 어쩌면 당연하지. 한 번씩 주위를 둘러보면 같은 길에서도 새로운 걸 발견하기도 하는 법인데 일상에서 여유를 갖기엔 요즘 세상이 너무 바쁘네."

손을 맞잡은 두 사람이 걸어온 길을 되돌아가며 이야기를 이어갔다.

"아무래도 그렇죠, 조금의 느슨함도 뒤처지는 걸로 인식해서 한없이 자신을 더 조여가게 만드니까요. 그러다 보니 삶을 이루는 매 순간이 점점 분주함에 쫓기는 출퇴근길 같아 가끔 서글프더라고요. 그런데 또 어느샌가 쫓겨 다니는 일상에 익숙해져 막상 틈이 생겨도 그게 행복인지 잘 모르겠어요."

"살아가면서 자라난 욕심의 키만큼 행복에 대한 기준도 덩달아 커져서 그런 게 아닐까? 욕심이란 게 지나고 보면 생각보다 헛된 것처럼 실상 행복도 대단히 특별한 무언가는 아닌데 말이야. 추운 겨울 눈앞에서 환승 버스를 놓치면 그 순간만큼은 괜히 불운하다고 느끼기도 하지만, 다음 버스를 기다리는 동안 맛보게 된 따뜻한 붕어빵 하나에 뜻하지 않은 행복을 찾기도 하는 법이잖아."

외할머니 발걸음에 맞춰 천천히 내딛던 걸음이 어느새 새로운 목적지에 다다르고 있었다. 바람에 실려 온 달고 고소한 냄새를 이정표 삼아 홀린 듯 따라가던 지은이 말했다.

"실은 기대했던 일정이 틀어져서 내심 아쉬웠는데, 이제는 오히려 지금처럼 돌아가다가 예정에 없던 일들과 마주하게 되는 순간들이 기억에 오래 남을 것 같아요."

'딸랑-.'

향기에 이끌려 들어선 카페의 내부는 깔끔했다. 이색적인 무드의 포토존이 마련된 인스타 감성 카페보다는 정형화된 느낌이었지만, 단조로운 프랜차이즈 커피숍보다는 나름의 개성을 지닌 인테리어였다.

지은은 자리를 잡기 위해 비어 있는 테이블을 중점으로 편한 공간을 찾아 이리저리 살폈다. 안쪽 자리는 헤드셋을 쓰고 노트북을 사용하는 사람들이 있어 비교적 정숙한 분위기였지만, 커다란 창가 자리에는 그룹으로 보이는 사람들이 모여 도란도란 이야기를 나누고 있었다.

잠시 고민하던 지은이 소그룹 가까이에 외할머니와 자리를 잡고 앉았다. 마음 놓고 대화를 나누기에는 적당한 소음이 있는 편이 부담이 덜한 데다 탁 트인 통창이 가져다주는 개방감을 놓칠 수 없었다.

"할머니, 이 자리 괜찮으시죠? 음료는 어떤 걸로 드시겠어요?"

"햇빛도 적당하고 바깥이 잘 보여서 좋네, 마실 건 달달한 차 있으면 그걸로 하고 싶은데."

"네, 그럼 달달한 차 따뜻하게 한 잔이랑 거기에 어울리는 디저트 골라서 주문하고 올게요."

외할머니는 지은의 말에 고개를 끄덕이면서도 시선은 지은의 등 너머를 향해 있는 듯했다. 고개를 돌려 외할머니의 시선을 따라간 곳에는 파스텔 빛 색동 조각보가 액자에 담겨 벽에 걸려 있었다. 허전함과 그리움이 담긴 눈빛을 보며 지은은 조용히 일어나 카운터로 향했다.

"주문하시겠어요?"

"네, 아이스 아메리카노 한 잔이랑… 저, 혹시 달달한 차 추천 좀 해주실 수 있을까요?"

"달달한 차요? 음… 저희 매장에 있는 차는 모두 본가에서 가져온 수제 청을 이용하는데요, 그중에서도 대추차랑 꿀배차가 단맛이 강한 편입니다."

"아… 꿀배차… 어, 그럼 커피 말고 대추차랑 꿀배차 따뜻하게 한 잔씩 주시고요. 디저트는… 흑임자 쿠키랑 단호박 양갱, 추가로 약과까지 더하면 너무 많나요?"

"흑임자 쿠키를 제외한 나머지 메뉴들은 달아서요. 이번에 새로 만든 유자 약과가 있는데 맛보기용으로 같이 드셔보시겠어요?"

주문을 마치고 진동벨을 받아 돌아오던 지은이 소지품만 덩그러니 남겨진 자리에 당황했다. 사라진 외할머니를 찾기 위해 주위를 둘러보다 다른 손님들 사이에서 나오는 외할머니를 보고 나서야 마음을 내려놓았다.

"할머니 안 계셔서 깜짝 놀랐어요, 아시는 분 계셨어요?"

"아니, 저 조각보가 예전에 내가 만든 거랑 비슷해 보여서 가까이 보려고 가는데 저분들이 매듭공예를 하고 있으시더라고. 나도 모르게 자꾸 눈길이 가서 슬쩍 보다가 헤매시는 부분 알려드리고 왔어. 이 근처 문화 센터에 매듭공예반이 있대."

"문화 센터요? 어머, 이번 기회에 할머니께서도 다녀보시면 좋을 것 같아요. 손끝 자극도 되고, 여러 사람들이랑 어울리시면서 새 친구도 사귀시고요. 우리 집 근처에도 매듭공예 하는 곳 있는지 한번 찾아볼게요. 빵집 대신 여기 들어온 게 신의 한 수였네요."

"나중에~ 언제 다시 전주 내려갈지도 모르는데 무슨. 그보다 저기 선반에 있는 곰 인형 봤니? 그 인형도 한복 입고 있더라, 따뜻한 색감 때문인지 오늘따라 옛날 생각이 많이 나네."

지은이 한복 입은 곰 인형이라는 말에 이끌려 다가갔고, 그곳에 놓인 아크릴 케이스를 바라보았다. 투명한 상자 너머에는 연분홍 치마에 연노랑 바탕의 파스텔 빛 색동저고리를 입은 하얀색 곰돌이가 포근히 앉아 웃고 있었다. 놀란 눈동자가 곰 인형의 한쪽 발바닥에 적힌 글자를 확인한 순간, 손에 들고 있던 진동벨이 울리기 시작했다. 손바닥을 가득 채운 떨림은 점차 온몸으로 번져 전율을 일으켰고, 운명 같은 우연에 주체할 수 없을 만큼 심장이 두근거려왔다.

오래된 기억 저편에 자리하던 지금이가 그곳에 있었다.

＊ ＊ ＊

비행을 마치고 공항에 도착한 윤서가 집 대신 공항 근처 항공사 사옥으로 향했다. 퇴근까지 미뤄가며 회사 사무실로 되돌아온 데는 특별한 목적이 있었던 것인지 들어서자마자 구석진 곳에 놓인 커다란 상자를 뒤적였다.

"핫팩이랑, 기모 고무장갑⋯ 앞치마, 마지막으로 일회용 위생모까지 다행히 이번에는 다 들어 있네. 그럼, 최종 명단 한 번만 더 확인하고 가면 되겠다."

자신의 몸집만 한 상자 속에 든 물건의 종류와 수량을 일일이 맞춰보더니 공용 컴퓨터로 참여자 명단이 정리된 서류를 출력해 그사이 변경된 부분이 있는지 점검했다. 몰려오는 피로감에 지지 않으려 감기는 눈을 부릅떠가며 남아 있는 집중력을 몽땅 쏟아붓느라 곁에 사람이 다가오는 것도 모른 채 일정 체크에 여념이 없었다.

"저기, 바쁘시면 제가 좀 도와드릴까요?"

"네? 아니요, 괜찮습니다. 이제 막 끝났어요, 마음 써주셔서 감사합니다."

"근데 이 짐들은 다 뭔지 물어봐도 될까요? 기내에서 필요한 물건은 아닌 것 같아서요."

"아, 사내 봉사 동아리 '문라이트'에서 이번에 겨울맞이 김장 나눔 활동이 있거든요. 그때 필요한 물품들 정리하고 있었어요. 이번에는 임직원분들 중에서도 참여하신다고 하셔서 더 넉넉히 준비하다 보니 부피가 생각보다 많이 늘어나 버렸네요."

"모아두니 이렇게 많은데 다른 분들이랑 같이하시지 이걸 다 혼자 정리하셨어요?"

"한 묶음씩 보면 그렇게 많지도 않아서 괜찮았습니다. 게다가 마침 오늘 스케줄이 빨리 마무리되어서요, 그냥 조금 더 여유 있는 사람이 잠깐 시간 내면 되는 거니까요."

대수롭지 않은 듯한 윤서의 말을 듣고 생각에 빠진 상대방이 곧이어 명찰에 적힌 이름을 눈에 담더니 미소 띤 얼굴로 담담하게 말을 이어갔다.

"지금도 여전하시네요, 오윤서 승무원님."

뜻밖의 말에 당황한 나머지 횡설수설 대답했지만, 상대방은 예상이라도 한 것처럼 동요하지 않고 차분한 목소리로 오래전 이야기를 늘어놓으며 궁금증을 풀어주었다.

입사하며 마케팅팀을 희망한 것과 다르게 인사팀으로 첫 배정을 받아 근무하게 되면서 때늦은 방황이 시작되었다. 동기들 대부분은 처음 지원했던 부서로 배정되어 관련된 업무를 배워가는데 자기만 동떨어진 곳에서 첫 단추를 끼우는 것 같아 불안했다. 직무 순환이 많은 회사니까 머지않아 신청 기회가 올 거라는 얘기도 실망과 낙담 앞에 위로가 되지 못했다.

새내기의 시행착오인지 아니면 마음을 다른 곳에 둔 탓인지 알 수 없었지만, 처음 해보는 사회생활에 좀처럼 쉽게 적응하지 못해 매일이 걱정스러웠다. 그러다 보니 자연스레 합격 당시 가졌던 애사심은 점점 줄어들고 있었고, 그저 사수의 지시에 따라 수동적으로 움직이는 데 급급한 날들의 연속이었다.

그러던 어느 날, 신입 캐빈승무원 채용 면접장에 파견 다녀오면서 많은 것들이 달라졌다.

일반적으로 엄숙하고 긴장된 환경에서 진행되는 기업의 면접과 다르게, 캐빈크루의 1차 면접은 비교적 편안하고 밝은 분위기에서 지원자들끼리 소통하는 모습을 보였다. 합격해서 한 팀이 된 것도 아니고, 이전에 알고 지내던 사이도 아닌 것 같은데 오늘 처음 만난 상대에게 스스럼없이 다가가 서로를 응원할 수 있다는 게 특이하면서도 인상적이었다.

"그중에서도 옆자리 지원자에게 자기가 가져온 사탕도 챙겨주고 머리 모양도 점검해 주던 지원자가 기억에 남더라고요. 따지고 보면 경쟁자인데 어떻게 동료로 대할 수 있나 싶어서요."

이후로도 계속된 파견으로 압박 질문에 대처하는 2차 임원면접과 제공된 유니폼을 입고 임하는 3차 최종 면접까지 한 기수의 모든 선발 과정을 지켜보게 되었다.

그렇게 몇 달간의 대장정이 끝나는 3차 면접 날, 마지막 조까지 모두 면접이 끝나고 환복을 마친 지원자들이 하나둘씩 면접장을 떠났다. 대기실 정리를 마무리한 뒤, 유니폼 정리를 돕기 위해 옮긴 자리에서 흩어져 있는 옷을 홀로 정리하는 누군가를 발견했다.

'아직 안 가셨어요? 왜 여기서 혼자 정리하고 계세요, 면접도 다 끝나서 그냥 두고 가셔도 아무도 모를 텐데요~. 이건 저희 직원들이 하는 일이라 도와주지 않으셔도 괜찮습니다.'

'아… 같이 정리하시던 직원분께서는 전화 받으러 가셨어요. 그리고 이대로 두고 가면 다른 사람은 몰라도 저는 알 테니까요. 게다가 회사에서 면접자들에게 빌려주신 건데 잠깐 시간 내서 같이 정리하면 더 일찍 끝나고 좋을 것 같아서요.'

회상하듯 이야기를 전하던 상대방의 마지막 말에 윤서의 표정이 미묘해지자, 이를 눈치채고 흐름을 바꾸어 대화를 이어나갔다.

"그때 느꼈던 것 같아요, 내가 뭘 놓치고 있었던 건지. 그동안 외부에 우리 회사를 내세울 대표적인 이미지만을 그리며 뒤쫓는데 미련이 남아 정작 항공사의 본질을 잊고 지냈더라고요. 보여지는 이미지보다 보이지 않는 곳에서의 노력이 더 중요한 가치를 지켜내는 곳임을 깨닫고 나니까 주어진 일들의 무게가 다르게 느껴졌어요."

"아… 그럼 그때 유니폼 정리 도와주셨던 분이…"

생각지도 못했던 만남에 어색해진 윤서가 말끝을 흐리며 묻자, 상대방이 고개를 끄덕이며 답했다.

"많은 직업이 그렇겠지만, 보이는 곳에서 일하시는 분들만큼이나 보이지 않는 곳에서 애써주시는 분들도 많잖아요. 공항의 관제팀이나, 항공사의 정비팀처럼 눈에 띄지 않는 그림자가 되어 안전을 지켜주시는 분들이 계셨기에 마음 놓고 비행기를 탈 수 있다는 사실이 그제야 보이더라고요. 그리고 손님들 가장 가까운 곳에서 오랜 시간을 함께하는 캐빈승무원들도 보여지는 것보다 손님들 뒤에서 하는 일들이 더 많은 부서라는 걸 덕분에 알았어요."

"어쩐지 제가 괜히 민망해지네요. 아, 어, 그러면 지금도 인사팀에 계신 건가요? 아니면 마케팅팀으로 이동 성공하셨나요?"

"나중에 마케팅팀으로 발령 나서 내내 근무하다가 곧 있을 이번 인사이동 때 또 다른 부서로 이동할 예정이에요. 참, 사내 공모전에 제출하셨던 '갑작스레 피어나는 P의 여정' 아이디어 너무 좋았어요."

"네? 아… 감사합니다. 사실 입사 전부터 떠올렸던 아이디어였는데 이번에 운 좋게 참여할 수 있는 기회가 생겨서 한번 다듬어 봤어요."

"그러고 보니 전에 부엉이였나, 올빼미였나 아침형 인간이랑은 반대되는 느낌의 비슷한 마케팅 제안한 적 있지 않으셨나요? 이번 공모전에 제출된 시안 확인하고 누구인지 계속 궁금했거든요, 익명으로 진행하니까 뽑히기 전까지 알 수 없어서 끝날 때까지 기다리다 잊고 지냈었네요."

이번에도 역시 전혀 예상치 못했던 이야기가 돌아와 윤서를 당황하게 했다. 의식하지 못한 채 지나쳤던 과거 시간 속의 내 모습을 타인의 기억으로 바라보는 일이 새롭고도 얼떨떨했다.

"설마 'Wake up, 나이트 아울'을 말씀하시는 건가요? 그걸 어떻게… 그 마케팅 초안, 제 면접 답변이었거든요."

"면접관님께서 던진 압박 질문에 의외의 참신한 답변이 되돌아와서 분위기 흐름이 완전히 달라졌던 걸로 그 회차 면접 내내 소소하게 회자되었던 점이 기억에 남았어요. 물론 계획적이지 않은 저녁형 인간 중 한 사람으로서 공감하기도 했고, 한창 마케팅에 관심 있었던 사람으로서도 솔깃한 아이디어라 생각했거든요."

아무도 모른다고 해도 자기 자신만큼은 알고 있으니 다른 건 아무래도 괜찮다며 믿음이 흔들릴 때마다 스스로를 다독였다. 매 순간 주어진 자리에서 진심으로 최선을 다하는 게 중요한 거라고. 하지만 대수롭지 않게 흘려보냈던 순간에도 누군가는 나를 보고 있었다는 사실에 가슴이 몽글거렸다. 그 어느 날 무언의 눈빛은 윤서에게 지금 그 모습 그대로 있어도 괜찮냐는 위로와 응원으로 다가와 시렸던 마음 한편을 데워주었다.

생각이 많아진 윤서의 표정을 바라보던 상대방이 손목시계로 시선을 돌려 시간을 확인하더니 악수를 청하며 말했다.

"인사이동 공식 공지까지 아직 몇 시간 남았지만, 먼저 인사드릴게요. 이번에 크루지원팀으로 발령받은 대리 한준우입니다. 앞으로 잘 부탁드려요, 오윤서 부사무장님."

* * *

싱가포르발 인천행 비행.
자정 무렵 출발한 항공편의 기내는 늦은 시간 대부분 잠을 청한 손님들로 고요했다. 은은한 불빛을 따라 어두워진 복도를 걸으며 손님들을 살피던 정훈은 움직이는 작은 그림자를 발견하고 가까이 다가갔다.
"손님, 혹시 승무원의 도움이 필요하십니까?"
"아… 어… 자리… 자리를 못 찾겠어요."
금방이라도 울음을 터트릴 것처럼 울먹이며 말하는 어린이 손님을 안심시키기 위해 자세를 낮춰 눈을 맞춘 뒤 다정한 목소리로 천천히 말했다.
"일단 여기 복도는 너무 어두우니까 저기 갤리, 아니 조금 더 밝은 곳에 가서 이야기 나눠도 될까요? 삼촌한테 이름 말해주면 자리 확인해 줄게요."
고개를 끄덕이는 아이의 손을 잡고 갤리로 들어서자, 따뜻한 온기와 환한 불빛에 조금은 마음이 놓인 건지 못다 했던 이야기를 재잘거리듯 늘어놓았다.
"우리 꼬마 손님, 이름이 뭐예요?"
"나 꼬마 아니에요, 유치원 다니는 어린이예요. 며칠만 더 있으면 오빠도 된다고 그랬어요."

"미안해요, 삼촌 생각이 짧았어요. 그럼 우리 어린이 손님 이름은 뭔지 물어봐도 될까요?"

"네, 저는 지혜반 5살 차민우입니다."

"그렇구나, 그럼 우리 차민우 어린이 손님. 삼촌이 민우 자리 찾는 동안 핫초코 한 잔 마시면서 잠깐만 기다려 줄 수 있을까요?"

민우의 짧은 대답에 정훈은 핫초코를 만들기 시작했고, 손으로는 음료를 준비하면서도 어린 손님이 걱정돼 계속 말을 걸었다. 하지만 정작 민우는 처음 들어와 보는 갤리의 모습이 신기한지 길을 잃었다는 것도 잊은 채 호기심 가득한 눈빛으로 구경하기 바빴다.

"민우 어린이는 아까 어디 다녀오던 길이었는지 물어봐도 될까요? 부모님께서는 주무시고 계셔서 혼자 움직였던 거예요?"

"아, 엄마랑 아빠는 어제 먼저 가고 이모랑 놀이공원 갔다가 오늘은 이모랑만 비행기 탔어요. 근데 이모가 잠들어서 그냥 혼자 화장실 가려고 나왔어요."

"우와, 우리 민우 손님은 엄청 용감하고 배려심이 넘치는 어린이였네요."

정훈이 완성된 핫초코를 건네며 말하자, 따뜻한 종이컵을 받아 들며 으쓱하던 민우가 곧 시무룩해져 이야기를 이어갔다.

"근데 화장실 줄이 길어서 계속 기다리는데 비행기 누나가 다른 쪽에도 화장실 있다고 데려가 주셔서 따라갔어요. 가는 동안 켜져 있던 불빛들도 외웠는데 화장실에서 나오니까 꺼져 있고 걸어가도 이모가 안 보여서 무서웠어요."

"그랬구나~ 켜져 있던 독서등이 꺼지는 바람에 길을 헤매게 되었나 봐요. 삼촌이었다면 놀라서 엉엉 울어버렸을 것 같은데 민우 어린이는 참 씩씩하네요. 삼촌이 얼른 좌석 번호 찾아서 이모한테 데려다줄게요."

정훈이 탑승객 명단을 살펴보며 이름을 찾는 동안, 조용히 핫초코 한 잔을 다 마신 건지 민우가 빈 종이컵을 건네며 말했다.

"핫초코 다 마셨어요. 감사합니다, 비행기 삼촌. 저기, 그리고 저도 이거 드릴게요."

조막만 한 손으로 노란색 캐릭터 모양의 작은 가방 안을 뒤적이던 민우가 조그만 핑크빛 틴케이스를 꺼내 들었다. 그리고 마지막 하나 남아 있던 생초콜릿을 들고 속삭이듯 말했다.

"비행기 타다가 귀 불편하면 먹으라고 우리 이모가 준 건데요, 고마우니까 비행기 삼촌 줄게요. 근데 한 개밖에 없어서 다른 사람들은 못 주니까 빨리 먹어야 해요. 아~"

"아니, 잠깐만, 삼촌은 괜찮…"

눈높이를 맞춰 대화하던 틈을 타 미처 말릴 새도 없이 민우의 손에 있던 초콜릿 조각이 정훈의 입속으로 들어와 사르르 녹아내렸다. 혀끝을 타고 온몸으로 번지는 부드러운 달콤함이 어쩐지 익숙하면서도 그리운 맛을 닮아 있었다. 알 수 없는 반가움으로 괜스레 메여오는 목을 차분히 가다듬으며 정훈이 말했다.

"너무, 너무 맛있다. 올해 먹은 초콜릿 중에 제일 맛있었던 초콜릿 같아, 고마워요~."

두 사람이 고마움을 나누며 마주 보고 싱긋 웃는 사이, 갑자기 갤리의 커튼이 휙 젖혀지더니 다급한 목소리가 들려왔다.

"사무장님, 손님 중에 기내에서 5살 된 남자아이를 잃어… 어?"

"어! 아까 그 비행기 누나다. 길 잃어버렸는데 여기 삼촌이 자리 찾아주신다고 했어요."

"아이가 안 보여서 보호자 분이 놀라셨나 봐요. 좌석 번호 확인했으니 제가 데려다줄게요."

어둑하고 서늘한 기내의 좁은 통로를 줄지어 걷는 동안 맞잡은 손으로 따스한 체온이 전해져 왔다. 조용한 복도에 두 사람의 발소리만 반복해서 울리던 그때, 궁금증을 참지 못하고 소곤거리는 목소리가 들려왔다.

"근데 아까 그 누나 이름 옆에는 별이 그려져 있는데 왜 삼촌 이름에는 동그라미예요?"

"응? 아, 삼촌 이름 옆에 그려진 건 보름달이에요. 우리 항공사 승무원들은 별님부터 시작해서 커다랗고 푸른 달님까지 이루어져 있는데 조금 전 그 누나는 승무원이 된 지 얼마 되지 않아서 반짝반짝한 별이 그려진 거예요."

"그럼 왜 그렇게 나눠놓은 거예요?"

"음… 오래 일하면서 성장하면 모양을 바꿔주는데, 아마도 자라면서 더 커진 환하고 밝은 빛으로 많은 사람들을 안전하고 편안하게 지켜주라는 뜻인 것 같아요."

천진난만함이 가져온 귀여움을 참지 못한 정훈이 손을 잡지 않은 나머지 한 손으로 민우의 머리카락을 살며시 쓰다듬으며 미소 지었다. 복도를 지나 민우가 처음 줄을 섰던 화장실이 있는 구간을 걸어갈 무렵, 맞은편에서 뛰는 듯 빠른 걸음으로 거리를 좁혀오는 한 사람이 있었다.

"차민우, 너 정말. 어디 갔었어, 이모가 진짜 얼마나 놀란 줄 알아? 잠깐 잠들었다가 일어났는데 너는 없는 데다 비행기는 어둡지, 다들 주무시는데 미아 방송을 해달라고 할 수도 없고 정신 나가는 줄 알았어. 이모한테 이야기하고 나왔어야지!"

"화장실 다녀오다가 길을 잃어버려서… 근데 여기 비행기 삼촌이 데려다준다고 하셔서 따라가던 중이었어요. 그리고 자리 찾는 동안 핫초코도 주셨어요!"

당혹스러움과 다행스러움이 뒤엉킨 감정을 고요한 기내에 맞춰 꾹꾹 눌러 담아 건네던 나지막한 목소리가 안정을 되찾은 듯 편안해져 되돌아왔다.

"정말 감사합니다, 바쁘실 텐데 저희 조카까지 폐를 끼친 것 같아 너무 죄송해요."

"괜찮습니다, 아이 잃어버리신 줄 알고 많이 놀라셨을 텐데 빨리 데려다드릴 걸 그랬네요."

"아니에요, 이렇게 찾아서 아무 탈 없이 데려다주신 것만으로도 감사한걸요. 근데 혹시… 사적인 질문이라 죄송하지만 영어교육학과 나오셨나요? 제 동기랑 너무 닮은 것 같아서요."
 명찰에 적힌 이름과 얼굴을 번갈아 보던 시선이 마주치던 순간, 정훈의 눈에도 누군가의 모습이 겹쳐 보이더니 그 모습이 점점 뚜렷해져 갔다.
 "민…수아? 설마 수아세요?"
 "수아세요는 뭐야~ 정말 정훈이 맞네. 임용고시 접고 항공사 승무원 됐다는 얘기는 건너서 들었는데 이렇게 만날 줄은 몰랐어. 진짜 새삼 신기하다."
 "그러게, 세상 참 넓고도 좁다. 어느 날 갑자기 너 고시반 그만뒀다고 그래서 놀랐었는데… 그동안 잘 지냈어? 어떻게 지냈어?"
 "응, 뭐, 그냥 열심히 지냈어. 임용 준비 그만두고 대신 통번역대학원 다니다가 지금은 외국계 회사에서 통번역하고 있어. 덕분에 이번 휴가에는 한여름의 크리스마스 퍼레이드를 꼭 보고 싶다는 요 꼬맹이 때문에 놀이공원에서 동시통역사 노릇을 하던 중이었고. 어… 참, 서현이는 잘 지내?"
 갑작스러운 질문에 순간적으로 얼굴빛이 흐려졌다 갠 정훈이 제법 담담하게 대답했다.
 "아… 얼마 전에 우리 헤어졌어."
 "어? 아, 어… 그랬구나… 맞다, 민우야 여기 비행기 삼촌, 이모 대학생 때 친구야. 인사드려."
 뜻밖의 대답에 당황한 수아가 할 말을 골라내다 급히 화제 전환을 시도했다.

"어? 대학생 때 이모 첫사랑도 비행…"

"얘가 무슨 말을 하는 거야, 하하. 만나서 반가웠어. 있지, 저기…"

애써 선회한 주제가 오히려 시한폭탄이 되어 돌아오려고 하자, 수아가 민우의 입을 빠르게 막아서며 대화를 수습했다. 그리고 아직 할 말이 남은 듯 주저하던 수아가 이야기를 더해가려던 순간, 이번엔 콜 버튼 소리가 기내에 울려 퍼지며 두 사람을 가로막았다.

'딩동-.'

"아, 나 이제 가봐야겠다. 손님, 조카분이랑 남은 시간도 즐거운 비행 되십시오."

이코노미석 커튼을 젖히며 보이지 않는 경계선을 넘어 비즈니스석 구역으로 향하는 정훈의 뒷모습을 바라보는 눈동자에 아쉬움이 어려 반짝였다.

정훈이 담당하는 구역과 수아가 탑승한 클래스가 달라서인지 같은 비행기 안에 있어도 다시 마주치지 못하고 인천 공항에 가까워져 갔다. 그렇게 모든 객실 서비스가 마무리되고 좌석 벨트 사인이 켜지며 본격적인 착륙 준비가 계속되었다. 분주한 움직임 끝에 승무원들이 각자의 점프 시트에 앉자, 정훈도 시트의 좌석 벨트를 착용하며 랜딩이 끝나기를 기다렸다.

곧이어 바퀴가 노면에 닿는 느낌과 함께 비행기의 속도가 점차 줄어들더니 이내 기장의 안내방송이 기내에 흘러나오며 도착을 알렸다. 활주로에 내려앉은 비행기가 느린 속도로 주기장으로 이동하는 동안 이번 비행의 기내 방송 담당 승무원이 손님들께 감사 인사를 전했다.

좌석 벨트 사인이 꺼지자마자 좌석 위 선반에서 짐을 꺼내느라 분주한 손님들과 달리 느긋하게 자리를 정리하던 수아가 다소 초조한 표정으로 민우의 손을 잡고 긴 행렬의 끝자락에 합류했다.

"감사합니다, 안녕히 가십시오~."

수아는 작별 인사를 건네는 승무원들에게 가벼운 목례로 답하더니 정훈의 앞에 잠시 멈춰서서 악수를 청하며 말했다.

"조카 돌봐주셔서 감사했습니다, 다음에 또 봬요."

미소로 화답하며 가벼운 악수를 위해 손바닥이 스치는 사이, 무언가 정훈의 손에 쥐어졌다. 애써 차분함을 유지하며 남몰래 감춰낸 명함 뒷면에는 어디선가 본 듯한 눈에 익은 필체가 새겨져 있었다. 메모를 확인한 정훈의 입술 끝에 왠지 모를 달콤함이 퍼지는 기분이었다.

비행 끝나고 공항 입국장 근처 커피숍에서 기다릴게.

＊ ＊ ＊

새하얀 눈이 펑펑 쏟아져 내리던 연말의 어느 늦은 오후, 비행 전 브리핑을 위해 승무원들이 하나둘씩 회사 회의실로 모여들고 있었다. 나린은 사내 카페에서 포장해 온 커피를 책상에 내려놓더니 회의실을 둘러보며 말했다.

"안녕하십니까, 날씨가 많이 추워져서 따뜻한 음료 준비했는데 커피 드시겠습니까?"

"그렇지 않아도 사러 갈 참이었는데 고마워요. 다들 한 잔씩 마시면서 편하게 기다릴까요?"

팀장의 대답으로 각자의 자리 앞에 따뜻한 김이 새어 나오는 종이컵이 놓였고, 한동안 창밖에 눈꽃이 흩날리는 모습을 멍하니 바라보며 커피를 마시는 소리만 간간이 울려 퍼졌다. 얼마 뒤 도착한 지은이 고요했던 회의실의 정적을 깨우고 활기를 불어넣었다.

"안녕하십니까, 다들 일찍 오셨네요~. 우산을 쓰고 잠깐 걸어오는데도 금세 눈사람이 되는 거 있죠. 오늘 비행 괜찮을까요?"

"기상 상황이랑 퇴근 시간이 겹쳐서 교통편이 마비될까 봐 미리 출발했더니 생각보다 일찍 도착하게 됐어요. 다행히 지금은 눈도 조금씩 잦아들고 있는 데다 제설 작업 현황 보니까 지난 첫눈 때처럼 항공편까지 지장을 줄 정도는 아닌 것 같아서 마음을 놓아도 될 것 같아요."

"다행이에요~. 어, 그러고 보니 여기 계신 이번 하와이 비행팀은 왠지 익숙한 느낌이네요?"

지은이 빈자리에 앉아 같이 비행할 크루들의 얼굴을 살피며 말하자, 윤서가 말을 이었다.

"지난번 복지관 김장 봉사활동에 참여했던 멤버들이 이번 비행팀으로 많이 배정되어서 그런 것 같아요. 바쁠 텐데 지은 씨도 와줘서 고마웠어요. 참, 그때 외할머님께서도 함께 오셔서 복지관 어르신들께 치매 예방을 위한 쉬운 매듭공예 알려주셨죠? 늦었지만 시간 내주셔서 정말 감사했다는 말씀 꼭 전해주세요."

"네, 근데 복지관 다녀오시고 외할머니께서 더 좋아하셨어요. 항공사 직원분들이며 승무원들이며 다들 하나같이 상냥하고 친절해서 앞으로는 제가 비행가도 걱정을 덜 하실 것 같으시대요. 맞다, 저 드디어 지난주에 이삿짐 정리 모두 다 끝났거든요. 다음에 집들이하면 가볍게 놀러 오세요~. 외할머니께서 갈비찜 해주신다고 하셨어요."

귀퉁이에서 얌전히 커피를 식히며 한 모금씩 들이켜던 나린이 조심스레 대화에 동참했다.

"선배님, 그럼 저도 초대해 주세요. 그날 데이 오프면 꼭 갈게요. 말씀하신 갈비찜이 전에 벙커에서 드시고 싶다고 하셨던 메뉴 맞죠? 저도 외할머니표 특제 갈비찜 맛보고 싶어요~."

"벙커요? 아, ㄱ, 여름에 뉴욕 비행 말하는 거죠? 대체기 속 벙커가 유난히 어두웠던 그날이었던 것 같은데… 어? 그러고 보니 여기 계신 분들 그때 모두 같은 팀이었지 않았나요? 어쩐지 친숙한 얼굴들이었던 이유가 있었네요."

"어, 그렇네요. 참, 그럼 혹시 여기서 기내식 이벤트 뽑히신 분 있으세요? 밀키트 이후로 당첨 메뉴가 업데이트되기만을 기다렸는데 한참 동안 소식이 없어서 잊고 있었거든요. 피드백 남기는 창도 막혀 있어서 좀 의아하긴 했었는데… 다른 분들은 어떠셨어요?"

정훈이 반사적으로 반쯤 손을 들고 말하자 팀장을 제외한 나머지 승무원들이 일제히 연달아 손을 들며 고개를 끄덕였다. 벙커에 자리하지 않았던 팀장만 무슨 이야기인지 알 수 없다는 눈빛으로 질문을 던졌다.

"잠깐만요, 기내식 이벤트는 뭐고 밀키트는 또 뭐예요?"

정훈부터 윤서, 지은, 그리고 나린까지 여름날 서늘한 벙커의 기억을 더듬어 한마디씩 덧붙였고, 조각조각 이어진 이야기가 하나로 연결되어 팀장에게 전해졌다.

"그러니까 여러분의 말을 정리해 보자면, 뉴욕발 인천행 대체기 벙커 안에서 새로운 기내식 업체의 신메뉴 도입을 위한 기내식 이벤트를 소개받았다는 거죠? 추천하는 메뉴에 관련된 이야기나 레시피 등을 기재해서 응모하면, 정식 기내식으로 선정되기 전에 당첨자에게 먼저 밀키트로 된 메뉴를 보내준다는 내용을 다음 교대 조 시니어 승무원이 알려주었고요."

말이 끝날 때마다 고개를 끄덕이는 네 사람을 지켜보던 팀장이 의문을 제기했다.

"그런데… 기내가 어두워서 얼굴을 자세히 못 봤다고 했는데 시니어 승무원이라는 건 어떻게 알았어요? 그날 다른 조 시니어 승무원 누구였는지 기억하는 사람 있어요?"

"길게 늘어뜨린 머리카락 사이로 보이는 명찰에 노란색 반달이 그려져 있었다고 해서 시니어 승무원이라고 생각했거든요. 그리고 제 기억에 다른 조 시니어 승무원은 강아영 씨였는데요… 아영 씨는 그때 단발머리여서 벙커의 그분은 뉴욕 공항에서 추가로 탑승하게 된 스탠바이 승무원인 줄 알았어요."

조심스러운 윤서의 말에 지은이 기억의 한 조각을 더하며 동의했다.

"아, 맞아요. 그때 추가로 탑승한 인원이 있어서 크루밀도 부족했던 거 아니었나요? 그날 저는 기내식을 못 먹어서 사무장님께 초코바 받았었거든요."

지은이 손바닥을 펴 정훈을 가리키자, 정훈도 생각난다는 듯 고개를 주억거리다 문득 무언가 떠오른 듯 휴대폰 화면을 열었다.

"잠시만요, 제가 전에 그 이벤트 링크를 제 메신저로 따로 공유해놨거든요. 우선 그것부터 다시 확인… 어?"

정훈이 메신저에 클립보드로 저장해 둔 링크를 누르자, 로딩 중을 알리는 동그라미만 뱅글뱅글 돌아가더니 곧 뜻밖의 문구가 떠올랐다.

404 Not Found.

정훈의 휴대폰으로 해당 페이지를 찾을 수 없다는 글귀가 띄워진 창을 확인한 나머지 승무원들도 부랴부랴 항공사 앱으로 받았던 다이렉트 메시지를 찾아 나섰다. 그리고 약속이나 한 듯 동시에 탄식이 쏟아져 나왔다.

"왜, 왜 그래요? 대체 뭐라고 나오길래 표정들이 심각해요?"

급격히 어두워진 표정들에 괜히 애가 탄 팀장이 물었고, 윤서가 다소 허탈한 목소리로 답했다.

"메신저 창에 받은 메시지는 사라지고, 제가 보낸 것만 남아 있어서요. 게다가 아이디는 '알 수 없음'으로 뜨는데⋯ 그사이 퇴사하신 걸까요? 실은⋯ 저는 이번 진급이 기내식 이벤트에서 선발된 게 영향을 줬다고 생각했거든요. 여기 나린 씨나 사무장님 같은 경우 여러 자격 요건이 되지만, 저는 다른 시니어 승무원들보다 근속 연수가 길지 않은 데다 면세품 판매 실적도 눈에 띄게 앞서는 편이 아니라서요."

"아니에요~. 내가 알기론 윤서 씨 인사고과도 좋았고, 동료 평가나 기내 방송 자격도 상위권에 무엇보다도 칭찬 레터가 심사에서 크게 작용했다고 들었어요. 그것보다 아까 전부터 다들 스탠바이 승무원 이야기했었죠? 이게 난 좀 이상해서⋯"

들려온 말에 휘둥그레진 4쌍의 눈빛이 일제히 팀장에게로 향했고, 뜨거운 관심에 어색한 미소를 지으며 뜸 들이다 입을 열었다.

"내가 기억하기로 그날, 스탠바이 승무원을 당장 투입하기 어려웠어요. 공항 스탠바이 중이던 크루는 다른 노선 비행을 갔고, 홈 스탠바이 크루의 지원을 기다리기에는 시간적 여유가 없어서요. 물론 대체기의 좌석 수 때문에 승무원이 더 필요해졌지만, 늘어난 좌석만큼의 승객분들이 증가한 건 아니어서 고민하다 최소 인원의 탑승 규정에 맞춰 비행했거든요. 그러니까… 그날 우리 비행기에 추가로 충원된 인원은 없었다고 이야기하는 거예요."

천천히 네 사람의 눈을 한 번씩 맞추며 전한 팀장의 마지막 이야기에 회의실이 술렁였다. 혼란스러운 틈 속에서 힘겹게 침착함을 유지한 정훈이 꽤 낮은 목소리로 말했다.

"그럼… 어쩌면 우리가 본 그 사람이 괴담 속 주인공일 수도 있겠네요?"

"에이~ 설마요. 팀장님께서 그 기체는 이미 연합 항공사로 이전되었다고 하셨잖아요. 그리고 정말 괴담 속 주인공이면 사, 사람이 아니었다는 건데… 그건 너무 소름 돋아요."

정훈의 말에 지은이 호기롭게 이야기를 시작했지만, 돌이켜 볼수록 밀려오는 공포에 결국 잔뜩 겁먹은 얼굴을 지어 보였다. 윤서도 무섭기는 매한가지였지만 당황스러움을 감추며 일부러 밝게 이야기를 건넸다.

"맞아요, 애초에 괴담이 왜 괴담이겠어요~. 그냥 확인되지 않은 무성한 소문들에 이것저것 살이 붙어서 부풀다 보면 이런저런 이야기 나오는 거잖아요. 괜히 계속 신경 쓰일 것 같으면 편명 검색해서 체크해 볼까요? 팀장님, 그 항공기 레지 넘버가 뭐라고 하셨죠?"

"어… 이전이 완료되어 지금은 변경됐을지도 모르겠지만,

전에 등록번호는 아마 HL7890이었을 거예요. 번호가 단순한 편이라 기억에 남았거든요."

지금껏 조용히 이야기를 듣고 있던 나린이 팀장의 말에 사색이 되어 크게 소리를 내었다.

"진짜, 진짜로 괴담 속 비행기 식별번호가 HL7890이 맞아요? 어떻게 그럴 수가…"

"나린 씨 왜 그래요? 서, 설마… 아니죠?"

다급한 목소리로 묻는 지은과 눈을 마주친 나린의 눈동자가 갈 곳을 잃고 흔들렸다.

"그럼 정말… 그때 그 크루가 괴담 속의 수, 수호신이에요?"

떨리는 눈빛으로 대신 답을 들은 크루들의 얼굴이 굳어갈 무렵, 공항 철도를 타고 온 나머지 팀원들이 줄지어 회의실에 도착하기 시작했다. 한 사람씩 등장할 때마다 몰고 온 작은 소란은 경직된 분위기를 환기해 주었고, 어느새 미스터리 크루에 대한 두려움도 녹아내려 서서히 사라져갔다.

브리핑을 마치고 회의실을 떠나는 벙커 4인방의 등 뒤로 서늘한 온기가 스쳐 지나가며 어깨를 다독였다. 어딘가 익숙한 기운 한 겹에 힘입은 네 사람은 하얗게 쌓인 눈 위로 새로운 발자국을 새기며 나아갔다.

잊지 못할 따스한 추억의 맛을 선물해 준 벙커 속 차가운 미소는 어느 순간에도 자기 자신을 잃지 않고 삶을 걸어 나갈 용기와 힘이 되어 크루들의 마음속을 가득 채워주었다.

어두운 벙커 안에서 들려오던 미스터리 크루의 시린 목소리가 텅 빈 기내를 가로질러 조용히 울려 퍼졌다.
"루나 에어라인에 탑승하신 손님 여러분, 환영합니다~."

✳ ✳ ✳

오랜만에 뉴욕 비행 스케줄을 배정받게 된 나린은 감회가 새로웠다. 항공사를 떠들썩하게 만들었던 사건이 불과 몇 달 전이었지만, 많은 우여곡절을 겪은 탓인지 아득한 옛일처럼 느껴졌다. 무르기만 했던 마음 한편에 굳은살이 자라난 시간만큼 이제는 두려웠던 기억을 마주하고도 제법 편안한 미소를 지을 수 있게 되었다.

갤리에서 새어 나온 불빛의 반짝임조차 눈부신 시간, 기내 순찰을 다녀온 나린이 갤리 안으로 들어서며 마주친 사람에게 말했다.
"어머, 주연 씨. 아직 벙커 안 갔어요? 나머지는 내가 정리할 테니까 얼른 가서 쉬어요. 오늘 미주 노선 첫 비행이라면서요."
"네? 아⋯ 이, 이것만 마저 하고 갈게요. 근데요, 선배님⋯ 저기, 아니에요."
나린은 긴장한 표정으로 머뭇거리는 인턴 승무원에게서 과거 자신이 겹쳐 보이자, 삼켜진 말이 무엇인지 알아차릴 수 있었다.
 "혹시… 벙커 소문 때문에 신경 쓰여서 그래요? 그런 거라면 괜찮아요. 이야기 속 알 수 없는 존재는 없을뿐더러 설령 있다고 해도 이렇게 수많은 손님들과 든든한 크루들이 같이 있는데 뭐가 걱정이에요~. 그리고… 어쩔 땐 귀신보다 사람이 더 무서울 때도 있잖아요."
 대수롭지 않은 듯 장난스러운 나린의 목소리에 마음이 놓인 인턴 승무원이 싱긋 웃으며 천천히 고개를 주억거렸다. 그 모습을 지켜보던 나린은 지나온 시간 동안 조금씩 더 단단해진 자신을 느끼며 말을 이었다.
 "내 경험에 따르면 때때로 지나친 걱정과 두려움이 과장된 실체를 만들어 내기도 하는 것 같아요. 겁이 나서 도망치고 싶었던 일도 막상 부딪혀 보면 별거 아닌 경우가 더 많았거든요. 그러니까 그게 뭐든 너무 염려하지 않아도 돼요."
 "네, 선배님도 그런 경험이 있으셨다고 하니까 마음이 훨씬 편안해졌어요. 감사합니다, 그럼 먼저 가볼게요."
 꾸벅 인사하며 돌아서는 인턴 승무원의 뒷모습에 무언가 떠오른 듯, 주연을 급하게 불러 세우며 자신의 플라이트 백을 뒤적였다. 그러나 찾고 있던 물건이 보이지 않은 탓에 다른 방법을 찾아야 했다. 나린은 지난날 팀장님께 받았던 수제 가습기를 떠올리며 기억을 더듬어 손을 움직였다.
 "목소리가 좀 거칠어 보여서요. 벙커는 더 건조하니까 이거라도 챙겨가요."

따뜻함이 녹아든 종이컵 사이로 또 다른 훈훈한 마음이 하나의 연결고리처럼 이어져 갔다.

기내 면세품 재고 정리를 마친 나린이 뒤늦게 벙커 안으로 들어섰다. 부드러운 간접 조명을 따라 빈자리를 향해 천천히 내딛던 걸음이 무언가로 인해 붙잡혔다. 놀란 눈으로 내려다본 곳에는 짝꿍과 멀어진 구두 한 짝이 나린의 발끝을 가로막고 있었다.
"아, 깜짝이야. 이게 어디서 굴러온 거지?"
짝 잃은 신발을 제자리에 돌려놓으며 곁에 넘어진 구두를 바로 세우자, 낯익은 종이컵이 나타났다. 기내의 진동으로 단단히 고정되지 않았던 간이 가습기가 떨어지면서 연쇄적으로 일어난 일인 것 같았다.
나린은 몇 달 사이에 뒤바뀐 상황을 떠올리며 미소 지었다. 자신도 모르는 사이 스며든 작은 움직임들이 닮고 싶은 선배들의 모습으로 이끌어 주는 것 같아 다행스러웠다.
온기가 사라진 종이컵을 주워 들고 빈 침대로 향하던 나린에게 어디선가 따스한 바람이 불어왔다. 마치 누군가 나린의 어깨를 감싸안고 토닥이는 듯한 포근함이 공기를 통해 전해져 오자, 낯선 익숙함에 놀라 주위를 두리번거렸다. 반짝이는 눈으로 돌아본 벙커는 규칙적으로 들려오는 비행 소음을 제외하고 여전히 고요하기만 했다. 적막의 한가운데 선 나린은 서늘함 속에서도 느껴지던 훈훈한 기운이 어디에서 비롯된 것인지 마침내 알 것만 같았다.

　불규칙한 스케줄 가운데 느끼는 얼마간의 일정함은 모든 걸 포용하게 만드는 힘이 있었다. 돌발 상황에 대비해 늘 긴장 속에서 일하는 크루들이 잠시 무방비해져도 괜찮은 시간. 그리고 그 시간을 보내는 공간 속에서 각자의 내면에 자리한 감정들이 어떤 형태로 그려져 나타난 것은 아닐까 생각했다.
　항공사 괴담에 얽힌 미스터리 크루도 어쩌면 특정 항공기나 특정 노선과 관계없이 그날의 간절함이 빚어낸 마음속 수호신일지 모른다고…

숨겨둔
이야기

캐나다 어학연수에서 돌아오던 길, 향상된 실력에 자신감마저 붙은 수아는 문득 외국 대학교의 학교생활이 궁금해졌다. 자유로운 소통의 여유는 귀국 짐을 미처 다 풀기도 전에 교환학생 프로그램을 찾아보도록 살살 꾀어냈다.

그렇게 어학연수 1년에 교환학생 6개월을 더 보내고 학교로 돌아오자, 전공 강의에는 수아가 아는 얼굴들이 그리 많이 남아 있지 않았다. 도전과 재충전을 위해 잠시 멈췄다 돌아오거나 군 복무를 마치고 복학한 동기들 몇몇을 오가다 마주치며 서로의 근황을 알아갈 때쯤 정훈을 다시 만났다.

"여기 혹시 자리… 어, 민수아? 너도 이번에 이 수업 들어?"

"어… 제가 오랜만에 복학해서요. 죄송한데 누구… 아, 어?"

"나 영교과 이정훈, 다섯하고 돌아왔더니 몰라보는 사람들이 꽤 많네. 안경 썼을 때 이미지랑 그렇게나 많이 달라 보여?"

수아는 바뀐 스타일로 인한 반응에 멋쩍어하던 정훈과 전공과목 수업이 자주 겹치면서 자연스레 조별 과제도 같은 팀으로 협업하는 일이 잦아졌다. 외국 대학교에서 교환학생으로 이수한 학점 대부분이 전공보다는 교양 학점으로 인정받게 되면서 채워 넣어야 하는 전공과목이 많았기 때문이었다.

정훈이 '동기사랑 나라사랑'을 외치며 스스럼없이 대해준 덕분에 오히려 복학하고 나서야 정훈과 더 가까워지게 되었다. 그렇게 같은 과 동기에서 친구로 관계가 달라질 무렵, 남몰래 자라나기 시작한 관심과 감정은 수아의 행동을 묶어버렸다. 친한 친구끼리 별 뜻 없이 건넬 수 있는 농담과 배려에도 조심스러워졌고, 무엇보다도 고마움에 대한 작은 보답조차 건네기가 어려워져 고민스러웠다.

혹시라도 변해버린 자신의 마음을 정훈이 눈치채고 어색해할까 봐, 그로 인해 사이가 멀어지게 될까 겁이 나 친구라는 이름으로 그어놓은 선 밖으로 나갈 수 없었다. 괜한 욕심으로 정훈을 잃고 싶지 않았던 수아는 마음을 전할 용기가 생길 때까지 친구로서 곁에 있는 것을 택했다. 대신 정훈의 주변을 서성이다 커진 마음이 넘칠 것만 같을 때 아무도 모르게 소소한 선물을 남겨놓는 걸 위안으로 삼았다.

그렇게 정훈의 마니토를 자처하고 나선 지 1년이 넘어가면서 조금씩 긴장이 풀려 대담해지고 있던 어느 날이었다. 지금껏 그 누구에게도 들키지 않았다는 자신감과 느슨해진 경계심이 문제였던 것일까. 여느 때와 다름없이 다음 수업 자리를 맡아둔 정훈의 책상 위에 초코 과자를 놓고 빈 강의실을 빠져나오려던 찰나 예상치 못한 인물을 맞닥뜨렸다.

"엄마, 깜짝이야."

"어머, 수아 언니? 근데 무슨 일 있어요? 왜 그렇게 놀라요?"

"어? 아니, 일은 무슨. 문 열었는데 바로 앞에 사람이 있으니까 그냥 놀란 거지. 너도 여기 수업이야?"

"아니요, 오전 수업 여기서 들었는데 우산을 두고 온 것 같아서 찾으러 왔어요. 그리고 다음 강의는 언니랑 같이 듣잖아요~."

"아, 그렇지 참. 뭐, 우산? 나도 같이 찾아줄게, 얼른 찾고 나가서 커피 마시자."

인원 초과로 이수하지 못했던 전공필수 강의를 뒤늦게 수강하며 만나게 된 같은 과 후배 서현은 싹싹한 성격으로 사교성이 남달랐다. 고학번에 속하는 선배라 왠지 모를 어려움을 느낄 법도 한데 서현은 처음부터 친근하게 말을 걸어오며 수아에게 이것저것 질문을 해댔다. 위로 언니만 있는 막내로 자라왔기 때문인지 수아는 언니라고 다정하게 부르며 따르는 서현이 귀여워 어느새 친동생처럼 살뜰히 챙기게 되었다.

＊ ＊ ＊

수아가 공유해 준 합격 꿀팁으로 서현도 새해부터 고시반에 들어오게 되면서 둘은 전보다 더 자주 일상을 함께 보내고 있었다. 겨울이 무르익어 가는 만큼 어둠이 찾아오는 시간도 다른 계절보다 부지런했다. 어스름을 감지한 가로등 불빛이 하나둘씩 켜지며 순식간에 컴컴해진 저녁 하늘을 밝혀나갔다.

"서현아, 시간 괜찮으면 우리 같이 저녁 먹고 갈래?"

"마침 배고팠는데, 좋아요! 아, 근데 저 메일에 온 첨부파일 하나 확인하고 싶은데… 혹시 도착하면 언니 노트북 좀 잠깐 써도 될까요?"

"응, 아직 배터리 남아 있을 거야."

주문을 마치고 음식을 기다리는 동안 수아의 노트북을 건네받은 서현이 인터넷을 열었다. 검색창에 메일 포털 사이트를 입력하려다 줄줄이 나열된 이전 검색 기록을 보고 물었다.

"어, 언니 초콜릿 만드시게요? 검색창 누르니까 전에 검색하셨던 내역들이 자동으로 떠서요. 혹시 밸런타인데이 선물 벌써 준비하세요?"

"응? 아니, 밸런타인데이는 무슨. 그냥 곧 친구 생일이라 생초콜릿 만들어 주려고. 걔가 초콜릿 좋아하거든."

"우와, 초콜릿도 직접 만드시고 대단해요. 언니, 그럼 나중에 제 생일 때도 초콜릿 만들어 주시는 거예요? 아니다, 저도 전부터 초콜릿 만들어 보고 싶었는데 이번에 언니랑 같이 만들면 안 돼요? 제가 쓸 재료는 제가 살게요, 저도 끼워주세요~. 네?"

서현의 계속되는 성화를 이기지 못하고 결국 수아의 집에서 생초콜릿을 만들기로 한 날이었다. 며칠 전 마트에서 수아를 따라 똑같은 물건들을 장바구니에 담아 넣은 덕분에 서현이 가져온 재료들은 포장지의 색만 조금씩 다를 뿐 대부분 수아의 것과 같았다.

서툰 서현을 대신해 수아가 두 사람 몫의 조리 도구를 세팅

했고, 곧이어 본격적으로 초콜릿 만들기에 돌입했다. 생크림을 너무 뜨겁지 않게 살짝 데우고, 그 위에 초코칩을 넣어 약불에 중탕했다. 부엌이 좁은 탓에 가스레인지 앞에 나란히 선 두 사람의 어깨가 서로 맞닿아 온도를 더해갔다. 주걱으로 가볍게 살살 저어가며 초코칩을 녹여내자 단단했던 모양이 서서히 물러지며 달콤한 빛을 퍼트렸다.

수아가 하는 대로 가나슈에 걸쭉한 느낌을 더해가던 서현이 갑자기 다른 주제를 꺼냈다.

"언니, 근데 정훈 오빠는 요번에 최종 합격할 것 같아요?"

"글쎄… 워낙 변수가 많으니까 예측하는 게 어렵긴 하지만, 그래도 나랑은 다르게 1차 시험 성적이 안정권이라 조금 기대해 봐도 되지 않을까 싶어. 누구라도 기쁜 소식 있으면 좋을 텐데 말이지."

"기왕이면 언니, 오빠 둘 다 좋은 소식 있으면 좋겠어요~. 아, 언니 만약 이번에 합격하시면 기출 문제 정리랑 오답 노트 저한테 주시면 안 돼요?"

"응? 내 오답 노트를? 음… 합격해서 줄 수만 있다면 좋겠지만 합격 컷이 아니라서. 그렇지만 만약에 혹시라도 임용 준비 졸업하거나 다른 진로로 갈아타게 되면 너한테 줄게. 어, 지금 적당히 완성된 것 같은데? 너도 아까 버터 넣었지? 가스불 꺼보자."

"네, 근데 이거 틀에 굳히기 전에 먼저 한번 맛봐도 돼요?"

수아의 끄덕임에 서현이 실리콘 주걱에 묻은 초콜릿을 손가락으로 살짝 찍어 입안에 넣었다. 그러고는 같은 방식으로 수아의 초콜릿도 맛보더니 고개를 갸우뚱거리며 말했다.

"언니 말대로 열심히 따라 했는데 제 초콜릿은 좀 탔나 봐요, 언니 것보다 뒷맛이 더 씁쓸한 것 같아요. 불 조절에 실패했나…"

서현의 말에 수아도 각자의 가나슈를 덜어내어 먹어보았지만, 혀끝에서 감도는 미묘한 맛의 차이가 어디서 비롯된 것인지 알 수 없었다.

"진짜 맛이 좀 다르네, 근데 탄 맛에서 기인한 쓴맛은 아닌 것 같은데? 어, 잠깐만."

갑자기 빈 포장지 더미를 뒤적이던 수아가 비닐 포장지 하나를 집어 들고 서현에게 보였다.

"서현아, 너 밀크가 아니라 다크초콜릿으로 샀나 봐. 진열대에 초콜릿이 섞여 있었던 것 같은데 어쩌지…"

"어머, 지금 보니까 진짜 포장지 색도 좀 달랐네요? 아… 제 부주의인데 어쩔 수 없죠, 뭐."

"근데 다크맛도 밀크맛과는 또 다른 매력이 있으니까 괜찮을 것도 같은데. 아쉬운 대로 내가 어제 미리 만들어 둔 녹차 생초콜릿이라도 조금 나눠줄까?"

"정말요? 그럼 저야 좋죠. 고마워요, 언니~."

틀에 부은 가나슈를 냉장고에서 굳히는 동안 뒷정리를 마치고 잠시 앉아 이야기를 나누다 보니 금세 시간이 지나 있었다. 서현에게 초콜릿을 포장할 상자에 유산지를 펼치는 일을 부탁하며 냉장실을 연 수아가 모양이 잡힌 가나슈를 꺼내 들었다. 이후 익숙한 듯 자연스럽게 틀을 분리하더니 뜨거운 물을 칼에 부어 데운 뒤 물기를 닦고 가나슈를 조각조각 나누었다.

능숙한 수아의 움직임을 눈에 담은 서현도 뒤따라 초콜릿을 잘랐고, 마지막으로 코코아 파우더를 체에 걸러 달콤함을 소복이 쌓자 생초콜릿이 완성되었다.

"우와, 언니 덕분에 생초콜릿도 만들어 보네요. 근데 언니 거랑 옆에 두고 보니까 제가 만든 게 확실히 더 삐뚤빼뚤하고 못생겼어요."

"내 눈에는 크게 차이 없어 보이는데? 오늘 처음 만드는 건데 이 정도면 너무 잘 만들었지~. 어, 시간이 벌써 이렇게 됐네? 초콜릿 얼른 포장하고 나가자, 나 오늘 과외 있거든."

시계를 확인하고 마음이 급해진 수아가 서둘러 움직이며 마무리하자, 서현도 덩달아 조급해져 손을 재촉했다. 바쁜 와중에도 상자 속 플라스틱 용기에 초콜릿을 한 알 한 알 정성스럽게 옮기느라 정신이 없는 수아의 귓가에 서현의 목소리가 퍼졌다.

"녹차 초콜릿으로 네잎클로버 모양을 만드셨네요? 언니, 그 친구분 많이 좋아하시나 봐요."

"응? 아, 어, 그런가? 그냥 나는⋯ 걔가 잘됐으면 좋겠어, 그래서 행복에 가까워질 수 있다면 더 좋겠고. 근데 응원해 줄 방법이 이런 것밖에 없네."

서로 다른 마음이 담긴 초콜릿을 같은 디자인의 상자로 감취낸 수아의 눈빛에 처연함이 어렸다. 수아는 자기도 모르게 흘러나온 진심에 당황한 나머지 어색하게 웃으며 급히 화제를 돌렸고, 때마침 완성된 포장으로 상황을 모면할 수 있었다.

이윽고 초콜릿 만들기를 모두 끝내고 집을 나서던 길, 아슬아슬해진 약속 시간에 수아의 목소리가 빨라졌다.

"서현아, 탁자 위에 있는 초콜릿이 네 거니까 잊지 말고 꼭 챙겨가. 나 늦을 것 같아서 먼저 신발 신고 있을게."

"아, 잠깐만요. 제 휴대폰이 안 보여서요, 언니 늦으셨으면 얼른 출발하세요. 저 휴대폰만 찾아서 바로 나갈게요."

현관에서 서현과 인사를 나누고 돌아선 수아는 늦은 밤이 되어서야 집으로 되돌아왔다. 보충 수업까지 하느라 쌓인 피로감에 금방이라도 온몸이 녹아내릴 것 같았지만, 냉장실에 넣어둔 초콜릿이 잘 있는지 확인하고 싶어 문을 열었다. 정훈의 생일 선물로 주고 싶어 만든 초콜릿이었으나, 정작 손수 만든 초콜릿을 선물할 구실이 마땅히 떠오르지 않았다. 갑작스러운 생일 선물로 인해 이제껏 숨겨왔던 자신의 마음을 알아채고 부담스러워하지 않을까 걱정이 앞섰고, 무엇보다 얼굴을 보고 직접 건네줄 용기가 나지 않아 고민이었다.

'띠링띠링-.'

냉장고 문 열림 경고음 덕분에 겨우 생각에서 빠져나온 수아가 초콜릿 상자를 꺼내어 들고 내용물을 살펴보았다. 눈에 띄게 달라진 녹차 초콜릿의 배치와 각양각색인 단면 모양으로 한눈에 자기 초콜릿이 아님을 알아볼 수 있었다.
"어떡해, 초콜릿 상자가 바뀌었나 봐. 분명 제대로 확인한다고 했었는데 이게 무슨 일이야. 당장 내일이 생일인데 어쩌지, 시간이 많이 늦었는데 연락해도 괜찮을까…"
망설임을 이긴 초조함이 기어코 서현에게 전화를 걸게 만들었지만, 정작 당사자는 깊게 잠이 든 것인지 연결이 되지 않았다. 알 수 없는 불안감에 휩싸여 급한 대로 메시지까지 연달아 남겨두었음에도, 불편한 떨림만큼은 피곤함마저 잊은 채 한동안 수아의 곁을 감돌았다.

서현과 연락이 닿은 건 다음 날 점심시간에 가까워질 무렵이었다. 애타는 수아의 마음을 아는지 모르는지 수화기 너머로 들려온 서현의 목소리는 느긋하다 못해 들뜬 느낌마저 들었다. 예상치 못했던 상대방의 여유로운 태도 때문이었을까. 당장이라도 뛰어나갈 수 있을 것만 같았던 어젯밤과 달리, 뒤바뀐 초콜릿 상자를 들고 서현을 만나러 가는 길의 발걸음이 왜 이렇게 자꾸 더뎌지는지 이때는 미처 알지 못했다.
"초콜릿 상자가 바뀌었던 모양이야, 이럴 줄 알았으면 다른 디자인으로 살 걸 그랬나 봐. 여기 네 초콜릿, 내 거는 어딨어? 아직 누구 준 건 아니지?"
"챙겨줘서 고마워요. 근데 언니 초콜릿은 지금 저한테 없는데 어쩌죠? 그래도 너무 걱정하지 마요, 원래 주인 잘 찾아서 갔으니까."

"그게… 무슨 말이야? 나 지금 네 말이 이해가 잘 안되는데."
의미를 파악하기 어려운 말에 감정이 뒤엉켜 점점 격앙되어 가는 수아와 다르게 초콜릿을 받아 가는 서현의 행동은 놀랍도록 침착하고 태연했다.
"그 초콜릿 정훈 오빠 주려던 거였잖아요. 오늘 오빠 생일, 맞죠?"
"어? 아니, 정훈이 생일은 맞아도 선물은 아니야. 그거 내 친구 생일 선…"
"네잎클로버. 언니, 저 지난번에 고시반에서 다 봤어요. 언니가 네잎클로버가 담긴 편지를 정훈 오빠 책상에 몰래 두고 가는 거요. 그날 저 스탠드 꺼놓고 엎드려서 잠깐 자고 있다가 깼거든요, 아무도 없는 줄 알았죠?"
"그거야, 그냥 힘내라고 준 거였고. 이 초콜릿은 다른 거였단 말이야."
"전에 언니랑 강의실에서 마주쳤을 때 왜 그렇게 놀랐는지 이제 저 다 알아요. 만약 언니 초콜릿이 진짜로 다른 사람을 위한 거였다면 제 거라도 대신 가져가세요."
"너, 너 그럼 다 알면서 왜 네가 정훈이한테 초콜릿 가져다 준 거야? 너 설마…"
꼭꼭 숨겨왔던 정훈에 대한 마음을 몽땅 들켜버린 수아는 목소리뿐만 아니라 숨소리마저 떨려오는 데 반해, 이 상황을 만든 서현은 도리어 차분히 웃으며 당당한 표정으로 조곤조곤 말을 이어갈 뿐이었다.

"언니가 정훈 오빠 먼저 좋아했다고 해서 제가 좋아하면 안 되는 건 아니잖아요. 좋아하는 마음에 순서가 있는 것도 아니고, 막말로 언니랑 오빠가 사귀는 사이도 아닌데 그럼 아무 상관 없는 거잖아요. 그리고 어차피 그 초콜릿 언니가 직접 전해주지도 못했을 텐데 어떤 식으로든지 당사자한테 전해졌으면 된 거 아니에요?"

"서현아, 너 원래 이런 애였니? 오늘 같은 네 모습, 이런 상황 모두 낯설어서 당황스럽다. 그래, 좋아하는 사람한테 고백할 수 있지. 내가 뭐라고 주제넘게 다른 사람 마음까지 이래라저래라 하겠어. 근데, 적어도 마음이 담긴 물건을 함부로 네 멋대로 하는 건 아니지 않아?"

"그건… 궁금해서 그랬어요. 언니 마음이 향하는 곳은 어딘지 확실한데, 정훈 오빠는 어떤지 정확히 확인하고 싶어서요. 그리고 덕분에 알게 되었어요. 정훈 오빠, 마니토가 누구였는지 오래전에 눈치챈 것 같던데요?"

예상치 못했던 서현의 폭탄 발언에 수아의 머릿속이 새하얘져 아무런 대꾸도 하지 못하고 입만 벙긋거리자, 그 모습을 지켜보던 서현이 수아를 대신해 목소리를 이어갔다.

"마니토가 언니라는 걸 알면서도 여태 모르는 척했다는 게 무슨 의미겠어요. 응원해 주는 마음은 고맙지만, 언니랑 친구 이상은 부담스럽다는 말이죠. 사실은 언니도 그걸 알고 있었으니까 나서서 챙겨주지 못하고 뒤에서 몰래 그랬던 거 아니에요?"

"너… 아무리 정훈이가 좋아도 그렇지, 나랑 함께한 시간이 있는데… 나한테 어떻게 이렇게까지 매몰차게 굴 수가 있니? 너, 앞으로 나 마주칠 때 안 불편하겠어?"
"글쎄요, 만나면 불편한 사람은 제가 아니라 언니가 될 것 같은데요? 정훈 오빠랑 저 오늘부터 사귀기로 했거든요, 그래서 이래요. 내 사람은 내가 지켜야 하니까, 못 믿으시겠으면 직접 물어보세요."

냉담한 표정으로 쏟아낸 서현의 말은 비수가 되어 수아의 마음 이곳저곳에 생채기를 내며 깊숙이 파고들었다. 무방비 상태로 생겨난 상처를 어찌할 겨를도 없이 그 틈 사이로 쉴 새 없이 전하지 못한 진심이 흘러나와 가슴을 쓰리게 했다.
서현의 말만 믿고 마음을 접을 수 없어 하루에도 몇 번씩 정면 돌파를 고민했지만, 그때마다 친구라는 마지막 끈을 지키고 싶어 돌아서기를 반복했다. 그렇게 수아의 말 못 할 갈등이 깊어지던 어느 날, 서현의 옆에서 환하게 웃고 있는 정훈과 마주치는 순간 깨달았다.
불편해질 사람은 언니일 거라던 서현의 말이 맞았다는 것을, 그리고 더 이상 친구라는 이름으로도 곁에 있을 수 없다는 사실을 절감하면서 직진보다 우회를 선택했다. 남겨진 마음이 모두 닳아 없어질 때까지 얼마나 많은 모퉁이를 돌아야 할지 가늠할 수 없었지만, 지금은 모든 미련으로부터 달아나는 것이 우선이었다.

다만, 이번에는 멀리 돌아가더라도 언젠가 더 단단해져 또 다른 기회를 마주하게 된다면 그때는 아직 일어나지 않은 일에 대한 두려움으로부터 먼저 도망치지 않으리라 다짐했다. 힘껏 다잡은 마음에도 문득문득 뒤돌아보는 날들이 꽤 오랫동안 이어졌지만, 그때마다 각자의 행복을 빌며 애써 후회를 비워냈다.

숱한 흔들림을 돌고 돌아 수아가 찾아낸 용기는 거창한 힘이라기보다 주저하는 순간에도 한 발짝 더 내디뎌 보는 작은 움직임이었다. 수아는 그 걸음을 따라 또 다른 꿈을 품고 다시 한번 새로운 계절을 눈부시게 피워내기 위해 거침없이 나아갔다.

- fin. -

루나 에어라인

초판 1쇄 발행 2025. 9. 26.

지은이 진노랑
펴낸이 김병호
펴낸곳 주식회사 바른북스

편집진행 황금주
디자인 김민지
마케팅 송송이 박수진 박하연

등록 2019년 4월 3일 제2019-000040호
주소 서울시 성동구 연무장5길 9-16, 301호 (성수동2가, 블루스톤타워)
대표전화 070-7857-9719 | **경영지원** 02-3409-9719 | **팩스** 070-7610-9820

• 바른북스는 여러분의 다양한 아이디어와 원고 투고를 설레는 마음으로 기다리고 있습니다.

이메일 barunbooks21@naver.com | **원고투고** barunbooks21@naver.com
홈페이지 www.barunbooks.com | **공식 블로그** blog.naver.com/barunbooks7
공식 포스트 post.naver.com/barunbooks7 | **페이스북** facebook.com/barunbooks7

ⓒ 진노랑, 2025
ISBN 979-11-7263-584-8 03810

• 파본이나 잘못된 책은 구입하신 곳에서 교환해드립니다.
• 이 책은 저작권법에 따라 보호를 받는 저작물이므로 무단전재 및 복제를 금지하며,
 이 책 내용의 전부 및 일부를 이용하려면 반드시 저작권자와 도서출판 바른북스의 서면동의를 받아야 합니다.